CHRISTY LEFTERI

O roubo dos pássaros

TRADUÇÃO:
Elisa Nazarian

VESTÍGIO

Copyright © 2021 Christy Lefteri
Os direitos da tradução para a língua portuguesa foram obtidos junto a Vicki Satlow, da The Agency SRL.

Título original: *Songbirds*

Todos os direitos reservados pela Editora Vestígio. Nenhuma parte desta publicação poderá ser reproduzida, seja por meios mecânicos, eletrônicos, seja via cópia xerográfica, sem a autorização prévia da Editora.

Esta é uma obra de ficção. Nomes, lugares, acontecimentos e incidentes são produtos da imaginação da autora ou usados ficcionalmente. Qualquer semelhança com pessoas reais, vivas ou mortas, ou com acontecimentos verdadeiros, é pura coincidência.

DIREÇÃO EDITORIAL
Arnaud Vin

EDITOR RESPONSÁVEL
Eduardo Soares

PREPARAÇÃO DE TEXTO
Eduardo Soares

ASSISTENTE EDITORIAL
Alex Gruba

CAPA
Emma Rogers, sobre imagens de Shutterstock

DIAGRAMAÇÃO
Christiane Morais de Oliveira

**Dados Internacionais de Catalogação na Publicação (CIP)
Câmara Brasileira do Livro, SP, Brasil**

Lefteri, Christy
  O roubo dos pássaros / Christy Lefteri ; tradução de Elisa Nazarian. -- 1. ed. -- São Paulo : Vestígio, 2022.

  Título original: *Songbirds*
  ISBN 978-65-86551-89-1

  1. Ficção inglesa 2. Imigração 3. Mistério I. Título.

22-124286   CDD-823

Índices para catálogo sistemático:
1. Ficção : Literatura inglesa 823
Cibele Maria Dias - Bibliotecária - CRB-8/9427

A **VESTÍGIO** É UMA EDITORA DO **GRUPO AUTÊNTICA**

São Paulo
Av. Paulista, 2.073 . Conjunto Nacional
Horsa I . Sala 309 . Cerqueira César .
01311-940 São Paulo . SP
Tel.: (55 11) 3034 4468

Belo Horizonte
Rua Carlos Turner, 420
Silveira . 31140-520
Belo Horizonte . MG
Tel.: (55 31) 3465 4500

www.editoravestigio.com.br
SAC: atendimentoleitor@grupoautentica.com.br

Para Marianne

1
YIANNIS

Um dia, Nisha desapareceu e se transformou em ouro. Transformou-se em ouro aos olhos da criatura que estava à minha frente. Transformou-se em ouro no céu da manhã e na música dos pássaros. Mais tarde, na melodia cintilante da empregada vietnamita que cantava no restaurante Theo's. Mais tarde ainda, nos rostos e vozes de todas as empregadas que fluíram pelas ruas como um rio turbulento de raiva, exigindo ser vistas e ouvidas. É aí que Nisha existe. Mas vamos retroceder. Precisamos retroceder.

2
PETRA

No dia em que Nisha desapareceu, fomos às montanhas. Nós três calçamos botas de caminhada e esperamos o ônibus que sobe para Troodos, que só passa duas vezes por dia. Normalmente, Nisha saía sozinha aos domingos, mas dessa vez, pela primeira vez, decidiu vir junto comigo e Aliki.

Ah, estava lindo lá em cima! A névoa de outono mesclava-se com as samambaias, os pinheiros e os carvalhos retorcidos. Essas montanhas emergiram do mar quando as placas tectônicas africanas e europeias colidiram. Dá até para ver a crosta oceânica da Terra. As formações rochosas, com seus veios e almofadas de lava, parecem estar usando peles de cobra.

Adoro pensar em começos. Como aquela história que minha tia costumava me contar no jardim dos fundos: *Quando o Criador terminou de criar o mundo — Petra, você está escutando? —, Ele sacudiu das mãos os torrões de argila que restavam, e eles caíram no mar e formaram esta ilha.*

É, adoro pensar em começos. Não gosto de finais, embora imagine que nisto sou como a maioria das pessoas. Um final pode estar encarando-a de frente, sem que você perceba. Como a última xícara de café que você toma com alguém, quando pensava que haveria muitas mais.

Aliki brincava com folhas, enquanto Nisha e eu nos sentamos debaixo da calefação em uma das pequenas tavernas na trilha que estávamos seguindo, e tomamos café. Lembro-me da conversa que tivemos.

Nisha estava estranhamente calada, mexendo seu café por algum tempo, antes de tomá-lo. – Madame – disse, de repente –, tenho uma pergunta a fazer.

Assenti e esperei, enquanto ela se remexia em seu assento.

– Gostaria de ter esta noite de folga para...

– Mas Nisha, você teve o dia todo de folga!

Ela ficou um tempo sem voltar a falar. Aliki juntava braçadas de folhas e colocava-as em um banco. Nós duas a observávamos.

Nisha tinha decidido passar o dia livre conosco, juntar-se a mim e a Aliki neste passeio. Não era de se esperar que eu lhe desse mais tempo de folga.

– Nisha, você tem o dia todo de folga no domingo. À noite, você tem coisas a fazer. Precisa ajudar Aliki a arrumar a mochila para a escola, e depois a colocar na cama.

– Madame, muitas das outras mulheres também têm a noite de domingo de folga. – Ela disse isto lentamente.

– Tenho certeza de que as outras mulheres não têm permissão para sair vagabundeando à noite.

Ela se comportou como se não tivesse ouvido isto e disse: – E não acho que madame tenha planos para hoje à noite – olhando-me de esguelha antes de voltar o olhar para o café. – Então, talvez madame pudesse pôr Aliki na cama só hoje à noite. No domingo que vem eu faço serviço extra para compensar.

Eu estava prestes a perguntar aonde ela pretendia ir, o que era tão importante para que ela estivesse disposta a perturbar nossa rotina. Talvez ela tenha visto meu olhar de desaprovação, mas não houve tempo para nenhuma de nós duas dizer nada porque, naquele momento, uma avalanche de folhas foi solta sobre as nossas cabeças. Nisha gritou, fazendo uma pantomima disso, agitando as mãos no ar e correndo atrás de Aliki, que fugia por uma trilha que levava à mata. Pude ouvi-las depois de um tempo, na floresta, como duas crianças, rindo e brincando enquanto eu tomava meu café.

Naquele fim de tarde, ao chegarmos em casa, Nisha não tinha voltado a mencionar a noite de folga. Fez *dhal curry*, e a casa encheu-se do aroma de cebolas e pimentas verdes, cominho, cúrcuma, fenacho e folhas de caril. Olhei por sobre o seu ombro, enquanto ela salteava as cebolas e misturava as especiarias com as lentilhas vermelhas sem pele, acrescentando, por fim, um salpico de leite de coco. Minha boca aguava. Nisha sabia que aquele era meu prato predileto. Acendi a lareira na sala de visitas. Havia chovido mais cedo naquela tarde, e da janela da sala de visitas eu pude ver que em frente, Yiakoumi estava com o toldo aberto, e as ruas pavimentadas com pedras reluziam sob as luzes quentes de seu antiquário.

Não temos aquecimento central, então nos sentamos o mais perto possível das chamas, com as vasilhas de *dhal curry* no colo. Nisha me trouxe um copo de *zivania* doce – o tipo aromático, com caramelo e moscatel, muito reconfortante naquela noite gelada –, e arguiu Aliki na tabuada dos 9.

– Sete vezes nove? – Nisha perguntou.

– 63.

– Ótimo. Nove vezes nove?

– 81! E não tem sentido fazer isto.

– Por que não?

– Porque eu já sei.

– Mas você não praticou.

– Não preciso. Só é preciso ver o padrão. Se você me perguntar quanto são sete vezes nove, eu vou saber que a resposta começa com um seis. Sei que o segundo número é sempre um abaixo do anterior. Então, oito vezes nove é 72.

– Você é muito atrevida, sabia? Vou te arguir mesmo assim.

– Vá em frente. Se isto te serve de alguma coisa. – Aliki suspirou e deu de ombros, como se estivesse resignada a esse destino inútil de aprender uma coisa que já sabia. Ela tinha exatamente a irritação de uma menina de nove anos.

Sim, lembro-me de tudo isto muito bem, da maneira como Aliki mastigava, bocejava e gritava as respostas, da maneira como Nisha mantinha a atenção na minha filha, mal se dirigindo a mim. A TV reluzia ao fundo. Era hora do noticiário, o volume estava baixo: uma filmagem de refugiados resgatados por guardas costeiros de uma das ilhas gregas. Uma imagem de uma criança sendo levada para a praia.

Eu teria esquecido tudo isto, mas tenho repassado os fatos vezes sem conta, como se refaz os passos na areia, quando se perde algo precioso.

Aliki deitou de costas, chutando as pernas para o alto.

– Sente-se – Nisha ralhou –, ou vai passar mal. Você acabou de comer.

Aliki fez uma careta, mas obedeceu; empoleirou-se no sofá e virou-se para a TV, seus olhos movendo-se pelos rostos de pessoas enquanto elas se arrastavam para fora da água.

Nisha encheu meu copo pela terceira vez, e eu estava começando a ficar com sono. Olhei para minha filha então, um colosso de criança, sempre grande demais para mim; até seu cabelo cacheado é grosso demais para que eu possa abrangê-lo com as mãos. Cachos muito grossos, como tentáculos de um polvo, parecendo desafiar a gravidade, como se ela vivesse em um mundo subaquático.

À luz do fogo, notei que o rosto de Nisha estava pálido, como um daqueles figos branqueados em calda, perdendo sua verdadeira cor. Ela deu com o meu olhar e sorriu, um sorrisinho doce. Desviei os olhos para Aliki.

— Sua mochila está pronta para a escola? — perguntei.

Aliki tinha a atenção voltada para a tela.

— Estamos fazendo isto agora, madame. — Nisha levantou-se rapidamente, recolhendo as vasilhas da mesa de centro.

Na verdade, minha filha não falava mais comigo. Nunca me chamava de mamãe, nem se dirigia a mim. A certa altura, uma semente de silêncio havia sido semeada entre nós, tinha crescido e se expandido a nossa volta e entre nós, até se tornar impossível dizer qualquer coisa. Na maior parte do tempo, ela falava comigo através de Nisha. Nossas poucas conversas eram funcionais.

Observei Nisha enquanto ela lambia um lenço e limpava uma mancha no jeans de Aliki, e depois levava as vasilhas e colheres para a cozinha. Talvez fosse o álcool, ou o passeio até Troodos, mas eu estava me sentindo mais cansada do que o normal, a mente e os membros pesados. Avisei que iria para a cama cedo. Adormeci imediatamente, e nem escutei Nisha pondo Aliki na cama.

3
YIANNIS

No dia em que Nisha sumiu, antes mesmo que eu percebesse que ela havia sumido, vi um muflão. Achei estranho. Esses carneiros antigos, nativos da terra, são selvagens e raros. Com uma tendência à solidão, eles normalmente vagam por áreas isoladas das montanhas. Eu nunca tinha visto um em terreno plano, nunca tão longe a leste. Na verdade, se eu contasse a qualquer pessoa que tinha visto um muflão na costa, ninguém acreditaria; acabaria no noticiário nacional. Eu deveria saber, então, que havia algo de errado. Muito tempo atrás, entendi que, às vezes, a terra fala com você, encontra uma maneira de transmitir uma mensagem, caso você olhe e escute com os olhos e ouvidos do seu eu da infância. Isto foi algo que meu avô me ensinou. Mas naquele dia na mata, quando vi o carneiro dourado, tinha me esquecido.

Começou com um esmagar de folhas e terra, numa manhã no final de outubro. Eu havia voltado para capturar as aves canoras. Tinha dirigido até a costa, a oeste de Larnaca, perto das aldeias de Alethriko e Agios Theodoros, onde existem bosques de oliveiras selvagens e carobas, plantações de laranjeiras e limoeiros. Também há uma floresta de acácias densas e eucaliptos, local excelente para caça clandestina. Nas primeiras horas da manhã, eu havia espalhado os gravetos com visgo, uma centena deles colocados estrategicamente nas árvores em que os passarinhos vêm se alimentar de frutinhas. Também tinha escondido entre as folhas artefatos que reproduziam gravações do canto de pássaros, para atrair minha presa. Depois, encontrei um ponto isolado e acendi uma fogueira.

Usei galhos de oliveira como espetos e tostei *haloumi* e pão. Tinha uma garrafa térmica de café forte na minha mochila e um livro para passar o tempo. Não queria pensar em Nisha, nas coisas que ela havia dito na noite anterior, a expressão dura do seu rosto ao deixar meu apartamento, a rigidez dos músculos do seu maxilar.

Esses pensamentos esvoaçavam à minha volta juntamente com os morcegos, e afastei-os, um a um. Aqueci-me e comi, e escutei as aves canoras no escuro.

Até então, era uma caçada normal.

Adormeci junto ao fogo, e sonhei que Nisha era feita de areia. Dissolvia-se a minha frente como um castelo na praia.

O sol nascente foi meu despertar. Tomei um último gole de café para ficar totalmente desperto e joguei o restante no fogo; depois, pisei nas chamas que restavam e esqueci o sonho. A mata densa começou a se agitar, a acordar. Normalmente, ganho mais de dois mil euros por cada leva, e esta era das boas: havia cerca de 200 toutinegras-de-barrete-preto presas nos galhos com visgo. Elas valem mais do que seu peso em ouro. São aves canoras minúsculas, que migram da Europa para a África para fugir do inverno. Voam do ocidente, acima das montanhas, parando aqui na nossa ilha antes de se dirigir para o mar, rumo ao Egito. Na primavera, elas fazem a viagem de volta, vindas da costa sul. São tão pequenas que não conseguimos acertá-las com tiro. Além disto, estão ameaçadas de extinção, são uma espécie protegida.

A essa altura, eu sempre ficava temeroso, olhando por sobre o ombro, esperando que dessa vez eu fosse pego e jogado na prisão. Estaria totalmente ferrado. Essa sempre foi a minha fraqueza: o medo, a ansiedade que eu sentia antes de matar os passarinhos. Mas a mata estava em silêncio, sem som de passos, apenas o canto das aves e a brisa passando por entre os galhos.

Removi um dos passarinhos do graveto, soltando com delicadeza suas penas da cola. Ao que parecia, ele tinha se esforçado para se soltar. Quanto mais eles tentam escapar, mais ficam grudados. Segurei-o nas palmas das mãos e senti seu coração minúsculo em disparada. Mordi seu pescoço para acabar com seu sofrimento, e joguei-o, sem vida, em um grande saco de lixo. Essa é a maneira mais humana de matá-los, com uma mordida rápida e profunda no pescoço.

Tinha enchido o primeiro saco e começado a remover, com os lábios, as penas e frutinhas dos gravetos com visco, para poder reusá-los, quando ouvi o esmagar de folhas.

Merda. Por um instante fiquei imóvel e prendi a respiração. Corri os olhos em torno e lá estava ele, numa clareira em meio aos arbustos. O muflão olhava calmamente para mim. Ficou parado nas longas sombras das árvores, e foi só quando a luz se deslocou que vi a coisa mais extraordinária: em vez da costumeira pelagem vermelha e marrom, seu pelo curto era dourado, seus chifres retorcidos, bronze. Os olhos eram exatamente da cor dos olhos de Nisha, os olhos de um leão.

Pensei que devia estar sonhando, que ainda devia estar dormindo ao lado do fogo.

Dei um passo à frente, e o muflão dourado deu um pequeno passo atrás, mas manteve a postura ereta e firme, os olhos fixos nos meus. Movendo-me lentamente, tirei a mochila dos ombros e tirei uma fatia de fruta. O muflão arrastou os pés e abaixou a cabeça, de modo que, então, seus olhos olhavam para mim de baixo, meio desconfiado, meio ameaçador. Coloquei a fatia de pêssego na palma da mão e estendi o braço. Fiquei assim, imóvel como uma árvore. Queria que ele se aproximasse.

Vendo a beleza da sua cara, me veio uma lembrança, nítida e precisa. No último mês de março, Nisha e eu havíamos ido para as montanhas Troodos. Ela amava dar longas caminhadas nas manhãs de domingo, quando não estava trabalhando. Com frequência, entrava comigo na floresta para colher cogumelos, aspargos selvagens, malvas silvestres ou para coletar caracóis. Naquele dia, eu quis ver se conseguíamos avistar um muflão. Esperava vermos um nas profundezas da mata, ou na beira das montanhas, no limiar do céu. Estávamos muito alto e ela enfiou a mão na minha.

— Então, estamos procurando um carneiro? — ela perguntou.

— Tecnicamente, sim.

— Já vi uma porção de carneiros. — Havia um sorriso zombeteiro em seus olhos.

— Eu te disse, ele não se parece com um carneiro. É uma criatura magnífica.

— Então. Estamos procurando um carneiro que não se parece com um carneiro. — Ela tinha a mão acima dos olhos, percorrendo a área a nossa volta, fingindo procurar.

— É — respondi com naturalidade.

Isto a fez rir, e sua risada escapou para o céu aberto. Naquele momento, senti que ela nunca havia sido uma estranha.

Caminhamos por ali durante horas, e estávamos prestes a voltar, com a aproximação da noite, quando, subitamente, avistei um muflão parado na beira de um penhasco íngreme. Dava para ver que era uma fêmea, porque seus chifres eram menores e ela não tinha um peitilho de pelos grossos debaixo do pescoço. Apontei-a para que Nisha pudesse ver.

O muflão nos viu e ficou nos encarando.

Nisha contemplou-o, maravilhada. — É tão lindo, parece um veado — ela falou.

— Eu te disse.

— Nada a ver com um carneiro.

— Veja!

— Seu pelo é macio e marrom... e tem uma expressão na cara, tão gentil! É como se fosse falar com a gente. Não parece que ele quer dizer alguma coisa?

Não respondi. Em vez disso, observei Nisha observando o animal, seu rosto radiante de curiosidade. Havia um clarão em seus olhos, como se as cores da floresta brilhassem através deles, como se alguma energia secreta, algum animal ágil, escondido em meio às árvores, tivesse ganhado vida subitamente. Ela soltou a minha mão e deu alguns passos em direção ao muflão. Curiosamente, ele se afastou da beira do penhasco e se aproximou ligeiramente. Eu nunca tinha visto um animal daqueles se aproximar de um ser humano. Nisha foi muito delicada na maneira como estendeu a mão, na maneira como esperou o animal. Mas estava tensa. Estava tudo nos olhos, eles ardiam com uma emoção que não reconheci.

Naquele momento, senti uma grande distância dela e do animal, como se eles compartilhassem algo que eu não conseguia entender.

No entanto, no momento seguinte, ela se virou para me beijar. Um beijo suave.

Agora, o amanhecer na floresta e a lembrança daquele dia trouxeram uma dor aguda no meu coração. O muflão olhava para mim, petrificado, inclinando de leve a cabeça, emitindo um som que parecia uma pergunta. Uma pergunta de uma única palavra.

– Não vou machucar você – eu disse, e percebi, de imediato, o quanto a minha voz soava alto na mata, como ela perturbava a paz. O muflão sacudiu a cabeça e recuou mais um passo.

– Me desculpe – eu disse para ele, desta vez, baixinho.

Pela primeira vez, ele quebrou o olhar. Pareceu pousar os olhos no balde de pássaros ao meu lado.

– Claro, não te culpo. Sou basicamente um assassino te oferecendo um pêssego. – Ri um pouquinho perante a ironia da coisa, como se o animal pudesse entender a piada.

Joguei a fatia de fruta no chão, e desta vez recuei, retirando-me para o meio das sombras e das árvores. Por um tempo, continuei observando o muflão dali, aquele animal incrível, forte e lindo. Ele ficou muito quieto, depois olhou para algo à esquerda, deu as costas para mim e foi embora, para dentro da floresta.

Tirei o restante dos pássaros dos gravetos com visgo, com a máxima rapidez possível, para poder voltar para casa e encontrar Nisha. Mal podia esperar para contar a ela o que havia visto. Esperava que, talvez, essa história sobre o muflão a fizesse brilhar outra vez.

4
PETRA

Acordei no meio da noite porque alguma coisa se quebrou. Ouvi um barulho de estilhaços, alto e claro, como uma janela se despedaçando, ou um copo atirado com força no chão. O som viera do jardim, eu tinha certeza. O relógio na minha mesa de cabeceira marcava meia-noite. Poderia ser o vento? Mas a noite estava calma, e, a não ser pelo som que eu tinha ouvido, o silêncio era profundo. Teria sido um gato?

Calcei os chinelos e abri as venezianas, depois as longas portas de vidro que davam para o jardim. Era uma noite clara, de lua cheia. Minha casa é uma construção veneziana de três andares, na parte antiga da cidade, a leste de Ledra e Onasagoru, levando para a Linha Verde que divide a ilha desde 1974. Pousada nas cristalinas águas azuis do Mediterrâneo Oriental, nossa pequena ilha há muito sente a influência tanto da Europa quanto do Oriente Médio. Fomos ocupados pelos otomanos. Colonizados pelos britânicos. E depois nos tornamos um campo de batalha entre gregos e turcos, nossa população se dividiu, até que as forças de paz intervieram e, literalmente, traçaram a linha. Esta separação continua a manter nossa ilha em uma paz incerta, embora menções sobre reunificação estejam constantemente no noticiário. Nossa cidade de Nicósia, no lado grego, roça a Linha Verde exatamente onde vivo. Quando eu era pequena, pensava que o final da nossa rua alcançava o fim do mundo. Hoje em dia não há violência com nossos vizinhos cipriotas turcos ao norte, mas é uma paz difícil, com certeza.

Moramos apenas no andar térreo. Nossos quartos dão para o jardim. Dois anos atrás, aluguei o andar acima do meu para um homem chamado Yiannis, que vivia de colher cogumelos e plantas silvestres comestíveis nas florestas. Um pouco recluso, mas era um bom inquilino, sempre com o pagamento do aluguel em dia. O último andar está vazio, ou cheio de fantasmas, como minha mãe costumava dizer, o que fazia meu pai caçoar dela e reagir sempre com as mesmas palavras: *Fantasmas são lembranças, nada mais, nada menos.*

No jardim tem um barco. No passado, houve vezes, em noites intermináveis, quando eu não conseguia dormir, que via Nisha sentada no barquinho de pesca do meu pai, trazendo no casco *O mar acima do céu*, pintado em azul claro. A pintura está descascando, e a madeira esfarelando. É um barco que fez inúmeras viagens. Nisha sentava-se nele e contemplava a escuridão. O barco tem só um remo; desde que eu me lembre o outro se perdeu, mas alguém colocou um ramo de oliveira em seu lugar. Como minha cama fica próxima à janela, eu a observava durante um tempo através das fendas das venezianas, e me perguntava o que estaria passando pela sua cabeça, assim sozinha, no meio da noite.

Mas naquela noite, ela não estava lá. Olhei em torno, tentando localizar a causa do barulho de coisa quebrada.

Meio que esperava o moer de vidro sob os meus pés. Mas não parecia haver nada quebrado, nem fora do lugar.

A lua iluminava as abóboras, o jasmim e as vinhas sinuosas, o cacto e a figueira na extrema direita, perto das portas de vidro do quarto de Aliki, e no meio, em uma área de terra levemente elevada, onde as raízes haviam atravessado o concreto, a laranjeira, como uma rainha em seu trono. Quando criança, sempre senti que, em silêncio, aquela árvore comandava o jardim.

Tudo estava muito parado. Parado e quieto. Era difícil ver uma folha se movendo. Percorri o jardim. Finalmente, perto da escada que levava ao apartamento de Yiannis, descobri a origem do barulho: um cofre de cerâmica que eu tinha desde criança. Ele havia se arrebentado no chão, seu casco branco se quebrara, e centenas de liras antigas espalharam-se por lá, criando minúsculas poças de ouro.

Era o tipo do cofre que é preciso quebrar para conseguir o dinheiro que está dentro. Lembrei-me de enfiar as moedas, imaginando que um dia as recuperaria. Minha tia Kalomira o fizera para mim na aldeia de Lefkara, onde vivia com o marido, que costumava comer as bolas de um bode, ou o cérebro e os olhos de um carneiro, com limão e sal. Eu a havia visto girando o barro no torno. Seu marido me ofereceu um olho. Recusei. Mais tarde ela havia pintado o pote de branco e acrescentado um desenho engraçado de um cachorro. Estava pronto, esperando por mim em uma prateleira, quando voltei com a minha mãe para visitá-la muitas semanas depois.

Eu nunca o havia quebrado, nunca parecia ser o momento certo. Então, tinha deixado as moedas lá dentro, seguras, como desejos ou sonhos secretos recolhidos da infância.

Mas quem o havia quebrado agora? Como ele havia caído da mesa do jardim?

Decidi voltar para a cama e pedir a Nisha que lidasse com aquilo de manhã.

Cobri-me com as cobertas, e no quarto escuro e silencioso, lembrei-me da minha mãe ao meu lado.

– O que você vai fazer com todo esse dinheiro? – ela havia perguntado.

– Vou comprar asas!

– Como as asas de um pássaro.

– Não, mais como as asas de um vagalume. Elas serão transparentes e, quando eu usá-las, voarei pelo jardim, à noite, e brilharei no escuro.

Minha mãe riu e me deu um beijo. – Você ficará linda como sempre.

A lembrança esvaneceu, e de repente senti uma pontada de culpa pela ausência de palavras, sonhos e risadas com minha própria filha. Como eu a tinha perdido?

Ou teria ela me perdido?

5
YIANNIS

Quando voltei da caçada, ainda era começo da tarde. Mal podia esperar para contar a Nisha sobre o muflão que tinha visto na mata. Queria descrever sua incrível beleza, como seu pelo dourado era raro e como, estranhamente, ele tinha os olhos de um leão.

No entanto, quanto mais eu dizia essas coisas na minha cabeça, mais malucas elas pareciam. Sabia que Nisha me escutaria. Olharia para mim como se eu estivesse doido varrido, concordaria comigo com aquele lento aceno de cabeça, mas também sugeriria que voltássemos mais para o fim da tarde para que ela pudesse vê-lo com seus próprios olhos.

Bati às portas de vidro do seu quarto e esperei. Normalmente, ouço suas sandálias de dedo no chão de mármore, mas dessa vez houve silêncio. Bati de novo e esperei alguns minutos, depois mais uma vez e esperei mais cinco. Talvez ela tivesse ido até a quitanda, ou poderia ter ido à igreja. Embora não fosse cristã, gostava de acender uma vela e desfrutar a paz e o silêncio. Na igreja, não lhe faziam exigências, não estalavam a língua, não sacudiam a cabeça.

Ninguém a perturbava. Os locais viam apenas uma boa cristã orando entre outros bons cristãos. Lá, ela disse, todos eram iguais, desde que você fosse um deles.

Decidi subir ao andar de cima e começar a limpar os pássaros. Sentei-me em um banquinho no quarto livre e, um a um, arranquei suas asas e joguei os pássaros em uma grande bacia. Essa tarefa levava certo tempo, e eu nunca ansiava por ela. Era um trabalho tedioso que eu fazia automaticamente, e me deixava com as mãos cobertas de penas e sangue pegajoso. Depois de acabado, eu os mergulhava em água, ou os conservava em vinagre, colocando-os em recipientes de vários tamanhos, dependendo da encomenda, e levava-os a restaurantes, hotéis e recintos espalhados pela ilha.

Quando segurei um dos pássaros em minha mão esquerda, prestes a arrancar suas penas com a direita, senti uma vibração inesperada na minha palma. Parei, olhei e notei que as penas marrons macias do peito do pássaro se levantaram; sua asa direita estremeceu. De repente, ele pesou na minha mão como se eu estivesse segurando um peso de papel, e a vibração pareceu me percorrer, viajando pelas minhas artérias, meus braços, até eu sentir uma sensação terrível, um tremor profundo no peito.

Fiquei nauseado. Larguei o pássaro sobre a mesa e mudei de posição no banquinho, respirando longa e profundamente. O pássaro ficou ali, respirando, seu peito subindo e descendo, agora de maneira mais visível.

Eu tinha quatro ou cinco anos, passeando com meu pai nas regiões selvagens das montanhas. Ele parou para colher algumas frutinhas de espinheiro. No chão, algo brilhante captou o meu olhar, uma lavandeira amarela. Mesmo com aquela idade, eu sabia o nome de algumas espécies de pássaros, migratórias e nativas, porque meu avô me ensinara. Eu amava os pássaros. Olhava-os construindo suas vidas lá no alto das árvores, e no céu. Ficava desesperado para agarrá-los, segurá-los nas mãos, olhar de perto suas penas e decifrar suas cores incríveis.

Ali estava minha oportunidade! Aquela lavandeira amarela estava imóvel em meio às amoras pretas. Mesmo quando me aproximei, ela não se mexeu. Peguei-a e a aninhei na palma das mãos. Estava tão morta que estava seca. Examinei-a: seu bico pequeno, cinza-prateado, cauda marrom e as penas primárias marrons; enquanto seu papo, o peito, a barriga e as plumas eram do amarelo mais luminoso que eu já vira. Sua coroa, o ombro e as costas eram de um amarelo mais escuro, de tom acinzentado. Examinei seu campo visual, a faixa dos olhos, as barras das asas e a base do bico, seus pés que lembravam gravetos, os olhos abertos, opacos.

Imaginei estar segurando ouro. Em minhas mãos eu segurava ouro puro.

Vivia com simplicidade e economizava dinheiro para poder parar com a caça ilegal. Todos os meus vizinhos pensavam que eu ganhava a vida colhendo e vendendo aspargos selvagens e cogumelos, plantas silvestres comestíveis, alcachofras e caracóis, dependendo da estação. Quero dizer, é claro, esse tipo de coleta era meu trabalho diurno e rendia uns trocados, mas eu jamais conseguiria construir um futuro para mim com os ganhos desprezíveis da venda de vegetais e caracóis. Não depois do que havia acontecido. Esse era um risco que eu não poderia correr.

Detestava mentir para Nisha. Por muito tempo, tinha conseguido manter em segredo a caça ilegal; não era difícil. Quando voltava para casa com sacos de lixo estufados, as pessoas deduziam que eu tinha recolhido outras coisas na floresta. Elas não eram muito de fazer perguntas por aqui, e várias casas estavam vazias porque poucos queriam viver tão perto da Linha Verde. Ela os fazia se lembrar da guerra, da divisão, de lares abandonados e vidas perdidas. Isto não é algo de que alguém queira ser lembrado diariamente.

Tive meus motivos para escolher alugar um apartamento ali. Era razoavelmente quieto, os moradores eram, em sua maioria, velhos, e eu sabia que poderia me safar com mais facilidade. Além disto, gostava de me sentar no terraço, à noite, escutando o bandolim *bouzouki* do restaurante do Theo e observando os velhos comendo, bebendo e jogando baralho. Às vezes, juntava-me a eles, mas em geral mantinha distância. Nesta parte da velha Nicósia, havia bares tipo bordel, e, normalmente, quando os homens terminavam de comer e beber no restaurante, iam até eles.

No final da nossa rua, havia um desses bares, chamado Maria's. Suas vitrines eram foscas, e pela velha porta de madeira flutuava o forte cheiro de suor misturado com fumaça de cigarro e cerveja velha. A garçonete do bar, em uma roupa preta colante, servia fatias de maçã, amendoins, azeitonas e homus. Estive lá duas vezes, ambas para me encontrar com Seraphim.

Agora, olhava o pássaro no balcão, a maneira como seu bico abria e fechava, como suas penas emaranhadas tremiam. Verifiquei seu pescoço e vi que o ferimento feito por mim não era tão profundo. Ele olhou direto nos meus olhos e pareceu dizer: "Você, seu sacana doente, posso ver você".

Coloquei um pouco de água no dedo e levei-o até seu bico. De início, ele não bebeu, mas mantive a mão ali por um tempo, e, depois de alguns minutos, ele meteu o bico na gotinha d'água e inclinou a cabeça para engoli-la. Decidi forrar um recipiente pequeno com uma toalha limpa e coloquei o pássaro ali, para descansar. Sentei-me e observei-o por alguns instantes. Ele desconfiava de mim, ficava me dando aquela olhada.

Algum tempo depois, eu tinha enchido todo um saco de lixo com penas. O passarinho estava deitado imóvel no recipiente, respirando com regularidade. Os pássaros depenados achavam-se empilhados na bacia ao meu lado.

"Pensei que você fosse uma pessoa diferente", Nisha havia dito.

Coloquei um pouco de água na bacia, usando uma mangueira, e deixei os pássaros ali por um tempo, de molho. Depois, enfiei o dedo num copo de água e tornei a levá-lo até o bico do passarinho. Dessa vez, ele desceu o bico imediatamente na água e inclinou a cabeça para poder engoli-la. Parecia já não estar me considerando tanto um assassino, e isto foi tranquilizador. Fiz isto mais algumas vezes, até ele não querer mais.

Pensei que você fosse uma pessoa diferente.

Depois que terminei de limpar os pássaros, fiz um jantarzinho para mim e me sentei no terraço, esperando com ansiedade a batida de Nisha à porta. Na maioria das noites, ela esperava Petra ir para a cama antes de se esgueirar para o jardim. A escada ficava na extremidade esquerda, atrás de uma grande figueira, então Petra não conseguia vê-la da janela. Nisha não queria que ela soubesse. Não lhe era permitido ter um namorado. Ela escapulia por volta das onze da noite, sem que notassem. Ficava comigo por algumas horas. Conversávamos um pouco, fazíamos amor e dormíamos. Depois, seu alarme tocava às quatro da manhã, e ela se desvencilhava dos meus braços, saía para o jardim e se sentava no chão enquanto o sol nascia. Nunca soube ao certo por que ela não ia direto para o quarto, mas o tempo em que passava sozinha no velho barco de pesca parecia ser importante, e eu não questionava. Desligava a luz e voltava a dormir por algumas horas.

Na noite passada, quando ela veio, as coisas pareceram diferentes. Sentamo-nos junto às portas abertas do terraço, que davam para a rua abaixo, ao som do *bouzouki* e com um céu cheio de estrelas. Fazia frio, e ela se enrolara numa manta. Estava mais quieta do que o normal, como se tivesse algo na mente, mas então começou a me contar uma história sobre o avô, e como ele havia terminado com um olho de vidro.

Nisha estava no meio da frase: "...e então ele o perseguiu com um bastão de beisebol...", quando coloquei um anel na sua frente, sobre a mesa.

Ela olhou para ele, depois o pegou e colocou, não no dedo, mas na palma da sua mão aberta. Olhava para ele, então não pude ver seus olhos, apenas a escuridão esmaecida de suas pálpebras e cílios.

– Quer se casar comigo, Nisha? – perguntei.

Ela não respondeu.

– Faz um tempo que estou com o anel, queria te propor neste verão... – Fiz uma pausa, porque não conseguia terminar a frase, não conseguia me levar a lembrá-la do que havia acontecido apenas dois meses antes... –, mas você estava muito arrasada.

Ela assentiu com a cabeça.

– Mas eu falei tudo aquilo a sério.

Ela olhou para mim. Lábios retos. Olhos duros.

Não acreditou em mim.

– Nós ainda podemos fazer tudo que íamos fazer. Ainda podemos ir juntos para o Sri Lanka, voltar para sua casa. Você pode ficar com Kumari. Podemos ter uma família.

– Apaixonei-me por você assim que te vi. – Sua voz mal passava de um sussurro.

Tentei me lembrar da primeira vez em que ela havia me visto. O que eu estava fazendo? O que ela havia visto em mim naquele momento?

– Mas eu também amava o meu marido.

Então, os músculos do seu maxilar travaram-se, os ombros e o corpo enrijeceram-se. Ela fechou os dedos ao redor do anel, apertando o punho, tomando posse dele.

Sem mais palavras, sem um sim ou não, caminhou em direção à porta dos fundos, que levava à escada de pedra.

– O que eu estava fazendo quando você me viu pela primeira vez? – perguntei.

Ela parou na mesma hora, mas não se virou. – Alimentando as galinhas.

– Alimentando as galinhas?

Ela não respondeu. Em vez disso, virou-se e olhou para mim por sobre o ombro, e então disse: – Sabe, pensei que você fosse uma pessoa diferente.

Naquela noite, ela não se sentou no barco, foi direto para a cama.

Por volta das onze da noite, esperei ouvir a delicada batida de Nisha na porta dos fundos, mas ela não aconteceu. Domingo era uma das noites em que normalmente ela telefonava para Kumari, então eu tinha certeza de que viria. As duas sempre conversavam de manhã bem cedo, por causa do fuso-horário, e ela gostava de fazer isto na minha casa, porque eu tinha um tablet e ela queria ver Kumari enquanto falava com ela. Antes de me conhecer, conversava com Kumari pelo telefone. Para lhe dar um pouco de privacidade, eu me sentava no terraço, esperando que terminasse.

No entanto, uma vez ela me disse que também era a sua maneira de manter seus dois mundos à parte, separados, mas ao mesmo tempo, em harmonia.

– O que você quis dizer com isto? – perguntei-lhe uma noite, quando ela havia terminado sua chamada para Kumari. Voltei para dentro e ela se enfiou na cama comigo.

– Bom, na casa de Petra, no andar de baixo, sou babá de Aliki, mas quando subo aqui, e todos estão dormindo e não me pedem nada, lembro-me de quem realmente sou, e posso ser uma verdadeira mãe para minha própria filha.

Agora, fiz um café, sentei-me no terraço e escutei o som do *bouzouki*. Tirei o passarinho da vasilha e fiquei segurando-o nas mãos. Precisei convencê-lo um pouco a ficar ali, mas depois ele dormiu, respirando devagar, com regularidade, seu corpinho inflando e soltando. Quando acordou, dei-lhe água, gota a gota, até ele não querer mais.

Passou-se uma hora e ainda não havia sinal dela. À meia-noite, decidi descer e bater à porta do seu quarto.

No último degrau, algo se enroscou nos meus pés, um dos gatos de rua, o preto, aquele com olhos de cores diferentes. Perdi o equilíbrio e me agarrei a uma mesinha de jardim, para não cair. A mesa inclinou-se e dela caiu um velho cofre de cerâmica que pertencia a Petra. Ele se estilhaçou no chão, as moedas espalharam-se, e quando vi a luz do quarto de Petra se acender, subi de volta correndo, fechando a porta com suavidade.

Naquela noite, não consegui dormir. Não conseguia parar de pensar em Nisha.

Para onde ela havia desaparecido?

Eu a teria assustado?

Sabe, pensei que você fosse uma pessoa diferente.

Pelo resto da noite, fiquei sentado no terraço com o pássaro, até o sol começar a nascer por trás dos prédios, a leste. Ao longe, imaginei os raios de sol iluminando o mar. E o passarinho encheu os pulmões e começou a cantar.

O lago vermelho em Mitsero reflete um pôr do sol, captura-o, segura-o, mesmo quando o sol já se foi.

Lago vermelho, lago tóxico, lago de cobre. Mães e pais contam aos filhos histórias sobre ele. Nunca chegue perto do lago vermelho, em Mitsero! Histórias de passagens profundas no subsolo, onde homens rastejavam como animais e morriam na escuridão. Fique longe do lago vermelho em Mitsero! Sem dúvida, corra pelos caminhos empoeirados, entre nos campos, desde que evite cobras e vespas, mas faça o que for, fique longe da água.

Nesse dia, no final de outubro, há uma lebre morta no terreno pedregoso junto ao lago. Tão recente que ainda está intacta. O vento sopra sua pelagem no sentido contrário. Suas pegadas estão registradas na terra ao lado dela. Não há feridas em seu corpo; ela parece ter perdido a vida correndo, qualquer que seja o motivo. Logo ela voltará à terra, mas por enquanto está deitada quieta, em posição de corrida, como se esperasse chegar mais longe, como todos nós esperamos.

Como esse lago é lindo! O cobre mescla-se a ele desde tempos passados. O lago é uma consequência do que foi deixado para trás. Quando as minas foram abandonadas, restou uma cratera. Conforme o inverno aproxima-se, como acontece agora, a cratera enche-se de água. Depois de uma tempestade, rios amarelos e laranja gotejam na água vermelha, mudando sua cor. É assim que o pôr do sol aparece.

Mas por que não um nascer do sol?

Porque um nascer do sol vem impregnado com a promessa de um novo dia.

Um pôr do sol guarda a expectativa de algo mais, o silêncio e a escuridão da noite. O lago existe no limite da escuridão. ■

6
PETRA

Eram 6h30 quando acordei. Nisha teria acabado de tomar uma ducha e saído para o jardim com os cabelos longos e úmidos, colhendo laranjas e apanhando ovos frescos. Depois de trazer os ovos para dentro, trataria de fritá-los ou cozinhá-los. Quando tínhamos flores de abobrinha ou ervas silvestres comestíveis, mexia os ovos sobre elas, e acrescentava bastante limão e pimenta. Era o prato favorito de Aliki.

Nessa manhã, Nisha não estava lá fora. Uma névoa prateada restava sobre as folhas, como se o jardim tivesse exalado. Agora, as moedas no chão reluziam ao sol.

Na cozinha, Aliki estava sentada à mesa, ainda de pijama, balançando as pernas e jogando em seu iPad. Seu cabelo solto caía sobre o rosto e os ombros. Normalmente, a essa hora, ele estaria preso num rabo de cavalo caprichado, e ela deveria estar de uniforme de escola, terminando o suco de laranja.

– Cadê a Nisha? – perguntei.

Aliki ergueu os olhos da tela e deu de ombros.

– Você comeu?

Ela estalou a língua, não. Vi um lampejo de incerteza em seus olhos. Pensei que ela fosse falar, mas escorregou o corpo e se afundou ainda mais em seu assento.

Entrei no quarto de Nisha e vi que ela não estava lá. Na verdade, era como se ninguém tivesse dormido em sua cama.

Voltando para Aliki e com toda a animação que consegui reunir, eu disse: – Por que você não vai se trocar e eu faço o café? Depois, te levo para a escola.

Ela se levantou relutante, mas fez o que sugeri. Enquanto isso, liguei algumas vezes para o celular de Nisha, mas caiu direto na caixa postal.

– Nisha, cadê você? Me ligue – eu disse.

Comecei a ferver os ovos e fazer torrada, abrindo todos os armários para descobrir onde ela guardava a geleia de figo. Fui ficando cada vez mais irritada; o medo ainda não tinha me pegado.

Foi Aliki quem teve os instintos mais profundos que me faltavam. Depois de eu ter descascado os ovos e posto a mesa, ela ainda não havia voltado para a cozinha, então fui até seu quarto e a encontrei em frente ao espelho, chorando. Tinha vestido o uniforme, mas não conseguira prender o cabelo. O elástico estava enroscado num nó de cachos.

Disse-lhe para se sentar na cama, pus-me ao lado dela e, com delicadeza, desenrosquei o elástico. Depois, com uma grande escova, tentei juntar todo aquele cabelo em um rabo de cavalo alto, como Nisha fazia. Mas os cachos eram rebeldes e teimosos, e tentavam escapar. Quando eu trazia um lado para cima, o outro lado escapava da minha mão e caía de volta no seu ombro. Pude senti-la se mexendo, desconfortável e impaciente.

– Vou te dizer uma coisa – eu disse. – Esqueça o rabo de cavalo. Vamos fazer uma coisa diferente.

Então, trancei seu cabelo, e ela puxou a trança negra e grossa sobre o ombro direito, levantou-se e foi se olhar no espelho. As portas do quarto que davam para o pátio estavam abertas, e o cômodo estava inundado de sol e do canto dos passarinhos. Até a bruma entrou, como se fosse uma alma perdida.

Um dia tão revigorante de outono, e deveria ser uma manhã feliz, como qualquer outra, mas o que vi nos olhos de Aliki, enquanto ela contemplava seu reflexo, foi uma crescente preocupação.

Levei Aliki para a escola, algo que normalmente Nisha fazia. Também tive que deixar o trabalho por uma hora, para buscá-la à tarde – minha vendedora, Keti, não trabalhava às segundas-feiras. Depois, precisei levar Aliki comigo ao trabalho, por um tempo. Enfrentamos um trânsito pesado até a Rua Onasagorou, na altura da Praça Eleftheria, até a sede da minha clínica, Sun City – sou oculista –, que fica numa sequência majestosa de butiques caras, sorveterias, docerias, restaurantes, galerias, cafés e também a sede do British Council, um sobrado geminado adaptado, na Praça Solomou.

Aliki divertiu-se experimentando os óculos mais baratos e imitando pessoas em frente ao espelho grande que fica na entrada. Em um par de óculos redondos, de aro de metal, fingiu ser Gandhi; em um redondo, transparente, com lente bloqueadora de luz azul, era uma estrela K-pop; em um par simples, de aro marrom, era Nisha, e pegou o espanador de penas para limpar as prateleiras.

Naquela noite, Nisha ainda não havia voltado. Fiz alguma coisa para jantar, mas Aliki não estava com fome. Sentou-se em frente à TV.

– Sua comida está na mesa. Deixei coberta para não esfriar – eu disse. – Só vou dar uma saidinha para falar com a Sra. Hadjikyriacou, aqui ao lado. Quero saber se ela viu Nisha. Se precisar de alguma coisa, estou aí fora.

Aliki concordou com a cabeça e continuou assistindo ao noticiário, ao qual tenho certeza de que, de fato, não estava prestando a mínima atenção. Parecia preocupada, e chupava o nó do dedo indicador, como fazia quando era muito mais nova.

Antes, eu nunca havia prestado muita atenção nas outras empregadas do nosso bairro. Aqui, elas faziam tudo; eram contratadas e pagas (abaixo do salário-mínimo) para limpar a casa, mas acabavam cuidando das crianças, sendo balconistas, garçonetes.

Lá fora, duas mulheres, provavelmente filipinas, caminhavam pela rua com uma criança pequena entre elas, uma garotinha cipriota com maria-chiquinha, que dava a mão para as duas. Corria e pulava, e elas a erguiam pelos braços. Em uma casa adiante, uma empregada batia o pó de um tapete, no parapeito da varanda. Acenou para as duas que passavam. Agora, virando a esquina, outra empregada estava sendo puxada por um cão de caça enorme, cor de areia. Em frente à loja de Yiakoumi, outra empregada levava as antiguidades para dentro – expostas durante o dia sobre uma mesa –, a fim de fechar a loja com a chegada da noite. À direita, o restaurante de Theo começava a ficar movimentado, uma vez que se aproximava a hora do jantar. Suas duas empregadas vietnamitas esfalfavam-se em seus chapéus de arroz, segurando drinques ou bandejas com patês e pastas. A cada vez que eu via uma dessas mulheres, meu coração se apertava, na esperança de que Nisha pudesse aparecer ao lado delas.

Bem na casa ao lado, achava-se a Sra. Hadjikyriacou, que Aliki chamava de Senhora de Papel. Estava em sua espreguiçadeira de costume, no jardim da frente, nossa vizinha de muro. Sua pele era tão branca e enrugada que parecia que alguém a tivesse amassado em uma bola e tornado a abri-la. Passava a maior parte do dia sentada, e até tarde da noite, às vezes até meia-noite, vendo o dia passar, as estações mudarem, e se lembrava de tudo; sua mente era como um diário cheio de páginas e páginas do passado, ou pelo menos todo bocadinho de passado que havia percorrido seu caminho. É fato conhecido que seu cabelo ficou branco da noite para o dia, durante a guerra, quando a ilha foi dividida. Foi então que ela começou a armazenar tudo em sua mente, de modo a ninguém poder tomar-lhe a alma. Foi isto que ela me contou uma vez, muitos anos atrás.

Agora, ela estava ali, empoleirada em sua cadeira, assistindo à TV, que havia sido trazida para fora. O fio estava esticado quase a ponto de partir, enfiado em uma tomada na sala de visitas. Ela cuspia catarro em um lenço, examinava-o, depois gritava com a TV. Ao que parecia, estava furiosa com uma decisão tomada pelo presidente.

Eu esperava que ela tivesse visto Nisha sair.

Olhei sua empregada vir com uma bandeja de frutas e água, colocando-a em uma mesinha ao lado da velha senhora.

– Não quero nada – ela disse, agitando o pulso num sinal de recusa, e a empregada resmungou algo em sua própria língua, antes de voltar para seus afazeres lá dentro.

Era uma empregada nova, que ainda não sabia uma palavra de grego ou de inglês, então as duas se comunicavam em seus respectivos idiomas maternos, além de gestos e revirar de olhos.

Como sempre, a Senhora de Papel estava rodeada de gatos, todos com nomes dados por Aliki. Um deles estava em estado de atenção, olhando para ela, miando.

– O que foi, meu querido? – ela perguntou com um suspiro. – O que foi meu amado biscoitinho de gergelim? Quer água? Quer comida? Venha aqui e te dou um beijo! – Como resposta, o gato deu as costas para ela. Então, sem nem mesmo olhar em minha direção, ela abaixou o volume da TV, e disse: – Petra, venha cá e sirva-se de fruta.

Aproximei-me com as amenidades habituais sobre o tempo, pegando um gomo de laranja por educação, e então perguntei se ela havia visto Nisha na noite anterior, ou, na verdade, naquela manhã.

Recostando-se para trás com os dedos entrelaçados, ela vasculhou a mente, a cabeça ligeiramente inclinada à direita, em direção à luz da loja de Yiakoumi. Fixou o olhar na vitrine.

– De acordo com sete dos relógios de Yiakoumi, eram 22h30 quando a vi. De acordo com um, era meia-noite.

Esperei que ela continuasse falando, mas em vez disso ela pegou um dos gatos e o colocou no colo. Os olhos do gato preto eram dourados, com uma área malhada de azul, que a uma boa distância parecia a Terra.

– Ela disse aonde ia?

– Ela estava com pressa. Disse alguma coisa sobre encontrar um homem.

– Quem?

– Você acha que eu sou adivinha? – Sua frase feita.

Ela me encarou por um tempo, como se esperasse eu parar de mastigar. Quando engoli o último pedaço de laranja, deu uma batidinha no prato com o dedo.

– Pegue mais.

Percebi que sua atenção ficaria concentrada no prato, até eu aceitar, então peguei mais um gomo. Ela me olhou, enquanto eu dava uma mordida e limpava o suco no meu queixo.

– Havia algo diferente...? – comecei.

– Minha filha chega da Nova Zelândia na próxima semana. Ela vem do outro lado do mundo para me ver.

– Que maravilha!

Através da cortina de crochê, pude ver a silhueta da empregada. Parecia que ela estava se curvando para limpar a mesinha de centro; um abajur laranja reluzia atrás dela. A moça sacudia a cabeça, sem dúvida falando consigo mesma sobre a velha senhora; a não ser que algo mais a houvesse irritado tanto, que era como se ela tivesse dado uma mordida em um limão diretamente da árvore.

Exatamente nesse momento, o *bouzouki* começou a tocar no restaurante, e os gatos, como que combinados, saíram correndo naquela direção.

– Ela disse mais alguma coisa? Estou me referindo a Nisha – eu disse.

– Não.

– Pra que lado ela foi?

Ela apontou para a direita. – Depois, ela virou à esquerda no final da rua.

– Mas lá não tem saída – eu disse.

O que Nisha pretendia, indo para lá? Era um caminho que só levava à Linha Verde, à base militar e à zona neutra que separava as partes turca e grega da ilha. Ninguém ia para lá.

A Sra. Hadjikyriacou olhava para mim, me analisando. De suas córneas, películas triangulares de pele ameaçavam encobrir seus olhos.

– Qual é o problema? – ela perguntou.

– Não sei onde Nisha está. Tenho certeza de que não há nada para me preocupar, provavelmente ela só...

Ela me interrompeu. – Ela só o quê? Você quer dizer que ela não voltou?

Concordei com a cabeça.

– Imagino que você tenha tentado o celular dela?

Confirmei novamente, e ela olhou para o céu, seus olhos prateados inquietos. Pareceu tão preocupada que, de repente, tive o impulso de acalmá-la.

– Sinceramente, tenho certeza de que vai ficar tudo bem. Tem que haver uma explicação razoável.

– Não – ela disse.

– Vai ver que ela foi visitar uma amiga.

– Não – ela repetiu. – Nisha jamais sairia desse jeito, mesmo por um dia. Você deve saber disso. Ela é uma moça extremamente conscienciosa.

Ela pegou um gomo de laranja, levou-o aos lábios e, parecendo se lembrar de que não queria nada, partiu-o em pedaços, jogando-os no chão para os gatos, quando eles voltaram.

Então, colocou uma mão grudenta no meu braço. – Petra – ela disse, olhando-me intensamente, como se tentasse me ver através de uma densa bruma –, tem alguma coisa errada nesta história.

Voltei para casa e dei uma olhada em Aliki. Estava sentada na cama, no escuro, de pijama, tomando uma caneca de leite quente que aninhava nas mãos. Sua mochila da escola achava-se aos pés da cama, e seu uniforme pendia pronto no encosto da cadeira junto à escrivaninha. Se eu não soubesse, acharia que Nisha havia estado aqui.

– Você comeu? – perguntei, e Aliki olhou para mim por cima da caneca e balançou a cabeça afirmativamente. – Você está bem? – Novamente, ela balançou a cabeça afirmativamente.

Fui até ela e beijei sua testa. Foi então que notei que o gato preto, com os olhos de cores diferentes, estava dormindo na cama ao lado dela. À primeira vista, não passava de um lampejo ao luar, seu pelo brilhante e escuro oleoso na escuridão. Eu estava prestes a dizer que ela sabia muito bem que não era permitido gatos na casa, mas, antecipando minha repreensão, ela disse rapidamente:

– Macaco teve um dia difícil. Ele precisa de amor e carinho.

– Você deu a ele o nome de Macaco?

– Olhe para o rabo dele, comprido e virado. Acho que ele se pendura nas árvores.

Sorri. *Minha menina esperta.* Saí do quarto e fechei a porta.

Mas estava no limite. Não conseguia me livrar da sensação da mão da Sra. Hadjikyriacou no meu braço, da sua insistência de que algo estava errado. Espiei pela janela e vi que ela havia entrado em casa, a rua, agora, escura e vazia.

7
YIANNIS

No meio da noite, Seraphim e eu fomos até uma praia em Protaras. Uma vez por semana, durante a migração de outono, eu e ele íamos até o mar capturar pássaros. Eram as nossas caçadas mais lucrativas. Íamos até a costa leste na van de Seraphim. Embora fizesse frio de madrugada, ele mantinha a janela bem aberta, e se embebia de grandes goles de ar. Sempre fazia isto quando nos aproximávamos da água. Eu mal falava. Não conseguia parar de pensar em Nisha. Tentei imaginar onde ela poderia estar, mas minha mente só encontrava escuridão. Tentei ligar para ela muitas vezes, mas seu celular estava desligado.

As aldeias à nossa volta estavam em silêncio; havia apenas uma luz acesa em uma casa numa encosta. Logo escutei as ondas.

Sabe, pensei que você fosse uma pessoa diferente.

Foi Seraphim quem me levou para a caça clandestina. Ele era louco por dinheiro, mas eu estaria mentindo se não dissesse o mesmo a meu respeito. Houve época em que fui um executivo no Banco Laiki. Morava num apartamento luxuoso, no outro lado da cidade, o distrito elegante, cheio de brilhos. Meu avô foi agricultor na juventude e, depois disso, guarda-florestal. Meus antepassados levaram uma vida rural, agricultores e pastores que trabalhavam a terra. Meu pai estava determinado a que eu fizesse sucesso. Incentivou-me a estudar muito, *de modo a que eu ascendesse da terra para as estrelas!*

E, logicamente, fiz isso. A vida de banqueiro era atraente, estável. Eu ficaria seguro financeiramente, até rico, e não teria que depender do clima e das estações, como meus antepassados. Pelo menos, foi isto que meu pai me disse. À época, eu não tinha percebido que o mundo financeiro tem suas próprias tempestades e secas.

Antes da crise financeira de 2008, o Banco Laiki estava prosperando, destinado a se tornar o veículo de investimento europeu do fundo soberano de Dubai, e desempenhava um papel fundamental na área de serviços financeiros da ilha, acolhendo os jovens empresários russos que chegavam com malas cheias de dinheiro vivo e montavam empresas na ilha, administradas por advogados e contadores locais. A certa altura, as transferências bancárias entre Rússia e Chipre eram astronômicas. O Laiki tinha até cuidado dos negócios de Slobodan Milosevic. Na década de 1990, seu gerenciamento movimentava bilhões de dólares em dinheiro vivo, através do Laiki, apesar das sanções da ONU.

Eu amava contar essas histórias nos jantares sofisticados; as pessoas sempre ficavam impressionadas. Teresa, minha esposa na época, amava esse tipo de vida. Jamais teria se casado comigo se eu tivesse seguido a vida do meu avô. Nossa história era simples: ela trabalhava no banco concorrente do Laiki, nós nos conhecemos, nos apaixonamos.

Mas o Laiki se meteu numa encrenca fatal por causa da expansão agressiva para a Grécia. O balanço patrimonial foi exagerado, e depois aconteceu a crise financeira global e tudo deu errado. O Laiki sofreu intervenção e eu perdi meu emprego, minhas economias, minha mulher – nesta ordem. Mas embora a reviravolta humilhante no destino do banco refletisse os problemas mais profundos de Chipre, a guinada dos acontecimentos na minha vida lançou uma luz no buraco negro que existia em seu centro.

A van chacoalhou ao longo de um caminho de terra. Como sempre, Seraphim começou a murmurar uma velha canção infantil. Ele sempre murmurava essa cantiga quando nos aproximávamos da água, algo que remetia ao tempo antes da guerra. Mas a lembrança estava enterrada demais para que eu a recuperasse, e nunca perguntei a ele.

– Você precisa relaxar – ele disse, então. – Eu já te disse um montão de vezes, venha comigo até o Maria's. Eu te apresento. Ontem à noite, fiquei de novo com a filipina. Ela é muito meiga, sabe. Se não fosse pela minha mulher, acho que eu me apaixonaria.

Fiquei calado, olhando pela janela, observando a aproximação da escuridão opaca do mar e do céu.

– Qual é o problema? – Seraphim perguntou, olhando para mim. Era cerca de dois anos mais velho do que eu e, apesar de todo o seu dinheiro, vestia-se como um faz-tudo, independentemente da ocasião. Era um homem pequeno, moreno, mãos grandes, o cabelo quase sempre despenteado e com entradas. Normalmente com a barba por fazer, lembrava-me os ratos que vivem nos esgotos, ao longo das margens do Rio Pedieos. Era casado com uma russa chamada Oksana, de quem falava com frequência e com carinho, mas na maioria das noites visitava os bares da velha Nicósia, buscando mulheres que precisavam encontrar outra maneira de equilibrar o orçamento – segundo ele. Garotas gentis da Romênia, Moldávia, Ucrânia – não muito caras –, empregadas do Sri Lanka, Vietnã, Nepal. Mulheres que vinham aqui para ganhar dinheiro de um jeito ou de outro – segundo ele. Como se estivesse lhes fazendo um favor.

Fiz vista grossa para a merda que Seraphim vomitava. Ele era um baita desonesto, mas tinha algo de charmoso, certa simpatia. E era bom em guardar segredos. Segurava firme na direção, enquanto a van pulava no terreno irregular. Seraphim era a única pessoa no mundo que sabia do meu relacionamento com Nisha.

– Nisha foi embora – eu disse.

Agora, dava para ouvir a respiração pesada do mar, abaixo de nós, à direita. As nuvens abriram um espaço, e o céu ao redor da lua ficou prateado. Percebi que ele estava calado tempo demais.

– Nisha foi embora – repeti.

– Não é possível.

– Por que não?

Ele tornou a ficar calado, e então virou para a direita, para o caminho que levaria ao pontão de uma enseada particular. Naquele canto, havia uma capelinha feita de arenito, com uma cruz branca imensa que, à noite, ficava iluminada.

– Por que ela iria embora? – ele perguntou, por fim.

– Não sei – eu disse. – Ela simplesmente desapareceu. – Fiz uma pausa. – Pedi-a em casamento no sábado à noite, e ela desapareceu no domingo à noite. Bom, imagino que foi em alguma hora no domingo.

– Domingo à noite – ele disse. Não uma pergunta, uma afirmação.

Mas antes que eu pudesse dizer mais alguma coisa, ele parou rapidamente a van, desligou o motor e abriu a porta do motorista.

Vyacheslav esperava por nós, como de costume, ao lado de um dos barcos, segurando sua garrafa térmica prateada, fumando um cigarro e lendo as notícias no celular, o cabelo tão loiro que era quase branco. Sorriu ao nos ver, jogando a guimba no chão e saudando-nos como de costume.

Seraphim e eu puxamos, da traseira da van, uma rede de neblina enorme, enrolada, cada um segurando de um lado, como se estivéssemos carregando um corpo. Fiquei olhando por cima do ombro, suando. As caçadas marinhas eram as mais perigosas. Se fôssemos pegos, a multa seria de 20 mil euros, e seríamos presos. Cada vez que íamos para o mar, eu pensava: *Com certeza, desta vez vamos ser pegos.*

Vyacheslav começou a desenrolar a rede, para prender cada ponta aos dois barcos. Como sempre, ele navegaria com Seraphim, e eu iria sozinho. Acho que ele preferia a companhia de Seraphim.

— Agora está claro — Vyacheslav disse, olhando para o céu, estreitando os olhos, o rosto enrugando-se num grande sorriso. — Vai ser uma boa caçada.

— Esperamos que sim — Seraphim respondeu.

Conversávamos entre nós em inglês, com nossos respectivos sotaques carregados.

Vyacheslav acendeu outro cigarro e enumerou as principais manchetes do dia, algo que ele sempre fazia, enquanto Seraphim certificava-se de que as redes estavam bem presas. Coloquei dois dispositivos de chamada em cada barco.

Milhares de aves migratórias descem quando o sol começa a nascer, vindas para a ilha para uma parada de descanso em sua árdua travessia do Mar Mediterrâneo.

Esta ilha, este pequeno refúgio marinho fica ao longo de uma das principais rotas migratórias. Os pássaros veem as luzes da cidade e voam em sua direção. Alguns deles até usam a costa como fio condutor, ajudando-os a encontrar o caminho. As redes de neblina são tão finas que os pássaros voam direto para dentro delas. Toda tentativa para escapar provoca um emaranhamento ainda maior. Não pegamos apenas toutinegras-de-barrete-preto, mas sim todos os tipos, as redes são indiscriminadas. O verão é relativamente tranquilo, mas nas épocas de passagem, particularmente no outono e na primavera, mais pássaros atravessam, tantos, na verdade, que fazemos uma matança.

Ao sairmos para o mar, tive subitamente a sensação de que estava me afastando mais de Nisha, que algum cordão invisível que nos mantinha juntos estava sendo roubado por uma corrente invisível, mas poderosa. Ela sempre parecia saber o que eu estava sentindo, ou melhor, ela transmitia meus sentimentos, mesmo os que eu não sabia que tinha. Pousava o queixo no punho, deitada na minha cama, ou sentada à mesa de jantar, e olhava dentro de mim com seus olhos leoninos.

– O que está te deixando tão triste? – dizia, ou – Por que você está zangado hoje? – ou – Para onde você sumiu?

Conhecia meus humores melhor do que eu mesmo. A única pessoa que chegou a me dedicar esse tipo de atenção foi meu avô, quando eu era menino. Ele era sempre muito atento, quando entrávamos na mata: onde eu estava pisando, se eu estava empolgado demais, arriscando assustar os bichos, se eu estava cansado, faminto. Uma vez, depois que minha cadela morreu, ele me deixou falar sobre ela durante todo o caminho de Troodos à costa leste. Descemos do ônibus, e, embora eu estivesse animado, contando histórias alegres, ele sabia, pela maneira como eu arrastava os pés, que meu coração estava pesado, e que, quando fôssemos nadar, eu afundaria, caso não desse essas lembranças para ele carregar.

No verão passado, eu havia mostrado a Nisha uma foto minha aos 6 anos, tirada em frente à casa de fazenda em Troodos. Havia uma vaca no terreiro logo atrás de mim, e eu estava abaixado amarrando meus cadarços e olhando para a câmera, sorrindo. A foto foi tirada pela minha mãe; lembro-me dela carregando minha irmã no quadril. Ela tinha voltado das plantações, aonde fora levar o almoço para meu pai e meu avô, seu rosto estava vermelho, sua cabeça, coberta por um lenço. Nisha chorou ao ver a foto. Estava nua, sentada na minha cama ao lado das portas abertas do terraço, o ar quente, pegajoso, impregnado do jasmim noturno e do perfume de mulheres que vagavam pelas ruas. Era quase meia-noite, e a música vinda do Theo's flutuava até nós. Entre nós, o ventilador rodava. Os olhos amarelos de Nisha marejaram, e lágrimas caíram no meu pulso, enquanto eu segurava a foto.

– Por que você está chorando?

– Você era tão lindo e meigo – ela disse, enxugando o rosto com as costas das mãos. Depois, se deitou nos meus braços, e senti suas lágrimas no meu peito. Apertei-a com força, sem saber se eu a estava consolando ou se, na verdade, ela é quem estava me consolando. Não entendi, de fato o que a tinha feito chorar. O que ela teria visto no meu rosto de tantos anos atrás? Que sonhos insondáveis ela havia projetado para o futuro?

Conforme os barcos avançaram na água, aumentando a distância entre nós, a rede de neblina esticou-se, quase invisível, logo acima do mar, entre os dois barcos. As luzes da cidade ficaram menores, à medida que flutuamos adiante, conduzindo os barcos de modo que a distância entre eles permanecesse estável, e ficássemos paralelos um ao outro. Era preciso certo cuidado na navegação, para não rasgar as redes ou deixá-las cair, mas eu tinha muita prática e Vyacheslav me ensinara bem.

Depois de termos alcançado uma boa distância, Vyacheslav ergueu a mão no ar, e desligamos os motores. Agora, os barcos balançavam nas ondas suaves, e esperamos. O horizonte ainda estava preto.

Você era tão lindo e meigo.

Devo ter adormecido porque, quando acordei, vi a silhueta de milhares de asas contra o céu, o sol atravessando a beirada do mundo. Os pássaros que voavam alto escaparam da rede e chegaram à costa; os outros, as centenas que roçaram a água ou voaram a poucos metros dela, terminaram sua jornada ali. Chocaram-se contra uma barreira invisível, as linhas finas de nossa rede imensa, e lá eles iriam se debater, guinchar e gritar. Mas ficariam ali.

Antes de o sol se erguer completamente, dirigimos nossos barcos de volta para a costa, e nós três puxamos a rede da água. Alguns pássaros haviam se afogado, outros ainda tentavam escapar. Pousamos a rede na areia, e começamos a retirar as aves, uma a uma. Entre as toutinegras, havia pintarroxos, tordos-ruivos, garças roxas e cinza, bútios-vesperos, falcões-de-pés-vermelhos, estrelinhas-de-poupa e alguns grandes gaivotões-reais de inverno.

Jogamos os mortos nos sacos de lixo e mordemos o pescoço dos outros, dos que ainda se mexiam, cortando a artéria para uma morte rápida, juntando seus corpos aos outros. Outras aves continuavam vindo aterrissar na praia, e pequenos pardais pulavam ao nosso lado na areia. Um gato vira-lata com olhos saltados veio farejar o que estava acontecendo, serpenteando seu caminho entre nós, esfregando a cabeça em nossos joelhos e cotovelos, em busca de atenção. Seraphim jogou um dos pássaros para ele, e o gato agarrou-o com a boca e saiu correndo.

– Você não deveria fazer isso – Vyacheslav disse, com as sobrancelhas cerradas. – É o mesmo que jogar dinheiro pro bicho.

– Foi só um! – Seraphim riu. – Fique frio. Os gatos são caçadores, exatamente como nós.

– Eles caçam para sobreviver e só por caçar, depende das circunstâncias – eu disse.

Até então, eu tinha ficado quieto. Os dois homens olharam rápido para mim, sem grande interesse, e continuaram com seus afazeres. Agora, o céu estava clareando e tínhamos que nos apressar. Era preciso ter tudo organizado e limpo antes que as pessoas na cidade começassem a acordar.

A caminho de casa, quis conversar mais com Seraphim sobre o sumiço de Nisha, mas ele estava distraído, zonzo pela nossa grande captura da manhã. Tagarelava sem parar sobre os planos para a nossa próxima caçada. Iríamos para a península Akrotiri, um bom lugar para armadilhas. Sendo parte da base militar britânica, estava muito pouco desenvolvida. Levaríamos gravetos com visgo e redes de neblina para a reserva pantanosa Akrotiri, e para as piscinas atrás da praia Lady's Mile. Precisaríamos de uma boa quantidade de gravetos com visgo, então ele iria prepará-los antecipadamente.

Era Seraphim quem mantinha nossa pequena organização funcionando, e acima dele havia homens que lhe davam ordens. Os sacos com as aves estavam conosco, no bagageiro. Seraphim e eu pegaríamos alguns sacos cada um, limparíamos os pássaros e depois daríamos a Vyacheslav uma parcela do lucro. Vyacheslav estava livre de limpar as aves porque os barcos eram dele. Cada um de nós ganharia cerca de três mil euros pelos esforços da manhã.

Saí da van, parei com a porta do passageiro aberta.
– Domingo. Nisha desapareceu domingo – eu disse. – Tinha alguma coisa especial naquele dia? Você se lembra de alguma coisa?

– Não, por que me lembraria? – ele disse.

– Porque mais cedo você disse que não era possível. Que Nisha não teria fugido. O que você quis dizer com isso?

– Acho que você me entendeu mal, meu amigo. Você sabe como são essas mulheres, elas vêm e vão como a chuva.

Nisha não, eu ia dizer. Mas não disse.

Quando cheguei em casa, trouxe os sacos com as aves para cima e coloquei-os no quarto extra. Fui até a cozinha dar uma olhada no passarinho. Estava dormindo. Agradei suas penas. Imaginava que os pássaros não têm memória, que vivem apenas no presente, que o passado se apaga atrás deles e desaparece como cada onda no oceano.

Pensei nos sacos de pássaros mortos, no quarto extra. Não tinha energia para limpá-los, então os guardei na geladeira tamanho industrial, e decidi deixar o trabalho para o dia seguinte.

Tirei uma longa soneca, porque não havia dormido na noite anterior. Quando me levantei, já estava escuro. Liguei para Nisha mais algumas vezes. Voltou a cair direto na caixa postal. Preparei um jantar com cuscuz e caracóis, e me sentei no terraço para comer, com a manta que Nisha sempre usava sobre os meus ombros. Tinha o cheiro dela: lustra-móveis e alvejante, temperos e leite. Ela parecia muito distante. Aonde teria ido? O que Seraphim quis dizer? Sabia de alguma coisa? Com ele, nunca se podia ter certeza.

Seraphim é filho de um velho amigo da família. Quando eu era criança, ele vinha de visita com os pais e a irmã umas duas vezes no ano. Sendo dois anos mais velho do que eu, me ignorava ou me dava ordens. Depois, nossas famílias se afastaram, e fui para a universidade, em Atenas. Quando voltei, fui morar no coração do centro da cidade. Anos mais tarde, depois de perder meu emprego no Laiki e começar a alugar o apartamento em cima da casa de Petra, dei com ele novamente, na quitanda da rua. Ele me reconheceu imediatamente, me abraçou, batendo nas minhas costas com suas mãos grandes. Contou-me sobre seu Jaguar (colecionava carros antigos), sua propriedade (uma ampla vila) e sua bela esposa russa. Pareceu também que deveria ter havido um parêntese ali, mas ele deixou pra lá.

Senti inveja. Ali estava ele, com a vida muito bem organizada, enquanto a minha desmoronava.

– E aí, como vai você, meu amigo? – ele perguntou. – Soube que você está voando alto no mundo financeiro?

Eu estava prestes a assentir e simplesmente concordar com ele, mas então ele acrescentou: – Ou esta crise foi uma cacetada?

Então, lhe contei, com naturalidade, que, de fato, tinha sido uma cacetada. No entanto, não mencionei que andava procurando trabalho sem o menor sucesso, e nem mesmo tinha certeza de como ia fazer para pagar a Petra o aluguel do mês seguinte.

Ele balançou a cabeça, pensativo. – E soube que você se casou... e tão novo!

– É, ela é maravilhosa, muito companheira – eu disse. Não contei que também havia perdido a esposa.

A primeira perda levara à segunda, e as duas, na verdade, levaram à terceira, a perda da minha ingenuidade, a qual, na verdade, eu já deveria ter superado. Só quando nos conhecemos melhor foi que confessei que ela havia me deixado.

– Agora você mora por aqui?

Disse a ele que sim e contei o nome da rua.

– Ótimo. Somos praticamente vizinhos. – Ele havia hesitado por um momento. – Vou te dizer uma coisa... Tenho uma proposta pra você. Acho que você vai gostar. Pode me encontrar amanhã à noite, às onze e meia? – Ele tirou do bolso uma nota fiscal amassada, alisou-a no balcão da quitanda e escreveu o nome de uma rua, o nome de um bar e o número do seu celular. Também quis pegar o meu – Só para garantir – disse.

Eu queria ir encontrá-lo. Havia algo nele, certa energia, que dizia *Siga-me e lhe mostrarei uma vida melhor*. Seu sorriso era contagiante, e os olhos sempre reluziam com possibilidades.

Quando olhei o endereço anotado, descobri que era o do Maria's. Eu deveria saber pelo horário em que ele queria me encontrar. O bar funcionava até de madrugada.

O bar Maria's era um espaço aberto a trabalhadoras do sexo, cafetões e velhos bêbados. Logo junto à rua principal, com vitrines escuras e uma porta de madeira. No andar de dança, uma mulher mais velha jogava pedacinhos de papel para o alto, como se estivesse tomando uma ducha de confetes.

Seraphim estava sentado no bar, conversando com a garçonete, vestida com seu costumeiro pretinho justo.

Ele me viu na mesma hora e acenou. Claramente, estivera procurando por mim.

Juntei-me a ele. Sem perguntar o que eu queria, ele pediu duas cervejas. Beliscava algumas castanhas. Empurrou a vasilha em minha direção. – Sirva-se – disse.

– Não, obrigado.

– Você tem que experimentar. Acabaram de ser colhidas. Levemente tostadas. Sem sal.

Senti que não poderia recusar. Quando éramos crianças, era a mesma coisa. Certa vez, quando eu tinha 13 anos, e ele 15, ele me convenceu a subir em uma árvore. Contou-me que havia visto um pássaro lindo lá em cima, uma espécie rara que nunca vira. É claro que fiquei animado e subi sem esforço, porque era ágil e forte. Mas descer foi um problema. É sabidamente difícil descer de árvores. Fiquei ali empacado por uma boa hora, até que meu avô veio subindo a colina com dois fardos de feno nos ombros, que colocou no chão abaixo de mim para amortecer a minha queda.

As castanhas pareciam mesmo boas, e eu tinha andado ansioso por encontrá-lo, curioso em saber qual seria sua proposta, então mal tinha comido. Então, peguei um punhado delas e joguei na boca.

A garçonete colocou duas garrafas sobre o balcão, e Seraphim pegou a carteira para pagar. Eu era seu convidado, ele disse, estava me oferecendo. Bebi a cerveja rapidamente. No banquinho ao nosso lado, um homem de cabelos grisalhos brincava com o cabelo de uma moça, os braços dela ao redor do pescoço dele. Ela tinha a pele morena, e mal parecia ter 18 anos. Alguns assentos depois, um careca tentava beijar o pescoço de outra moça. Ela parecia familiar, mas não consegui me lembrar de onde a tinha visto. Seraphim pediu mais duas cervejas. Dessa vez, a garçonete colocou à nossa frente vasilhas com fatias de maçãs, azeitonas e batatas fritas. Dessa vez, ele não pagou. Bebíamos as cervejas na maior velocidade, e a garçonete ficava substituindo as vazias.

Numa mesa atrás de nós, duas mulheres lindas estavam sentadas no colo de dois homens muito velhos.

– Aquelas são romenas adoráveis – Seraphim disse. – Não são caras demais.

A cerveja começava a me subir à cabeça. Até então, não tínhamos falado grande coisa. Ele havia me contado um pouco mais sobre seus carros. Um Porsche 91 em perfeitas condições.

– Tem mágica naquele carro – ele disse. – Você deveria vir comigo algum dia, vamos subir as montanhas. Vai ver a força dele. – Contou-me sobre sua Mercedes SL 300 Gull-wing. – Um dos primeiros carros esporte da era pós-guerra. Prata. As portas abrem-se como as asas de um pássaro. Dá para voar naquela coisa. – Ele preferia não dar muitas voltas com aquele carro, foi o que disse. Mantinha-o em excelentes condições em sua garagem, tirava-o para dar uma rodada uma vez por semana, para mantê-lo vivo e respirando.

Até mesmo um pouco irritado, eu tinha ficado surpreso com o mau estado das suas roupas. Sua camiseta era velha e puída, bem como o seu jeans; o cabelo mal tinha visto pente, saltava em várias direções. Com todo aquele dinheiro, eu me perguntei por que ele usava roupas que pareciam ter vinte anos.

As cervejas continuaram vindo, e agora eu bebia mais devagar.

Duas filipinas aproximaram-se de nós, uma mais jovem, muito maquiada; a outra, ligeiramente mais velha, mal tinha uma pitada de maquiagem, e sua pele brilhava nas luzes tênues. Seraphim conhecia-as bem. Houve muita conversa fiada.

– Quando é que eu vou levar vocês duas para uma volta no meu carro? – Seraphim perguntou.

A mulher mais velha sorriu educadamente, mas não respondeu. A mais nova tirou o cabelo da testa e colocou as mãos entre os joelhos. Esses pequenos gestos indicaram-me que elas não estavam à vontade. Entornei mais uma cerveja. As duas mulheres desapareceram na multidão.

Seraphim pediu cuscuz a uma das garçonetes.

– Cuscuz? – perguntei, e ele piscou.

Em pouco tempo, ela voltou com um pote de cerâmica numa bandeja prateada. Colocou o pote, dois pratinhos e talheres no balcão.

– Olhe pra isto, meu amigo – disse Seraphim. – Na estação. Orgânico. Você vai amar.

Ele abriu o pote e enfiou um garfo, tirando uma ave canora minúscula, escaldada. De dentro do pote saía um vapor enrolando-se em fitas, misturando-se com a fumaça de cigarro já existente. Com delicadeza, Seraphim colocou duas aves no meu prato e duas no dele. Depois, jogou uma na boca, trincando seus ossos com prazer.

– Experimente – disse. A boca cheia. – Você deve gostar. Nunca conheci alguém que não gostasse. Você não comia isto quando era criança? – Ele cuspiu no balcão.

Contei para ele que comia, e que sabia que era ilegal comer aquelas aves.

– Não estou com muita fome – eu disse. – Fiz uma baita refeição antes de sair. Ainda estou empanturrado.

– Está parecendo que pode ser mais difícil ter você do meu lado do que eu pensava. – Seraphim engoliu o último pedaço de ave, e usou a unha do dedo mindinho para tirar a carne do dente. Senti vontade de vomitar.

– Não entendi.

– Estas aves canoras, como devo dizer? Elas estão no seu prato por cortesia minha. Pode-se dizer que estou mantendo viva a tradição. Mas capturo-as aos milhares. Um outro par de mãos dobraria a minha renda. São só algumas armadilhas por semana, durante a estação de caça. – Ele fez uma pausa, me analisando. – Afinal de contas, como você achou que eu vivia tão bem?

Não respondi.

– Vejo que suas roupas elegantes e sua boa aparência são seus disfarces. Mas você está em dificuldades, meu amigo, não pense que não vejo isto. Vi nos seus olhos lá na quitanda. Estava bem ali, rasgado no seu rosto, como uma enorme cicatriz.

Fiquei mais uma vez sem dizer nada. Mas Seraphim havia me sacado. Era sua grande habilidade.

– Não precisa responder agora. Pense nisso, e daqui a uma semana eu ligo pra você. Se a resposta for sim, você começa na mesma hora. Preciso de um aprendiz, alguém em quem eu possa confiar. Você sempre foi confiável, não foi? – Ele deu um sorriso largo por um momento e depois empurrou o prato em minha direção. – Pelo menos experimente um. Vai te levar direto para a sua infância.

Percebi que mal tinha tocado no jantar. Levantei-me e coloquei-o num pote Tupperware para guardar na geladeira. Dei um pouco mais de água para o passarinho, e ele bebeu, gota a gota. De manhã, tinha colocado um prato com sementes, e ele tinha comido um bocado. Depois, aninhei-o nas mãos e levei-o mais uma vez para o terraço, para esperar pelas onze horas. Vi como seus olhinhos de contas abriam e fechavam, suas penas afofando-se conforme ele se acomodava em minhas mãos. Vislumbrei os outros pássaros na minha mente, os mortos, milhares deles, nos sacos de lixo pretos, penas grudadas com seu próprio sangue e com o sangue dos outros pássaros. Olhos de contas eternamente abertos para as trevas.

Naquela noite, fiquei ainda mais inquieto. Lá embaixo, na rua, a luz da sala de visitas de Petra brilhava no calçamento de pedras. Havia sombras nas pedras, o movimento de pessoas dentro. Sim, uma era de Petra, comprida e magra, cabelo preso. A outra era de Aliki, mais baixa e mais larga, indo para a janela de tempos em tempos para ficar, em silêncio, sem dúvida, em pé ao lado da mãe. Então, em uma ocasião, houve uma terceira, mais suave, mais redonda, em pé sozinha. Essa deve ter sido Nisha. Mas eu não podia ir verificar. Liguei para ela, e mais uma vez caiu direto na caixa postal. Não conseguia pensar em algum bom motivo para bater à porta delas àquela hora. Mas fiquei pensando: *Ela vai voltar*. A não ser que tenha voltado para o Sri Lanka... Não, eu tinha certeza de que Nisha bateria à porta dos fundos às onze horas, como sempre fazia, e a lembrança de esperar por ela desvaneceria no passado e seria esquecida.

A Sra. Hadjikyriacou estava novamente lá fora, falando bobagem com os gatos. Mas não dava para ouvir o que ela dizia. Naquela noite, o *bouzouki* não estava tocando; em vez disso, uma garota cantava em outra língua, e as palavras estrangeiras voaram às centenas pelas ruas, desgastando-as. Eu nunca a tinha visto, e ela era linda: morena, olhos escuros. Sua mão direita era menor e parecia lesionada de alguma maneira, talvez um defeito de nascença. Permaneceu apertada junto ao seio. A mão esquerda, no entanto, dançava enquanto ela cantava, subia e descia ao tom fascinante da sua voz, os dedos dedilhando o ar como se ela estivesse tocando um instrumento invisível. Sua voz era extraordinária, clara como vidro. Nas mesas a sua volta, os homens, muitos dos quais já tinham sido oficiais do exército, que provavelmente tinham medalhas e flashbacks trancados em algum lugar, viravam doses de Ouzo, chupavam caracóis com suas gengivas, riam – e ignoravam-na. Ela não passava de um ruído de fundo.

Vi Yiakoumi sair da sua loja. Sentou-se em uma cadeira de vime para tomar café e escutar a música. Os relógios atrás dele estavam iluminados. Eram dez e meia.

Fiquei ali, segurando o pássaro, escutando a música, esperando a próxima meia hora. Mas Nisha não veio.

Às cinco da manhã fui acordado pelo toque do meu iPad. Pulei para responder, pensando ser Nisha, mas o nome que piscava forte na tela era Kumari. Parei e olhei-o por um tempo, sem saber o que fazer. O que eu diria para ela?

Em pouco tempo parou. Mas nem dez segundos depois, ele voltou a tocar, e mais uma vez não pude fazer nada além de ficar ali parado, imaginando a garotinha do outro lado, esperando ansiosa para falar com a mãe.

8
PETRA

Na manhã seguinte, assim que o galo começou a cantar, fiz chá e torrada para mim e fui até o quarto de Nisha. Olhei em volta, sem saber o que estava procurando. Sua maquiagem estava na penteadeira, perfeitamente arrumada. Os pincéis cintilavam com ruge. Então, notei um diário, e, pousado em cima dele, um anel de ouro de compromisso. Nunca a havia visto usando aquilo. Era simples, com um diamante de tamanho decente, numa cravação com garras salientes. Coloquei o anel na penteadeira e abri o diário. Na primeira página, havia um esboço do jardim, com o barco e a laranjeira. O restante das páginas estava cheio de escrita em cingalês.

Na gaveta da sua mesa de cabeceira, encontrei um medalhão de ouro, em formato de coração. Dentro havia duas fotografias recortadas grosseiramente, uma dela, e uma de um rapaz. Ela nunca usava esse medalhão, mas às vezes, à noite, quando se sentava para descansar e ver TV, segurava-o com força na palma da mão, ou enrolava a corrente de ouro em volta do dedo, como um cristão faria com seu terço.

Em outra gaveta, encontrei uma mecha de cabelo.

– Este é o cabelo da minha irmã do Sri Lanka. – Virei-me e Aliki estava na entrada do quarto. – O nome dela é Kumari. Ela tem dois anos a mais do que eu, tem 11. Você sabia?

– Na verdade não – eu disse. Ocorreu-me que eu nunca tinha me preocupado em perguntar sobre a filha dela, sobre como ela era fisicamente, que tipo de menina era, como estava se virando sem a mãe ao lado. Quando Nisha conversava com Kumari?

A mecha de cabelo estava em um saco plástico transparente, do tipo que você poderia guardar moedas para levar ao banco.

– Mas o meu cabelo é cacheado, e o dela é liso.

Concordei com a cabeça.

– Esse é um medalhão que o marido de Nisha deu a ela antes de morrer. Ele está dentro desse coração. Ela jamais iria embora sem ele.

Então, aqueles eram os bens mais preciosos de Nisha.

Não estava faltando nenhuma de suas roupas e nenhum sapato. Ela possuía três bolsas, mas só duas estavam lá, guardadas no fundo do armário. Seus óculos de leitura estavam em cima do travesseiro. A cama estava bem arrumada, as cobertas cuidadosamente dobradas nos cantos.

Virando-me para fazer uma pergunta a Aliki, vi que ela havia saído do quarto. Provavelmente tinha ido preparar seu café da manhã.

Havia uma pequena escrivaninha antiga ao lado das portas de vidro, e quando abri a gaveta de cima, achei seu passaporte. À essa altura, sentei-me na cadeira; estava muito confusa. Em parte, minha esperança era não encontrar esses itens, especialmente o passaporte. Queria acreditar que Nisha tivesse ido embora para algum lugar, e isso significaria que ela estava a salvo. Mas, se tivesse ido, por que deixaria o passaporte? O medalhão? Voltei a abrir o diário e passei os dedos pelas palavras estrangeiras, as belas linhas que corriam pelo papel como as vinhas no jardim. Desejei poder lê-las, esperando que me dessem alguma pista do paradeiro de Nisha.

Ela simplesmente tinha desaparecido.

Peguei o medalhão e segurei-o com força no punho fechado, como Nisha fazia quando assistia à TV. Isto me lembrou o minúsculo coração de Aliki durante o último ultrassom que eu havia feito na gravidez, antes de entrar em trabalho de parto.

Stephanos não estava lá. Ele era oficial do exército, e trabalhava na base britânica, motivo pelo qual tínhamos decidido ficar ali, na casa dos meus pais, depois que nos casamos. Stephanos era um cipriota britânico, nascido em Islington, criado em Edmonton. Depois da guerra, seus pais mudaram-se para Londres como refugiados. Ele havia se alistado no exército na Inglaterra, mas num verão veio para Chipre se hospedar com parentes, e nos conhecemos e nos apaixonamos. Depois disso, ele pediu sua transferência para cá. Os britânicos ainda tinham uma base em Chipre, uma remanescente de sua ocupação da ilha até sua independência, em 1960.

Para ele era conveniente para ir ao trabalho, já que com dez minutos de caminhada chegava lá, ou com dois minutos de carro. Àquela altura, mamãe já tinha morrido, e papai havia se mudado para um pequeno apartamento nas montanhas, então nos mudamos para esta bela propriedade veneziana na cidade antiga, a casa onde cresci.

Ela pertencia à tia do meu pai, e por alguns anos, quando eu tinha entre 5 e 7 anos, ela viveu no andar de cima, onde Yiannis vive agora. Lembro-me dela como uma idosa minúscula e bonita, com cabelos prateados, sempre presos em uma rede. Ela costumava se sentar no jardim e fazer toalhas, cortinas, vestidos de noiva e véus, tudo em crochê. Contava-me histórias sobre o início dos tempos e o fim dos tempos, com as mãos sempre ocupadas. Uma vez, me contou que estava ganhando tempo, que trabalharia até estar pronta para deixar este mundo e se reunir ao homem que amava, o tio do meu pai, que morrera lutando pelos britânicos na Segunda Guerra Mundial.

Stephanos recebeu o diagnóstico de câncer quando eu estava grávida de cinco semanas de Aliki. A doença migrou da próstata para os ossos e para o fígado. Ele passou de um homem que deixava a casa toda manhã em seu uniforme militar, um homem que corria pela cidade antiga à noite, um homem que me fazia morrer de rir, a... alguma coisa. Alguma coisa encolhida, não humana. Alguma coisa que não era viva, nem morta. Um animal; um pássaro minúsculo, moribundo.

Aliki continuou a crescer. Cresceu, cresceu, como um fruto em uma árvore, como um figo carnudo, crescendo e expandindo minhas entranhas até eu estar pronta para estourar. Ela se retorcia, se contorcia e empurrava, e foi então que me veio a ideia de um polvo.

Na época do ultrassom do meio da gestação, Stephanos estava acamado. Prometi-lhe levar o exame para ele ver. Ele havia dito que esperava que Aliki fosse tão linda quanto eu. Tinha escolhido seu nome. Quando falava assim, olhando direto nos meus olhos, eu sabia que ele ainda estava ali. Mas então, contemplava o que restava dele, o quanto ele parecia estranho, ossos esfarelando, espinha torcida, pescoço curvado para a frente como o de um abutre, e me vinha a sensação de querer sumir. Queria desaparecer dentro dele, em seus olhos, para poder descansar em seu interior e me agarrar a sua alma. Comecei a ver seus olhos como portas minúsculas que levavam ao homem que eu sempre conhecera. Esperava que ele acordasse a cada manhã, sentada a seu lado no hospital. Olhava para aquela forma encolhida na cama, ligada a máquinas, e esperava que aquelas portas se abrissem. Quando seus olhos se fechassem para sempre, eu o perderia por completo.

No dia do exame, a enfermeira espalhou gel sobre a barriga e correu o bastão gelado pela minha pele. Mas não consegui olhar para a tela. Só pensava no primeiro ultrassom com 12 semanas. Stephanos fora comigo à consulta. Àquela altura, já sabíamos qual era o seu diagnóstico, mas ele ainda não tinha se deteriorado. Nós dois olhamos extasiados para a tela, sem nem ao menos saber ao certo para o que estávamos olhando. O feto, do tamanho de uma framboesa, mal parecia humano. As batidas do coração eram fracas e abafadas, muito distantes. Mas agora, se eu olhasse para a tela, haveria uma criança de verdade, e eu não estava preparada para imaginá-la. Não sem Stephanos. Mesmo assim, escutei as batidas do seu coração, regulares e fortes, cheias de vida; batiam nos limites deste mundo, exigindo ser ouvidas. Escutei-as. Ah, escutei! Não tive escolha. Aliki se anunciava, forjando um caminho para sua chegada.

Ao mesmo tempo, meu coração sumiu. Virou névoa e desapareceu.

Contratei Nisha assim que Stephanos morreu. Ela até esteve lá no momento do parto. A maioria das mulheres na cidade tinham empregadas domésticas, então não vi problema em também ter uma. Pesquisei e percebi que não seria tão caro, não mais do que eu poderia dispor. Eu lhe ofereceria acomodações e comida, então o salário mensal seria mínimo. O fato é que não conseguia me virar sozinha, e sabia que mais cedo ou mais tarde teria que voltar ao trabalho. Afinal de contas, era meu próprio negócio. Seja como for, meu raciocínio foi esse.

Aliki foi um bebê cabeludo de 3,650 kg. O retrato escrito de Stephanos. Sou *mignon*, com cabelo liso castanho claro e pele azeitonada. Não vi nada de mim nela. Até meus seios eram pequenos demais para ela, e nunca tive leite suficiente. Ela puxava a minha pele e sugava meus mamilos em carne viva, tentando desesperadamente conseguir mais do que eu podia lhe dar. Tenho que admitir que sentia ciúmes da maneira como Nisha conseguia amá-la, segurá-la em seus braços, tão próximo a sua pele.

Aliki chorava e chorava.

— Madame, seu bebê está chorando — Nisha dizia. — Vá até ela. Ela precisa da senhora.

Eu não conseguia ir. Não conseguia me mexer. — Por favor, Nisha, será que você pode ir só desta vez? Na próxima eu vou.

— Tudo bem, madame, se é o que a senhora quer.

Ela pegava a criança chorosa e caminhava pelo cômodo, mas Aliki não parava. Então, um dia, por algum motivo, Nisha resolveu deitar-se de costas no chão, levantar a camiseta e colocar o bebê em seu peito nu. Aliki parou subitamente de chorar. Resmungou por um tempo, depois dormiu. Sentada na poltrona e olhando-as daquele jeito, o corpo brando e enrodilhado de Aliki junto à pele mais escura de Nisha, lembrei-me da noite embalando a lua.

Aliki apaixonou-se por Nisha; queria seus odores e o toque quente de sua pele. Imaginei que, na batida do coração de Aliki, Nisha pudesse sentir o da sua própria filha. Não queria pensar nisso. Empurrei o pensamento de lado, para um lugar seguro, onde a culpa não poderia me alcançar.

Nisha nunca desistiu de tentar me aproximar da minha filha. Tentou fazer com que eu segurasse Aliki, ficasse imóvel com ela. Mas eu não conseguia. No rosto de Aliki, em seus olhos, na curva suave do seu queixo, na frescura rosada da sua pele, até na pinta do seu rosto, eu via Stephanos. Tinha pesadelos. Sentava-me e via aranhas brancas enormes, do tamanho de sapatos, rastejando para o quarto do bebê. Segui-as, pisava nelas, tentando impedi-las de chegar até a minha filha. Então, acordava, ficava parada junto ao berço, Nisha a meu lado com a mão nas minhas costas, esfregando-as.

– Shh, shh, madame. Tudo vai ficar bem.

Pegava na minha mão e colocava-a no peito de Aliki, para que eu pudesse senti-lo se expandindo, conforme ela respirava.

– Veja, sua filha está bem – Nisha sussurrava a meu lado. – Quando ela acordar, a senhora pode levá-la para fora e aproveitar um pouco a luz do sol. Amanhã o tempo estará bom.

Então, ela me levava calmamente de volta para a cama, segurando a minha mão, cobrindo-me, sussurrando: – Agora durma.

Não, Nisha jamais deixaria Aliki sem se despedir. Disto eu tinha certeza.

Coloquei o medalhão de volta na gaveta e, levando o passaporte comigo, fui para fora, ver se achava a Sra. Hadjikyriacou. Ela estava sentada na espreguiçadeira, ao lado da porta de entrada, e sua empregada, ajoelhada a sua frente, esfregava *zivania* em suas pernas, sua pele translúcida enrugando como ondas minúsculas sob os dedos da moça. Era uma manhã mais quente, porém ventosa. Quando ela me viu, mandou a empregada embora e esticou as pernas sobre um banquinho.

– Está um pouco cedo para você – disse, sem nem ao menos olhar em minha direção. Contemplava o céu, forçando o pescoço para fazê-lo. Era cedo; Yiakoumi ainda nem tinha aberto sua loja, e todos os seus relógios, com exceção de um, mostravam sete horas.

Então, ela endireitou o pescoço e se virou para olhar para mim. O vento soprou mais forte, e o álcool evaporou das suas pernas, flutuando em minha direção. Ela cheirava como se tivesse passado a noite toda em um bar. Levei a mão ao nariz, e ela notou o passaporte que eu segurava.

– *My darrrling* – disse em inglês, e depois em grego –, aonde você vai?

– Nisha não voltou.

– Eu sei – ela disse, acenando com a cabeça.

– Este passaporte é dela.

– Ah.

– Se ela pretendesse ir embora, não teria levado isto? Ela até deixou o medalhão que seu marido lhe deu antes de morrer e a mecha de cabelo da filha.

Aguardei, esperando ouvir outro *ah*, mas a Sra. Hadji-kyriacou permaneceu em silêncio. Parecia estar pensando.

Olhou para o alto, e para a rua, depois se virou para mim, seus olhos cheios de ansiedade, intensos. – Ela usava um vestido preto de mangas compridas – disse – e tênis brancos. Tinha uma echarpe verde enrolada no pescoço, que cobria parcialmente a boca. Usava a echarpe como se estivéssemos em pleno inverno, embora eu saiba que deve ter sido uma noite quente de domingo, porque a minha serviçal não me trouxe um cobertor.

– Por que ela estava vestida assim?

– Você acha que sou adivinha para saber a resposta?

Revirei os olhos sem que ela visse.

Um dos gatos pulou no banquinho e caminhou pela sua perna como se ela fosse um galho de árvore, depois se sentou em seu colo. Ela o acariciou, enquanto ele ronronava. – Petra, se ela não voltar até amanhã – a Sra. Hadjikyriacou disse –, você precisa ir até a polícia.

Olhei para o meu relógio. Não havia tempo para pensar nisso agora, tinha que aprontar Aliki para a escola.

Mais uma vez, saí cedo da loja, à tarde, para buscar Aliki na escola. Não tive alternativa, a não ser levá-la comigo de novo para o trabalho. Dessa vez, ela se sentou atrás do balcão, fazendo seu dever de casa com a ajuda de Keti. Estava aprendendo a tabela periódica.

– É incrível ver todos os elementos do universo inteiro em uma página! – escutei-a dizendo, empolgada, enquanto eu levava um cliente até o meu consultório, para um exame de vista.

Naquela noite, depois do trabalho, fiz macarrão com *haloumi* e hortelã para o jantar. Eu e Aliki comemos em silêncio. Agora, os olhos dela agitavam-se para a cadeira vazia de Nisha. A fotografia de Stephanos em seu uniforme ficava atrás dela, em uma mesa de canto. Às vezes, eu flagrava Aliki parando em frente a ela, enquanto brincava, para olhá-la. Será que percebia o quanto eles eram parecidos? A pele clara, olhos afastados, rostos redondos, até as pequenas pintas na face direita.

Tentei dialogar com Aliki, fazer algumas perguntas. Como estava a escola, você tem alguma lição hoje à noite? Ela respondia com um aceno ou uma sacudida de cabeça, um levantar de ombros, mas não falava. Nem uma palavra. Houve vezes em que achei que ela quisesse falar, mas quaisquer que fossem as palavras que estivessem rodeando, foram engolidas, devoradas com o macarrão.

Depois de terminarmos, ajudei Aliki com a lição de casa na mesa da cozinha, depois a coloquei na cama. Nós duas fingimos que ela dormiria na mesma hora, mas não havia dúvida de que ficaria acordada por um tempo, lendo.

Quando não ouvi mais barulho no quarto, fui na ponta dos pés até a porta da frente, fechando-a com cuidado antes de atravessar a rua até o restaurante do Theo. Ele estava na cozinha, gritando com os chefs. Esperei que parasse e, por fim, ele se virou para mim com um sorriso. – Petra, minha querida, mesa para hoje à noite? Um jantar tardio?

– Não, Theo, vim conversar com as suas emprega-das. – Ele ergueu as sobrancelhas. – É sobre um assunto importante que tem a ver com Nisha. Ela sumiu, e quero ver se elas sabem de alguma coisa.

– Sente-se – ele disse. – Vou trazer café por conta da casa. Elas estão ocupadas no fundo, mas logo vão poder fazer um intervalo.

Sentei-me debaixo da treliça coberta de vinha, to-mando meu café. Passava pouco das nove da noite, havia alguns comensais à mesa e dois fregueses no bar. Depois de uns quinze minutos, as mulheres saíram da cozinha, as duas com calça preta e camisa branca, o costumeiro chapéu de arroz amarrado no queixo com fita vermelha. Ocorreu-me, então, o quanto era terrível Theo obrigar as mulheres a usar aquele chapéu; não passava pela minha cabeça que a escolha fosse delas. Afinal de contas, aquele não era um restaurante vietnamita, era grego. Os chapéus eram exóticos, um fetiche, é claro. De seus assentos, os homens olharam com cobiça. Como eu nunca tinha no-tado isto antes?

Theo gesticulou em minha direção, e elas se aproxima-ram da minha mesa, claramente cansadas, mas sorridentes.

– Madame – disse a que estava à esquerda. – O patrão disse que a senhora queria falar sobre um assunto importante.

– Estamos bem na hora do intervalo. Estamos trabalhando desde as seis da manhã – disse a outra, num tom que era, ao mesmo tempo, alegre e irritado.

A mais baixa cutucou-a e lhe dirigiu um olhar para que ficasse quieta. – Me desculpe, madame – disse, estendendo a mão. – Sou Chau, e esta é minha irmã, Bian.

Apertei as duas mãos. – Moro do outro lado da rua – disse. – Meu nome é Petra.

As duas riram. – A gente sabe, madame – disse Chau. – A gente vê a senhora todos os dias e somos amigas da Nisha.

– Eu tinha esperança de que vocês pudessem saber onde ela está. Não a vejo desde domingo à noite.

– Não, madame – disse Chau, sacudindo a cabeça. – Ela vem toda manhã dar bom-dia, depois de levar Aliki pra escola, mas faz alguns dias que não aparece. Estávamos pensando que talvez tivesse ido embora.

– De manhã, a gente trabalha aqui para os fregueses do café da manhã – acrescentou Bian –, depois vamos limpar a casa do patrão, daí voltamos para cá à tarde, e ficamos até altas horas. Vemos Nisha uma vez pela manhã, e às vezes à tarde. Agora, por alguns dias, nada.

A palavra "nada" apunhalou-me como uma faca. Lembrou-me do vazio deixado por Nisha.

Bian olhou Theo observando-nos por detrás do bar. Vários fregueses haviam deixado suas mesas, e os pratos sujos começavam a se empilhar nos aparadores.

Chau deu uma olhada, preocupada: – Temos que ir – disse. – O patrão vai ficar bravo. Temos muito mais coisas para limpar antes do fechamento.

– Espere um pouco – eu disse. – Por favor, se vocês souberem de alguma coisa, vocês batem à minha porta imediatamente?

Ambas olharam fixo para mim por um tempo demasiadamente longo e depois assentiram.

– Claro, madame – disse Bian. – A gente vem logo contar pra senhora.

Quando cheguei em casa, tudo estava em silêncio. Dei uma espiada no quarto de Aliki, e ela estava dormindo com um livro pousado no peito. Sentindo-me inquieta, fui até o jardim recolher do chão as peças do cofre quebrado, e as moedas. Pus todas as liras em uma vasilha de vidro e borrifei água nelas até reluzirem. O gato preto ficou sentado junto a meus pés.

Depois, fui até a varanda da frente, sentar-me por um tempo. Vi a vizinhança cuidando de se recolher. Nessa noite, a Sra. Hadjikyriacou estava dentro de casa. A empregada de Yiakoumi levava as antiguidades para dentro, para fechar a loja. À direita, o restaurante de Theo estava se aquietando, restavam apenas alguns fregueses, terminando seus drinques e pagando as contas. Bian e Chau se esfalfavam, limpando mesas e preparando-as com toalhas novas para o dia seguinte.

Eu começava a ver com novos olhos o ritmo daquelas mulheres, o quanto todo o bairro pulsava com a atividade delas. Para mim, antes do sumiço de Nisha, elas eram invisíveis, eu só via uma garotinha cipriota, andando animada pela rua com duas mulheres adultas; as antiguidades reluzentes em frente à loja de Yiakoumi, diariamente; o jardim da frente bem cuidado e limpo pelo caminho; os fregueses felizes no restaurante de Theo. Eu realmente não tinha visto as mulheres.

Quando fui para a cama, ouvi a voz da minha filha; fiquei surpresa, porque tinha desejado esse som durante todo o jantar. Minha janela estava ligeiramente aberta, o céu era de um azul profundo, quando ouvi a voz dela chegar até mim, com o vento. Uma voz muito suave, mas modulada, crescendo com empolgação, abaixando com uma tristeza cadenciada. Espiei pela veneziana e fiquei pasma ao vê-la sentada no barco. Quando tinha acordado? Dessa vez, ela segurava o remo e o galho de oliveira, mas não remava. Depois riu, segurando seus flancos, como se alguém tivesse dito algo engraçado. Chamei-a para dentro, deitei-me na cama e fechei os olhos.

Devo ter adormecido, porque quando acordei estava totalmente escuro e ouvi uma batida vinda do jardim. Saí da cama e abri as portas de vidro. Yiannis estava parado junto à porta de Nisha, batendo no vidro.

Atônito, ele se virou para mim. – Petra – disse.

– O que você está fazendo?

– Escutei um barulho.

– Mas era você que estava fazendo o barulho – eu disse. – Tinha mais algum barulho?

Ele não respondeu.

– Você sabe onde está a Nisha?

– Não – ele disse, sem rodeios. Então, pareceu ter se arrependido disso e disse: – Eu queria perguntar uma coisa a ela. Você sabe onde ela está?

– Infelizmente, não.

Então, seu rosto e seus olhos cobriram-se de angústia. O luar iluminou os fios grisalhos em seu cabelo, e pensei que homem lindo e solitário ele era.

Uma estrutura de apoio de maquinário acha-se acima do lago vermelho, em Mitsero, uma carcaça colossal, enferrujada, que range ao vento, imóvel junto ao lago, neste dia ensolarado de outubro. A lebre está exposta ao sol, seu corpo inchado conforme os gases esticam suas estranhas e pele, conforme as bactérias devoram o tecido mole. Ainda está intacta, na posição de corrida, mas suas poderosas patas traseiras perderam seu propósito; deitada numa laje de pedra amarela, a cerca de cinco metros de onde a parede da cratera desce para a água.

Um louva-deus chega voando, verde como outra terra em outra época, seus cinco olhos alertas a qualquer movimento ou mudança de luz. Percorre apressado uma curta distância pela pedra amarela, onde a lebre inchada está deitada; suas patas traseiras impulsionam a estrutura verde para a frente, as duas dianteiras, pontiagudas, estendem-se, capturam e seguram uma mosca que circula.

A cabeça da lebre está ligeiramente inclinada para cima, longe das patas dianteiras. Pareceria que ela está olhando o louva-deus comendo a mosca, mas seu olho esquerdo, cor de âmbar, está achatado contra a terra, e o direito olha diretamente para o sol, dourado. As orelhas de ponta preta da lebre dão a impressão de estarem voando para trás, ao vento. Como se ela estivesse correndo.

Não cresce vegetação ao redor do lago, o solo é árido, mas, mais ao longe, é rico em cobre, pirita e ouro, e há plantações de cevada, trigo e girassóis na direção da aldeia. Além dela, há cultivo de árvores frutíferas, e de lá chegam os sons distantes de vida, do farfalhar de folhas, asas batendo, animais se movendo em meio às cerejeiras e nogueiras-pecãs, à medida que elas começam a perder suas folhas douradas.

Agora, a carcaça da lebre cheira mal, e o cheiro é levado por uma leve brisa por cima da água vermelha do lago, atravessa a estrutura oca de apoio do maquinário e segue até os campos, onde encontra alecrim, tomilho, eucalipto e pinheiro. ■

9
PETRA

Liguei para a agência de Nisha. Perguntei se eles tinham notícias dela.

– Não – a mulher respondeu, depois de verificar no sistema. – Registramos tudo, e aqui não consta nada.

Contei-lhe que Nisha sumira três dias atrás, e que eu também não conseguia falar com ela pelo celular.

– Bom, mantenha-nos informados porque ela ainda tem uma dívida pendente. – Sua voz parecia um alarme de neblina. Era horrorosa e alta demais, além de não dizer nada útil.

– Quanto? – perguntei, mas a mulher não quis me dizer, era uma informação confidencial. No entanto, eu sabia que a agência cobrava uma quantia considerável para cadastrar e assegurar um cargo no exterior.

Depois, liguei para o hospital de Nicósia, para ver se Nisha tinha sido internada, mas não havia registro dela.

Quando desliguei o telefone, olhei em volta e vi que os pratos do jantar da noite anterior ainda estavam na pia, sujos, e os do café da manhã, empilhados sobre eles. A poeira pousara sobre os móveis e as lajes de mármore.

Eram apenas nove da manhã, mas eu já me sentia como se tivesse tido um dia cheio.

Tinha acordado cedo, deixado uma mensagem para Keti dizendo que não ia trabalhar o dia todo, feito café da manhã para Aliki – encontrar um vidro da sua geleia de figo preferida no guarda-louça pareceu uma pequena vitória – e corrido para levá-la à escola.

Então, fui até o quarto de Nisha e juntei o que precisava: seu passaporte, o contrato, o medalhão e a mecha de cabelo. Estava indo para a delegacia.

Dirigi até a delegacia de Lykavitos, em Spyrou Kyprianou, um velho prédio branco com persianas azuis. Tinha passado pelo prédio muitas vezes, mas nunca havia entrado. Disse à policial na recepção que queria comunicar o desaparecimento de uma pessoa. A mulher anotou meu nome e me pediu para sentar, dizendo que em um minuto alguém me atenderia.

Um minuto virou cinco, dez, vinte, meia hora. Telefones tocavam em salas ao longo de corredores fora da vista; ocasionalmente, um policial passava por mim e me dava bom-dia. Por um momento, os passos nas lajotas lembraram-me todas as horas que eu havia passado nas salas de espera de hospital, rezando por Stephanos; os sussurros intermitentes, as pisadas suaves, desinfetante e café, sorrisos de médicos distraídos. Acenava com a cabeça, educadamente, mas descobri que não conseguia sorrir. Tinha a mão pousada no estômago, conforme o bebê crescia dia a dia, semana a semana, mês a mês.

– Sra. Loizides?

Olhando de cima para mim, como se estivesse numa grande altura, havia um homem na faixa dos 60, mais alto do que a média dos cipriotas, a barriga transbordando sobre a calça, mangas arregaçadas.

– Sim, sou eu.

Ele estendeu a mão para me cumprimentar, ou para me ajudar a me levantar; por um momento fiquei na dúvida, e hesitei.

– Vasilis Kyprianou – ele disse.

– Prazer em conhecê-lo – eu disse, e apertei sua mão.

Com um sorriso, ele me conduziu por um dos corredores até uma salinha com uma mesa entulhada, um arquivo e um ventilador que soprava alguns papéis para o chão. Ele correu para recolher os papéis com mãos desajeitadas, arrumando-os em uma pilha e jogando-a de volta na mesa, depois do que, mais uma vez, quando o ventilador circulou de volta, a papelada voltou a voar para o chão. Desta vez ele deixou assim, pegou uma xicrinha de café e deu um gole. Fez uma careta.

– Frio – disse, notando que eu olhava para ele. – Sempre.

Com as persianas abaixadas, a sala estava na penumbra, faixas de sol entrando pelas ripas empoeiradas. Ele se sentou, a luz cruzando seu rosto e realçando os pelos brancos de sua barba por fazer. Fez sinal para que eu me sentasse em uma das cadeiras vagas a sua frente.

– Loizides – disse. – Por que este nome soa familiar? – Pensou por um momento. – Ah, era um velho colega meu. Sim, Nicos Loizides. Estudamos juntos. A senhora o conhece?

– Não, acho que não.

Ele sorriu e inclinou-se à frente, sobre os cotovelos. Seu rosto lembrou-me uma bexiga de gás vermelha que começasse a murchar, aquelas bexigas que se esvaziam lentamente depois de um aniversário, até ficarem enrugadas e flutuando pelo chão.

– Então, em que posso servi-la hoje?

Tirei as coisas de Nisha da bolsa e coloquei-as sobre a mesa. – Minha empregada sumiu. O nome dela é Nisha

Jayakody. Ela tem 38 anos, e está sumida desde domingo à noite.

– Hoje é quarta-feira – ele disse, como se eu não soubesse.

– Sim. – Abri o passaporte e coloquei-o a sua frente. Expliquei tudo em detalhes: o passeio a Troodos, Nisha me perguntando se poderia tirar a noite de folga, a volta para casa, o que havíamos comido, a que horas havíamos comido, que eu tinha ido para a cama deixando Nisha cuidando de Aliki, e que tinha acordado de manhã e descoberto que ela desaparecera. Por fim, expliquei que uma vizinha confiável tinha visto Nisha saindo às dez e meia naquela mesma noite.

– Ela não levou o passaporte – eu disse, empurrando-o mais para perto dele, porque ele ainda nem tinha olhado para ele. – Se ela pretendesse ir embora, teria levado isto com ela.

– Ah – ele disse simplesmente, levando as costas da mão à boca, limpando-a como se tivesse acabado de comer, e recostando-se na cadeira.

– De onde ela é? – perguntou.

– Do Sri Lanka. Trabalha para mim há nove anos. Ajudou a criar a minha filha. Nisha jamais iria embora sem se despedir dela.

Houve um momento de silêncio. Então, o policial Kyprianou suspirou profundamente e me olhou direto nos olhos, como se quisesse que eu entendesse seus pensamentos, como se eu não estivesse entendendo uma piada. E disse:

– Só se passaram alguns dias. Por que a senhora não espera para ver o que acontece?

– Mas ela nunca fez isto antes! – eu disse. – Sei que tem alguma coisa errada. Veja. – Indiquei o medalhão e a mecha de cabelo na mesa, na frente dele. – Estes são seus bens mais valiosos. Ela nem usava o medalhão por medo de perdê-lo. Foi um presente do seu falecido marido. Esta é uma mecha do cabelo da filha. Ela não a vê há nove anos, desde que veio para cá. Jamais iria embora sem esses itens.

Ele pegou o café novamente e deu outro gole insatisfeito, acenando com a cabeça como que para si mesmo.

Desejei ter um alfinete para estourar seu cabeção oco.

– Será que o senhor poderia anotar os detalhes de Nisha, investigar... – mas ele me interrompeu antes mesmo que eu acabasse de falar.

– Não posso me preocupar com essas estrangeiras. Tenho assuntos mais importantes a tratar. Se ela não voltar, meu palpite seria que fugiu para o norte. É o que elas fazem. Ela foi para o lado turco em busca de um emprego melhor. Essas mulheres são animais, seguem seus instintos. Ou o dinheiro, o que é mais provável. É o que tenho a dizer sobre este assunto. O melhor a fazer é a senhora ir para casa e começar a desocupar o quarto dela. Se ela não voltar até o fim da semana, ligue para a agência para arrumar outra empregada.

Com isto, ele se levantou, sinalizando o final do nosso encontro, estendendo a mão para mim.

Levantei-me da cadeira, olhei para sua mão, mas não a apertei. Eu tinha muito a dizer, mas estava claro que aquele homem era incapaz de me ouvir. Recolhi os pertences de Nisha da mesa e coloquei-os de volta na bolsa, pisei de propósito na papelada espalhada no chão e saí da sua salinha tosca.

Ao chegar em casa, vi que a empregada de Yiakoumi estava no antiquário, polindo peças. Atravessei a rua para conversar com ela, averiguar se ela sabia alguma coisa.

Yiakoumi estava nos fundos, com os pés pousados em uma escrivaninha bagunçada. Acenou para mim quando entrei. – Leve Nilmini para ajudá-la. Estou esperando um telefonema importante – ele disse.

– Nilmini – eu disse. Ela estava sentada em um banquinho, em meio a peças de cobre. Ergueu os olhos. Como era jovem e contida! Uma bela mulher do Sri Lanka, com 20 e poucos anos, um cabelo tão longo que parecia nunca ter sido cortado.

– É um belo nome – eu disse.

– Significa "mulher ambiciosa". – Ela continuou a polir uma velha urna.

Atrás dela, notei uma pilha de livros danificados: *As Aventuras de Alice no País das Maravilhas*, *Huckleberry Finn*, *Peter Pan*. Um deles estava aberto no chão, a sua frente, as páginas presas com dois seixos da praia. Ela me viu olhando.

– Adoro ler, madame. No Sri Lanka, eu queria estudar literatura. O patrão me comprou estes livros no mercado. Disse que eu posso ler, desde que faça meu trabalho.

Assenti e dei uma olhada em Yiakoumi, que bocejava e lia alguma coisa no celular.

– Eu queria saber, Nilmini, se você viu Nisha ou soube dela.

Ela parou e olhou para o teto, de onde pendia um lustre de bronze.

– A última vez em que vi Nisha, madame, foi no domingo à noite.

– O que ela estava fazendo?

– Em geral, madame, ela vem dizer oi. Dessa vez, ela caminhava com muita pressa.

A essa altura, o celular de Yiakoumi tocou e ele se levantou para conversar no depósito, nos fundos.

– Que horas eram? – perguntei.

– Cheguei aqui, talvez, uma hora antes, então acho que passava das dez. O patrão quis que eu trabalhasse no domingo à noite, porque vêm fregueses de manhã. Limpei a casa dele de manhã, dei uma descansada, e depois vim para cá às nove.

– A Nisha falou alguma coisa para você?

– Não, madame, não disse nada. Normalmente, ela acena, às vezes entra, faz uma brincadeira e a gente ri, muitas vezes ela me traz fruta. Não, ela não parou para me ver, e, lhe digo, parecia preocupada.

– Tem certeza?

– Tenho, madame. Faz um ano que trabalho aqui, em frente à Nisha. Conheço o rosto dela. Conheço o rosto da minha amiga quando está feliz, triste, zangada, cansada. Dessa vez, digo à senhora, ela estava preocupada.

– Você se lembra de mais alguma coisa?

– Bom, madame, talvez não seja uma coisa importante, mas o gato estava indo atrás dela.

– O gato?

– É. Olhei a rua, enquanto ela passava. Eu estava do lado de fora. O gato foi atrás dela o caminho todo, e dobrou a esquina quando ela dobrou. Então, o gato poderia saber onde Nisha está.

Olhei fixo para ela. Estava falando sério?

– Era este gato, madame. – Ela apontou para fora da janela, onde o gato preto com olhos de cores diferentes estava sentado na mesa, banhando-se em meio a potes e vasos. Aquele que, agora minha filha, chamava de Macaco.

Naquela tarde, busquei Aliki na escola. Não fui de carro porque queria caminhar com ela. Aliki estava com a camiseta do seu ídolo feminino K-pop preferido, um jeans azul claro, e tinha soltado o rabo de cavalo, de modo que o cabelo caía em ondas volumosas sobre os ombros.

– Aliki – eu disse –, hoje eu fui até a polícia.

Ela me deu uma olhada rápida, as faces rosadas.

– Fui informar o sumiço de Nisha, mas eles não vão me ajudar. Disseram que é provável que ela tenha fugido para o norte, mas não acredito neles.

Subitamente, os olhos dela encheram-se de lágrimas.

– Não estou dizendo isto para te deixar nervosa. Quero que você saiba o que está acontecendo. Estou procurando Nisha, mas estou confusa. Ela disse alguma coisa para você? Você sabe de alguma coisa que possa me ajudar a entender o que está havendo?

Aliki olhou para os pés, enquanto caminhava.

– Aliki? – eu disse. Mas isto apenas fez com que ela se recolhesse mais. Ela foi até a fachada de uma loja e olhou os sapatos expostos. Tinha se desligado completamente de mim.

Em casa, fiz salada de batatas. Os legumes na geladeira tinham começado a estragar. Era sempre Nisha quem fazia as compras. Então, piquei todos e joguei-os na salada: pimentões vermelhos, tomates, cebolinha e salsinha. Aliki cutucou a comida com o garfo, cantarolando alguma coisa baixinho.

Mais tarde, fiquei parada junto à grande janela na frente de casa, olhando a rua, esperando a cada segundo poder ver Nisha dobrando a esquina. Não conseguia reprimir essa esperança. Talvez ela surgisse a qualquer momento, sob as luzes da loja de Yiakoumi e do restaurante de Theo, vindo até nossa porta e girando a chave na fechadura, pousando sua bolsa e explicando onde estivera.

Devo ter ficado ali por meia hora, talvez mais. Como um gato, Aliki entrou e saiu da sala, ficando a meu lado por um tempo, e saindo de novo. Estava ansiosa. Eu percebia isto pela maneira como ela andava, na urgência dos seus passos.

A oliveira do outro lado da rua estava iluminada pelas luzes da loja. Yiakoumi saiu e se sentou debaixo dela com um café. Uma mulher cantava no restaurante de Theo. Eu não podia vê-la porque os homens sentados às mesas ao redor dela, sob a videira, impediam a vista, mas sua voz era perfeitamente afinada, tão cheia de sentimento, tão cheia de beleza e tristeza, que algo aflorou em mim e comecei a chorar.

Quem era aquela mulher que cantava em língua estrangeira? De onde tinha vindo? O que teria desejado antes de vir para cá? Essas perguntas levaram-me de volta a Nisha, de uma maneira que eu nunca havia pensado antes a seu respeito. Deixara de reconhecer que ela também era uma mulher, com sofrimento e esperança. Sabia disto apenas como uma ideia distante, nunca absorvida em meu coração. Porque ela também havia perdido o marido. Ela também tinha vindo de uma ilha devastada pela guerra ao longo dos anos, sitiada por colonialistas. Uma ilha cuja beleza e cujo povo também haviam sofrido. E essas coisas permanecem; elas se arrastam em silêncio para o futuro. Quem era Nisha? O que a vida havia lhe ensinado? Por que tinha viajado tal distância? Para salvar a filha... do quê?

Eu nunca havia feito estas perguntas.

Sabia que ela adorava o medalhão. Sabia o quanto amava Aliki. Conhecia o sabor da sua comida, os temperos, curries e cremes. Sabia como ela espanava e aspirava o pó, como passava as roupas, como escrevia listas de compras caprichadas, demorando-se em cada letra, cada palavra, como se estivesse escrevendo um poema. Sabia como arrumava os mantimentos em perfeita ordem, para poder pegá-los com mais facilidade. Sabia que ela tinha um exemplar das escrituras budistas junto à cama, e uma estatuazinha gorda do Buda ao lado. Sabia que quando ela lavava uma fruta, via a água cair e se perdia por um tempo.

Não conhecia Nisha.

Agora, escutando a música daquela mulher, uma melodia que contava uma história que eu não podia entender, esperei de todo coração que não fosse tarde demais.

Senti Aliki parada ao meu lado. Pensei que ela fosse me dar a mão, mas quando me virei, ela não estava à vista.

Aliki estava novamente sentada no jardim, dentro do barco. Remava e cantarolava para si. Fui para fora, virei um vaso de cabeça para baixo e me sentei nele, a pouca distância dela. As árvores espalhadas pelo jardim criavam um abrigo contra o vento. Acima, a lua brilhava forte no céu escuro, mas, a sua volta, juntavam-se nuvens volumosas, indicando a formação de uma tempestade. O gato preto estava no jardim, agora, esparramado no pátio, ronronando. Olhei-o, pensativa. Se ao menos ele pudesse falar...

— Você gostaria de entrar?

Virei-me e vi que Aliki olhava em minha direção.

— Você quer que eu me sente no barco? – perguntei.

Ela concordou com a cabeça.

Então, entrei no lado oposto ao dela, e ela me deu o galho de oliveira para segurar. O gato pulou para dentro conosco e se aconchegou junto à coxa dela. Dei uma olhada nas portas de vidro do quarto de Nisha.

— Ela me ama – Aliki disse, e eu não tive certeza se se referia a Nisha ou ao gato.

– Eu sei – respondi, e fosse quem fosse, isto pareceu satisfazê-la, já que começou a remar com o remo que tinha em mãos.

– Você precisa remar do outro lado, porque senão vamos acabar só girando em círculos. É por isto que é importante estar equilibrada, caso contrário você vai ficar girando em círculos.

Suas palavras me fizeram rir, havia muita verdade nelas. Fui me sentar a seu lado, e comecei a remar com o galho de oliveira, no ritmo estabelecido por Aliki.

– Aonde estamos indo? – perguntei.

– Para o Mar Acima do Céu. É pra lá que eu vou com a Nisha. É um lugar lindo. Às vezes dá um pouco de medo, mas nem sempre.

– Entendo – eu disse, ainda acompanhando seus movimentos.

Esperava que ela fosse me contar mais, mas tinha se calado. Suas últimas palavras flutuaram para longe, para o alto do céu, e eram simples pontinhos acima, como balões de gás no carnaval, quando eu era criança; depois de todos os doces e cores e barulho, eu os soltava no final do dia, e via-os flutuar, afastando-se.

Por fim, Aliki falou: – Mamãe, por favor, ache ela. Quero muito que você ache ela.

Naquele momento, o céu abriu-se, e a chuva começou a despencar sobre nós.

A lebre está encharcada. Sua pelagem parece oleosa à luz do sol que brilha intermitentemente por entre as nuvens. A chuva cai no lago vermelho. A chuva cai sobre as pedras amarelas, formando riachos de ouro. A chuva bate no aço da estrutura de apoio do maquinário e a estrutura metálica range. Sua carapaça oca começa a encher-se de água.

Nas plantações ao longe, ela cai pelas folhas das nogueiras-pecãs e das árvores frutíferas. Cai sobre os campos de trigo e cevada. Hoje, ninguém está lá fora, nem mesmo na aldeia. As portas, janelas e venezianas estão fechadas, e a água corre pelos beirais das casas.

A chuva é sempre uma surpresa. Os moradores estão aliviados porque a terra precisa beber. Os dias de calor tórrido não estão muito longe, quando os barris de água ficaram vazios e a terra ficou seca feito um osso. Agora as árvores estão frescas com a chuvarada. Quando a chuva parar, os moradores sairão para colher as pecãs, antes que os corvos o façam.

Nesta aldeia existe uma capela, silenciosa e vazia, mas, um pouquinho mais longe, em Agrokipia, podem-se ouvir os sinos da igreja nesta manhã e em todas as manhãs. Construída pela companhia de mineração grega, a igreja serviu de proteção para os mineiros que arriscavam a vida debaixo da terra. Bem ao longe, do outro lado da linha divisória, os pássaros podem ouvir o som muito distante da oração matinal, vindo da mesquita.

Em algum lugar, no meio, entre a chuva, os dois sons se encontram, se tocam e se juntam em uníssono, caindo sobre a lebre, levando embora a sujeira e as larvas incubadas, lavando o sangue seco, a pele que se abriu em feridas. ■

10
YIANNIS

Choveu durante dois dias. Tão forte que a água corria em riachinhos ao longo das ruas pavimentadas com pedra. À noite, os fregueses do Theo's entravam com relutância, porque, naquela tempestade, ninguém poderia se sentar debaixo das vinhas. Podemos sobreviver ao frio, com o calor de aquecedores do lado de fora e de fornos de barro nas tavernas, mas a chuva, embora rara, manda todo mundo para dentro. Até a Sra. Hadjikyriacou se trancou. Até os gatos sumiram.

Naqueles dois dias, não saí. Levei quase o mesmo tempo para limpar todos os pássaros da caçada com Seraphim, arrancar suas penas e encharcá-los. Tive que fazer isto em lotes. Eu tinha três grandes refrigeradores, tamanho industrial, no quarto extra. Chequei as encomendas, separei os pássaros em embalagens de vários tamanhos e etiquetei-as, antes de guardá-las nos refrigeradores. Havia um ou dois estabelecimentos – um hotel e um restaurante em Larnaca – que haviam pedido os pássaros em conserva, então esses eu embebi em vinagre.

Durante esses dias sombrios, tentei não pensar em Nisha. Mas não funcionou, claro que não. A chuva batia na janela, vinda das calhas, abafando todos os outros sons, de modo que senti intensamente a minha solidão.

A ausência de Nisha era ainda mais gritante do que a chuva.

Lá no jardim, o barco encheu-se de água e parecia que ia afundar, como se estivesse amaldiçoado.

Nisha amava a chuva. Ela se deitava na minha cama, perto das longas portas de vidro, e contemplava a chuva descendo. Gostava de ver a água caindo. Dizia que lhe lembrava algo, embora o que seria esse algo, eu não sabia. Uma lembrança secreta.

Quando chovia, ela me pedia para fazer café turco numa xicrinha, com alguns biscoitos de gergelim em um pires.

– É bom ser servida de vez em quando – dizia, rindo.

Como ela saboreava aquele café, mergulhando nele o biscoito até ficar úmido e escuro!

– Lá em casa, a gente toma chá e mastiga areca – dizia. Sempre. Um mantra. Como se não pudesse se permitir aproveitar os prazeres de um mundo, sem ser puxada para o outro. Sua casa estava sempre a sua espera. Era esta a sensação que eu tinha, e me fazia querer tocá-la, sentir a pele macia e escura de suas coxas e de seu ventre, envolvê-la com os meus membros e segurá-la ali. Mas em vez disso, eu simplesmente me sentava ao seu lado, percebendo que naqueles momentos ela precisava mais de companhia do que de conforto.

– É esquisito pensar – ela me disse uma vez – em como os britânicos ocuparam nossos dois países. O que eles levaram e o que deixaram... – E a frase permaneceu incompleta, como em geral acontecia com as suas frases, de modo que eu precisava imaginar qual poderia ser a sequência. Acho que nós dois terminávamos suas frases com nossos próprios pensamentos.

Ela me contou sobre Nuwara Eliya, no alto das colinas do Sri Lanka central, longe de sua cidade natal de Galle, ao sul. – Foi lá que a maioria dos ingleses se estabeleceu – ela disse –, lá em cima, porque gostavam do clima frio. Faz cerca de 15 graus! E construíram casas *típicas* inglesas. – Havia um tom de desgosto em sua voz, ao dizer típicas, um franzir dos olhos.

Nesses momentos, sentia-me próximo dela, havia essa coisa que compartilhávamos, a ocupação britânica, algo que nós dois podíamos entender: contos transmitidos por gerações, cultura e terras roubadas, aquela luta insaciável por liberdade e identidade. Imaginava aquelas casas construídas com tijolos vermelhos e telhados inclinados, jardins da frente caprichados, deslocados em meio à floresta tropical, pegas azuis e jaqueiras. Porém, eu nunca havia pisado no lugar em que Nisha crescera, nunca havia visto os arrozais dos quais ela falara com tanta frequência.

– *Tiryak* é um dos seis reinos de renascimento do budismo – ela disse uma vez, quando tinha acabado de chover, e olhava cobras e caracóis saindo na rua abaixo, os pássaros ressurgindo das árvores. – Isto acontece quando uma pessoa renasce como um animal. Isto me faz imaginar... Imagine renascer como um caracol? – Ela tinha tomado um gole de café puro e forte, e ficado pensativa por um tempo. – Quando eu era criança, em Galle, havia uma boca-de-sapo australiana que me visitava à noite. Era uma fêmea, branca, levemente pintalgada, com cerca de vinte centímetros de altura, cabeça grande, bico curvo e achatado. Durante o dia, devia dormir na floresta. Suas asas eram tão macias que seu voo era silencioso. Certa noite, no 11º aniversário da minha irmã, ela veio até a janela do nosso quarto. Depois disso, durante uma semana, veio todas as noites, então comecei a deixar a janela aberta, e ela voava e pousava na cama da minha irmã. Mas minha irmã não estava lá. Já tinha morrido.

– Você tinha uma irmã? – perguntei. Ela nunca havia mencionado uma irmã.

– Ela morreu aos 10 anos. Nasceu com o coração partido. Foi o que a minha mãe disse, que alguns bebês nascem com o coração partido por terem sentido muita tristeza na vida passada e não estarem prontos para viver novamente. Aos 3 anos, ela passou por uma operação, tinha uma cicatriz que descia pelo peito, como um lindo galho de árvore. Às vezes, me deixava desenhar flores em volta dela, com o lápis de lábios da minha mãe. Queria que a cicatriz ficasse bonita, como os lugares na floresta tropical. Era o que ela dizia. Um dia, ela simplesmente não acordou.

Peguei a mão de Nisha na minha. Estava quente, e ela apertou os meus dedos.

– A boca-de-sapo vinha e pousava no livro preferido da minha irmã, *The Mahadenamutta and His Pupils*. Ela amava aquelas histórias. Pedia-me para lê-las para ela todas as noites. Um dia, afastei o pássaro do livro e comecei a ler. Ele se sentou ao meu lado e me olhou virar as páginas. Acho que estava escutando! Durante um ano inteiro, ele veio inúmeras vezes, e toda vez eu lia aquele livro. No aniversário seguinte da minha irmã, ele desapareceu.

Ela voltou a apertar os meus dedos e ficou em silêncio. Olhou pela janela e eu também.

– Amo a maneira como os rastros dos caracóis reluzem à luz – disse.

– Amo você, Nisha – retruquei.

Não houve nem ao menos uma pausa.

– Não vim até aqui para amar *ninguém* – ela disse, puxando a mão da minha. – Vim até aqui para mandar dinheiro pra minha filha.

Estava tão decidida em suas palavras, que era como se as tivesse ensaiado. A maneira como enfatizou *ninguém*, com uma fúria nos olhos, deixou-me relutante para lhe dizer qualquer outra coisa. Assenti, e ela pôs a mão sobre o meu joelho, depois embebeu um biscoito no café.

Lembrando-me disso agora, fiquei ainda mais convencido de que tinha assustado Nisha com o meu pedido de casamento; que isso, finalmente, é que fora demais para ela. Provavelmente, tinha embalado seus pertences e ido para casa sem me contar. Mas meu pedido fora no sábado, e ela tinha partido no domingo. Como poderia ter tido tempo de reservar um voo com tanta rapidez? Alguma coisa não se encaixava. Talvez ela já tivesse decidido partir antes do meu pedido, e, depois dele, ficou ainda mais difícil me contar, então ela simplesmente partiu. Decidi que esta era a explicação mais provável. Mas eu ainda não podia ter certeza.

Notei que o passarinho lutava para abrir sua asa direita. Enchi um recipiente menor com um pouquinho de água e coloquei-o ali, para se banhar. Não achei que sua asa estivesse deslocada, e esperava que estivesse ferida, e não quebrada. O passarinho moveu-se pelo recipiente, batendo o bico na água, virando-se uma ou duas vezes para olhar em minha direção. A cada vez que ele fazia isto, meu coração despencava. Quando o passarinho terminou seu banho, pulou para fora sem abrir nem um pouco a asa direita, e comeu algumas das frutinhas que eu havia posto em um prato, ao lado do recipiente.

Por fim, a chuva parou e o sol saiu. Decidi ir até o rio para pegar alguns caracóis; haveria uma abundância deles, agora, depois da chuva, e eu simplesmente não conseguia ficar parado.

Parecia que o rio tinha transbordado, levando com ele todo tipo de detritos. Havia sacos e vasilhames plásticos, arame farpado, rodas de carros e calotas, um par de óculos escuros, um colchão de espuma amarelo preso no lado de uma árvore, até uma vaca morta. Um cheiro fétido o acompanhava, muito provavelmente vindo da parte norte da ilha, que era sempre poluída com derramamentos de um sistema de esgoto mal conservado. Os cheiros viajavam pela água com o sopro de um vento sul, como hoje.

De repente, escutei uma voz, o choro de uma mulher, tão rápido e agudo que não tive certeza de tê-lo ouvido realmente. Não dava para distinguir voz de vento, do correr do rio.

– Oi? – chamei através da água. Mas não houve resposta, mesmo quando voltei a chamar.

Nas montanhas, a água é clara e fresca, nada a ver com a água aqui embaixo. Antes de ser contaminada pelos dejetos humanos, você pode bebê-la e nadar nela; cachoeiras descem por entre as árvores. É o tipo de água que se poderia imaginar no paraíso, se tal lugar existisse.

Subi com Nisha no inverno passado até o alto das colinas sobre o vale, para me sentar junto ao rio. Ela queria que eu mostrasse onde meus avós e meus pais haviam vivido, onde eu tinha crescido. Agora, a velha casa de fazenda com os arcos pertencia a turistas, que só vinham no verão. No resto do tempo, ela ficava escura e vazia. Nisha vestia uma fartura de roupas: um cachecol, um gorro de lã, luvas grossas, dois pares de meias, ceroulas térmicas debaixo do jeans, uma camiseta térmica debaixo do pulôver, e seu casacão volumoso, com a pele falsa ao redor do capuz. Tudo isto, e seus dentes ainda batiam!

– Sabe, é bom ver o lugar onde você cresceu porque agora acho que te conheço melhor – ela disse, me dando um grande beijo gelado no rosto.

Sabe, pensei que você fosse uma pessoa diferente.

Se eu seguisse o rio ao longo do tempo, encontraria Nisha lá no alto, vestida com toda aquela fartura para o clima frio? Encontraria meu pai e meu avô ali, com rebanhos de carneiros, os dois com botas de cano longo para poderem andar pelos campos com facilidade, os cães pastores ao lado? Os carneiros vagavam livres nos pastos; naquela época, os limites entre as fazendas eram fluidos, não eram divididos por cercas, e sim por trilhas de ervas silvestres, como alecrim e tomilho.

Havia dois barracões ligados à casa de fazenda, um para bater o leite e fazer *haloumi* e *anari*, e o outro para fiar lã. Minha mãe e minha avó usavam o fio para tricotar cobertores. Os homens, inclusive eu, embora não passasse de um garoto, carregavam as mulas com queijo, iogurte, leite e rolos de mantas quentes, e iam para a feira dos fazendeiros. Meu avô, forte como um touro e com espessos cabelos brancos, amava seus animais, cuidando deles como se fossem seus filhos, embora seja verdade que matava quatro ou cinco cordeiros por ano, um deles especialmente para a Páscoa, depois do longo jejum. A carne era limpa e pura. Também tínhamos algumas galinhas, pelos ovos frescos, e uma dúzia de perus.

Contei tudo isto a Nisha quando fomos para as colinas, e ela ficou com uma expressão no rosto semelhante àquele dia em que viu a fotografia. Segurou minha mão com força, como se o vento pudesse me soprar para longe.

O que não lhe contei foi que, às vezes, meu avô e eu saíamos para caçar aves canoras. Não quis contar isto a ela. Meu avô me mostrara como preparar os gravetos com visgo. Fazíamos isto juntos, na casa da fazenda, e os colocávamos ao sol, para secar. Depois, íamos para a mata e capturávamos cerca de dez pássaros. Ele tinha um mecanismo de ave canora, feito em Paris por um relojoeiro francês, que havia caprichado no som. Esse aparelho tinha um passarinho, meticulosamente confeccionado, enfeitado com penas verdadeiras. Uma chave de corda dava vida ao passarinho e produzia o canto. Esse artefato, que cabia confortavelmente na palma da mão do meu avô, era feito de cobre e aço, possuindo um fole de couro. Quando ele dava corda, o movimento bombeava o fole que mandava ar por um apito minúsculo, produzindo o som mais extraordinário. Se a corda estivesse girada no máximo, o pássaro cantava por cerca de meia hora.

Ele sempre me pedia para girar a corda, enquanto ficávamos na floresta das montanhas, logo acima do vale. Então, equilibrava o artefato no galho de uma árvore, encobrindo o metal com folhas para que as aves não o vissem reluzindo ao sol. Fazia questão de não colocar um excesso de gravetos. Não queria matar nenhum pássaro desnecessariamente, só queria pegar o suficiente para que a família pudesse comer um pouco de carne nos meses de inverno. Depois de colocados os gravetos com visco, procurávamos um lugar para nós, em outra parte da mata, e esperávamos. Para passar o tempo, com frequência ele me contava histórias, mitos e lendas gregas do pan-helenismo e de seres fantásticos, tudo que, segundo meu avô, havia incentivado os cipriotas gregos a lutar pela independência, mas, ao mesmo tempo, convencera alguns deles de sua invencibilidade. Eles tinham um senso de direito e desejo de se juntar à Grécia, que era ardente e implacável. "A voz do mito é poderosa", ele dizia. Eram suas palavras preferidas.

Mas, às vezes, ficávamos só calados, à espera, escutando o som do mecanismo, que era alto e límpido, mesmo à distância.

— Parece um pássaro de verdade, vovô — eu disse, em uma dessas ocasiões.

— Tem uma voz de cobre e aço, nunca confunda as duas coisas — ele disse.

À época, eu não fazia ideia do que ele queria dizer, mas concordei docilmente como sempre fazia.

Ele continuou: — Sabe, precisamos comer, e temos que sobreviver, mas mesmo assim é preciso proteger nossa dignidade e nossa identidade. Tem coisas que fazemos para conseguir essas coisas, mas podemos respeitar a terra e os animais sobre ela. Seja sempre gentil com a terra, as pessoas e os animais sobre ela. Lembre-se disto. É a regra mais importante do mundo.

Isto foi logo depois da guerra, quando a ilha tinha sido dividida. Meu pai havia lutado, e voltou sem a mão direita e com uma nova voz. Quando veio se arrastando montanha acima, uma semana depois de termos escutado pelo rádio o final da guerra, seus olhos estavam diferentes, tinham manchas de sangue, e ele mal falava, apenas abria a boca para reclamar ou gritar uma coisa ou outra.

Lembro-me de como sua voz, de repente, quebrava o silêncio. Nossos amigos turcos tinham desaparecido de suas casas nas montanhas, e agora deveríamos nos referir a eles como nossos inimigos. A única coisa que meu pai disse em sua antiga voz, da qual me lembro como muito fervorosa e pensativa, era que havia matado um amigo lá, embora não nos contasse quem era.

Depois da guerra, aprendi uma lição que jamais esqueceria: como uma pessoa pode desaparecer dentro de si mesma, e que, às vezes, como meu pai, ela nunca consegue encontrar o caminho de volta.

Ali estava novamente o som da voz de uma mulher. Como se o vento tivesse aberto a boca e soltado um grito. Lembrei-me, subitamente, de onde estava: o rio à minha direita, o campo à esquerda. Aquilo seria apenas o vento? Talvez um corvo? Seria minha mente me pregando peças? Olhei em volta.

– Tem alguém aqui? – chamei de novo, mas não houve resposta. Subi e desci o rio, caminhei penosamente pela terra encharcada, percorri espaços vastos, cobri toda a distância que consegui, até me convencer de que estava sozinho.

Não havia apanhado meus caracóis, e as lembranças de Nisha e da minha infância haviam me esgotado. Decidi voltar para casa. Mas não poderia passar mais uma noite cismando com Nisha, pensando ter visto sua sombra, especulando se ela tinha ou não ido embora.

Assim, antes de subir a escada para o meu apartamento, bati à porta de entrada de Petra.

11
PETRA

Aliki olhava pela janela do carro a chuva que caía no calçamento, enquanto esperávamos no semáforo, a caminho da escola. Parecia pensativa e distante. Tinha penteado o cabelo, duas tranças caíam sobre cada ombro, e usava uma capa de chuva azul vivo sobre um agasalho cinza de moletom, e seus tênis de ginástica. Eu sabia que ela não queria que seus Converse se molhassem e ficassem sujos. Tinha cerca de seis pares de várias cores e modelos, alguns com estampas de flores, outros com estrelas, planetas ou bolinhas. Às vezes, usava um pé de cada tênis de propósito. Como os combinava tinha alguma importância. Mantinha-os numa fileira organizada, junto à parede de fora do seu quarto, logo ao lado da porta, e de tempos em tempos eu a observava experimentando diferentes combinações, às vezes sacudindo a cabeça e tentando outra, até sentir que sua aparência estava perfeita. Era muito específica quanto a seus calçados; nem mesmo deixava os gatos dormirem sobre eles. Apontando um dedo, e com sua voz mais adulta, ensinava-os a se sentar *ao lado* dos calçados, não sobre eles. Se eles não cooperavam, o que acontecia com frequência, mostrava-lhes o caminho da porta. Como regra, eu não permitia gatos na casa – eles são animais daninhos nessas áreas – mas mesmo assim eles entravam, quando as portas ficavam abertas nos meses de verão.

Fiquei parada no portão, como Nisha teria feito, e olhei enquanto Aliki caminhava para a entrada da escola. Ia com movimentos lentos, evitando as poças, como se fossem minas terrestres. Normalmente, teria pulado nelas, para fazer Nisha ralhar e rir. Nisha me diria depois: "Essa sua filha! Encharcou os sapatos e a calça. Pula naquelas poças como se fosse Indiana Jones!".

Como a Onasgorou é só para pedestres, estacionei em uma das ruas detrás e fui a pé, pela chuva. Quando cheguei a Sun City, Keti estava virando a placa de ABERTO na porta da loja. Ela saiu de lado para me dar passagem, e correu para me buscar uma toalha e um café. Sempre ansiosa por agradar e aprender, era uma futura cirurgiã oftálmica, estudando na Universidade de Nicósia, trabalhando meio-período como minha assistente. Era brilhante no seu trabalho, atenta, meticulosa. Sun City atraía uma clientela elitizada; na verdade, os políticos, atores e hoteleiros mais importantes da cidade, e até um príncipe indiano, nos procuravam para poder ver o mundo com mais clareza e com estilo, então eu só contratava a melhor equipe. Keti tinha boa visão, mas espertamente usava um par de óculos Chanel com armação de tartaruga, sem grau; ela sabia como representar nossos interesses. Vendíamos os últimos modelos de Tom Ford, Cartier, Versace, Dior, Bvlgari e Chopard. Eu até tinha óculos bordados, da Gazusa, e guardava o par mais caro, com armação de ouro e lentes rosa, incrustado com diamantes rosa de 2,85 quilates, em um armário com alarme, atrás do balcão. Adorava a maestria dos óculos individuais, cada um deles uma obra de arte.

– Onde está a Nisha? – Keti perguntou, estendendo-me uma caneca quente de café.

– Nisha?

– Hoje é quinta-feira, e você está atrasada – ela disse. – Era pra gente rever o estoque, e você tem um cliente daqui a – ela olhou seu relógio – 23 minutos.

– Quinta-feira? – foi tudo o que consegui falar a essa altura. Quinta era o dia em que eu trazia Nisha para limpar a loja. Ela ficaria livre dos seus deveres domésticos nesse dia, e se juntaria a mim em Sun City para espanar e limpar o chão, limpar as prateleiras e polir os vidros. Depois, limparia o meu consultório, seguido pela cozinha, nos fundos. Ela fazia isso com amor; sabia como era importante fazer a loja brilhar.

– Você está bem? – Keti levantara seus óculos, como se isto fosse levá-la a ver melhor, e analisava meu rosto de perto.

– Estou, estou bem.

– Então, cadê a Nisha? – ela voltou a perguntar.

– Nisha – repeti.

Mais uma vez, ela esperou, com os óculos pairando acima dos olhos.

– Não faço ideia.

Ela franziu a testa.

– Não faço ideia. Não sei onde ela está. Sumiu.

– Sumiu? – Agora, ela abaixou os óculos até o nariz, e me bombardeou de perguntas: Aonde ela foi? Ela disse que estava indo embora? Você acha que ela voltou para o Sri Lanka? Alguma chance de ela ter se fartado de você? (Brincadeirinha, não me olhe assim.)

Respondi às perguntas do melhor jeito que consegui. Estava exausta. Naquele momento, percebi que os últimos dias estavam cobrando seu preço.

Logo, nossa primeira cliente veio buscar seus óculos escuros de grau, um modelo Porsche, com uma armação de ouro de dezoito quilates. Era uma cliente nova, com um sotaque que não reconheci. Alta, um austero cabelo loiro curto, fio reto, franja elegante, toda vestida de preto. Tinha visitado a loja pela primeira vez algumas semanas atrás, quando lhe fiz um exame de vista. Ela, então, colocou os óculos e se olhou no espelho por um tempo, depois jogou o estojo na bolsa, pagou o restante do dinheiro – tinha feito um depósito de 250 euros – e saiu na chuva usando seus novos óculos de sol.

Normalmente, Keti teria muita coisa a dizer sobre uma cliente como aquela. Divagaria sobre quem ela era, de onde teria vindo. Inventaria histórias absurdas, e ao mesmo tempo quase plausíveis, sobre o motivo de precisar usar um par de óculos de sol tão caro, no meio de uma tempestade. Mas hoje ela estava quieta e olhava para mim do fundo da loja, onde verificava o estoque, e percebi que estava preocupada.

A manhã prosseguiu com algumas outras consultas, alguns cancelamentos por causa do tempo e só um ou dois curiosos, mas foi um dia tranquilo, felizmente. Keti saiu na hora do almoço e voltou com sanduíches quentes de *haloumi* e tomate para nós duas. Fechou a loja e fez café. Sentamo-nos na cozinha para comer, enquanto a chuva continuava caindo lá fora.

– Então, vamos examinar isto – ela disse, colocando uma mão na mesa, abrindo-a com a palma virada para cima, como se estivesse segurando um olho ocular que estivesse prestes a dissecar.

Concordei.

– Ela decidiu desperdiçar seu dia de folga para passá-lo na montanha com você e Aliki?

Assenti novamente, ignorando os pequenos floreios de Keti, que eu já esperava, de qualquer forma.

– E enquanto vocês estavam lá, ela perguntou se poderia tirar a noite de folga – uma vez que tinha passado o dia praticamente cuidando de Aliki – para visitar...?

– Assenti.

– Visitar quem? – Keti incentivou.

– Não sei – eu disse, e acrescentei, relutante: – Eu a interrompi, antes que ela pudesse terminar a frase.

– Então, você disse a ela, com bastante clareza, que ela não poderia sair.

– Eu não disse "não" desse jeito, mas ficou claro que eu desaprovava.

– E você não faz ideia de quem ela poderia querer visitar?

– Não, nenhuma.

– Então, você voltou para casa, ela fez jantar, vocês todas sentaram juntas para comer, certo?

– Certo.

– E depois?

– Depois, fui pra cama. Estava cansada, quis dormir cedo. Deixei Nisha colocando Aliki na cama e arrumando suas coisas para a escola de manhã.

– E aí, de manhã...

– De manhã, ela tinha sumido. Deixou o passaporte e algumas outras coisas muito especiais para ela. Também achei um anel de ouro em sua penteadeira, como se fosse de compromisso, que nunca tinha visto.

Keti, agora, assentiu, provavelmente perdida.

– Hoje é quinta-feira. Você foi à polícia? – ela disse.

– Ontem.

Contei-lhe todo o triste encontro na delegacia, o que o policial havia dito, e como eu tinha acabado saindo da sala, pisando em sua papelada. Mas, conforme eu narrava a história, senti uma dor seca no estômago, como se algo estivesse errado, algo que eu não entendia. E foi então que percebi que a voz do policial tinha soado um tanto familiar, como se eu estivesse ouvindo um eco de algo que vinha de dentro de mim.

Não poderia dizer isto a Keti, mas essa constatação me fez sentir culpa. Corando, meio conscientemente, foquei no que ela dizia.

– Você tem que procurá-la por conta própria – ela disse batendo a mão enfaticamente na mesa entre nós.

– Como? Nem sei por onde começar.

– Você vai descobrir. Não pode deixar a coisa assim! Não pode deixar uma mulher que viveu com você, e te ajudou por tantos anos, simplesmente sumir, como se não tivesse a menor importância.

Concordei. Ela tinha razão.

– E o seu instinto diz que tem alguma coisa errada?

– Diz. Sem dúvida.

– E isto é fora do normal?

– É.

– Bom, então você não tem escolha.

E esta foi a última coisa que ela disse, antes de olhar para o relógio e me avisar que o almoço tinha terminado e nosso próximo cliente chegaria em cerca de três minutos.

Naquela noite, a chuva continuou. O barco transbordava de água. A chuva caía no jardim, por entre as árvores;

saturou o solo e fez o pátio brilhar como um lago. Aliki espreitava pela casa, agarrando-se ao gato preto como se ele fosse sua salvação. Às vezes o gato cedia, ronronando e esfregando o focinho em sua orelha; outras vezes, empurrava o rosto dela com a pata, desvencilhava-se dos seus braços com um bufo, e disparava para a janela.

Não consegui comer naquela noite, mas preparei uma refeição leve para Aliki. Não deixava de pensar na minha conversa com Keti, e nas coisas que Nilmini dissera. Entrei e saí do quarto de Nisha, esperando provocar uma lembrança, uma revelação. Haveria algo que eu tinha deixado escapar? Ela tinha mencionado alguma coisa que eu esquecera? Era como tentar recordar um sonho semiesquecido.

Continuei ouvindo as palavras de Keti: "Você tem que procurá-la por conta própria". Palavras pesadas; palavras que me atingiram com o peso da responsabilidade. E na noite anterior, Aliki me pedira para achá-la.

Sim, isto era algo que eu precisava fazer, embora não tivesse a mínima ideia de como.

Decidi que falaria com mais amigas de Nisha. Parecia um bom ponto de partida. Perguntava-me se elas saberiam alguma coisa e, se soubessem, se me contariam.

Sabia que Nisha era amiga das empregadas da mansão murada no final da rua, aquela com dois cães de caça, então, na sexta-feira à tarde, fechei o consultório cedo e fui para casa. Finalmente, a chuva tinha parado, mas poucos clientes entraram na loja; eu tinha ficado ali sozinha, porque às sextas-feiras Keti ia para a universidade.

Resolvi fazer o jantar cedo, depois ir até a mansão murada na mesma rua. Mas antes mesmo de eu começar a cozinhar, enquanto Aliki estava no jardim tentando esvaziar a água do barco, a campainha tocou.

Era Yiannis, do andar de cima. A luz da loja de Yiakoumi reluzia a sua volta, e ele ficou ali parado, olhando para mim por um tempo longo demais, antes de falar:

– Petra, sinto incomodar. Estou pensando... – Houve uma pausa, um arrastar dos pés, como se ele estivesse prestes a mudar de ideia e ir embora. –... A Nisha está aqui? – Ele era quase uma silhueta, então não pude ver a expressão do seu rosto, mas havia algo cauteloso, incerto, no tom da sua voz.

– Não – eu disse. – Sinto muito, Yiannis, mas ela não está.

Ele correu a mão pelo cabelo, faixas prateadas iluminadas pela luz que jorrava da vitrine atrás dele. Seus movimentos eram tão hesitantes, que eu quase conseguia ouvir todos aqueles relógios funcionando.

– Você sabe onde ela está?

– Por quê? – perguntei, talvez rápido demais, e ele levou a mão ao rosto e esfregou a barba. Depois, olhou por cima do meu ombro, para a sala de visitas de plano aberto, seus olhos esquadrinhando.

– Bom... porque não a tenho visto – ele disse. – Não a vi a semana toda, e estou preocupado.

Agora, ele tinha um tom de desespero que não entendi. Estava perdido e vulnerável, como aqueles vira-latas que vagam pelo bairro, procurando alguém para amar. Por que estava tão preocupado com Nisha? Alguma coisa estava me incomodando, algo que eu pensava saber havia um longo tempo, mas me recusava a acreditar, e foi esse pensamento que me fez convidá-lo a entrar.

Estava bem vestido, como se estivesse se dirigindo a um bar, para um drinque; camisa preta bem passada, ligeiramente aberta no colarinho, jeans azul escuro, mas seus sapatos estavam cobertos de lama, uma lama que ainda não havia secado e endurecido.

Ficou sem jeito, parado no meio da sala. Era a primeira vez que entrava em casa, e olhou à esquerda e à direita, para os móveis, as fotografias na mesa de canto, a mesa de jantar. Olhou para a cozinha, onde Nisha havia passado grande parte do seu tempo, esfregando e cozinhando. Mas era estranho, olhava como se conhecesse o lugar.

Agora, sob a luz, dava para ver claramente o desespero que eu havia percebido no escuro; estava, sobretudo, no vinco profundo da sua testa, e na inquietação dos seus olhos. Ficamos ali por um momento, os dois calados. Era um homem bonito: olhos muito escuros com cílios espessos, e uma barba macia, muito bem cuidada, em parte preta, em parte cinza. Era estranho tê-lo ali, em pé, na minha sala de visitas. Raramente conversávamos, a não ser rápidas delicadezas no jardim, sobre o galinheiro, o tempo, ou como os tomates e os figos-da-índia estavam indo.

Quis entender sua ligação com Nisha. Tinha visto muitas vezes os dois conversando no jardim; os olhares que trocavam, é claro que tinha, um toque de mão, sussurros baixos à noite... mas se algo estivesse acontecendo entre eles, talvez eu precisasse despedir Nisha, ainda que não conseguisse imaginar minha vida sem ela. Ninguém permitia que suas criadas tivessem relacionamentos sexuais ou românticos, era quase impensável, a não ser aquelas que acabavam se casando com seus patrões.

Não pude evitar dar uma olhada na lama dos seus sapatos, imaginado onde ele teria andado. Subitamente, me dei conta de que deveria ter-lhe dito para tirá-los à porta. *Não é como se Nisha estivesse aqui para manter o assoalho limpo*. E só esse pensamento me fez sentir, de repente, muito só, a casa vazia demais sem ela.

Ofereci-lhe algo para beber, e ele me agradeceu e pediu uma bebida alcoólica. – Qualquer coisa – disse. – Uma coisa forte.

Fui até a cozinha e servi *zivania* para nós dois.

Quando voltei, Yiannis tinha tirado os sapatos e estava parado, de meias, perto da mesa de canto, olhando as fotografias. Deve ter me visto olhando para seus pés.

– Me desculpe por ter vindo com uns sapatos tão enlameados – ele disse. – Estava catando caracóis. Estou com a cabeça tão cheia, que está difícil pensar. – Antes que eu pudesse responder, ele disse: – Este é o seu marido? – apontando com os olhos Stephanos, em sua farda militar.

– É.

Ele assentiu. – Sua filha é parecida com ele.

Notei, então, que seus sapatos estavam perfeitamente alinhados junto à porta.

Coloquei as bebidas na mesinha de centro e acendi a lareira. Ele se juntou a mim, instalando-se desconfortavelmente na beirada do sofá em L. Deu um grande gole na *zivania*, e por um segundo seu maxilar cerrou-se e seus olhos brilharam. Aquele não era um homem acostumado a beber álcool.

Eu não sabia ao certo se ele estava esperando que eu falasse, mas, de qualquer modo, eu não sabia o que dizer. Poderia começar falando sobre Nisha, contando o que tinha acontecido nesta semana, mas fora o fato de ser meu inquilino, aquele homem era mais ou menos um estranho.

Ele deu mais um grande gole em seu copo, e dessa vez apertou os olhos. Depois, correu o dedo pela borda do copo, novamente perdido em pensamento.

Por fim, eu disse: – Então, está preocupado com a Nisha? Conhece-a bem?

Isto fez com que ele pusesse o copo na mesa e esfregasse os olhos, como se eu o tivesse acordado. Confirmou com a cabeça e voltou a pegar o copo.

Dava para ver que estava nervoso, e ele abriu a boca algumas vezes para dizer algo, mas no início não saiu nada. – Quando foi a última vez que a viu? – perguntou, por fim.

– Na noite do último domingo – respondi, com cautela. – Acordei na segunda-feira de manhã, e ela tinha sumido.

Isto pareceu preocupá-lo ainda mais. Levantou-se e andou de um lado a outro em frente à lareira, os pés pisando suave no tapete, de modo que sua pálida sombra em movimento deslizava sobre a mobília. Pensei no absurdo que era aquele homem na minha sala de visitas, de uma hora para outra, de meias.

– Não sei onde ela está – eu disse.

– Acha que ela foi para casa?

– Não.

– Como pode ter tanta certeza?

Pensei por alguns momentos, enquanto ele me olhava fixo, olhos arregalados, aguardando uma resposta. Talvez fosse o fato de parecer que ele compartilhava minha confusão e minha preocupação que me fez ir ao quarto de Nisha e voltar com seus pertences, aqueles que eu havia levado à delegacia. Não trouxe o anel de ouro. Coloquei-os na mesa de centro sem dizer uma palavra.

Ele tornou a se sentar e olhou para os itens. Abriu o passaporte e olhou o retrato dela por um bom tempo. Depois, pegou o medalhão, como se já o tivesse visto, e envolveu-o com a mão. Quanto à mecha de cabelo no saco plástico, pressionou-a entre as palmas com tanta força que pude ver as veias saltando nas costas das mãos.

– Então, ela não foi para casa. – Ele disse isto mais consigo mesmo do que para mim. Sua voz tinha mudado; soou clara, enchendo a sala silenciosa, pairando sobre nós por um tempo, muito similar ao som de um gongo que reverbera antes de sumir no silêncio.

– Você foi à polícia?

– Fui, na quarta-feira.

– O que eles disseram?

Dei um tempo, pensando se deveria contar-lhe toda a história desagradável.

– Não serviram de nada. Não têm interesse em procurá-la. Disseram que, provavelmente, ela fugiu para o norte atrás de outro trabalho.

– Nisha jamais faria isto – ele disse.

E subitamente tive a nítida certeza de que ele a conhecia, pela maneira como o nome dela saía da sua boca, como se o tivesse dito milhares de vezes antes. Ele a amava.

Havia inúmeras perguntas que eu poderia ter lhe feito, mas decidi mantermo-nos em nossa mútua preocupação, e no entendimento de que qualquer um que conhecesse Nisha, por mínimo que fosse, saberia que ela jamais partiria dessa maneira.

– A única vez que ela saiu foi alguns meses atrás – eu disse. – Foi passar todo um fim de semana com uma prima, em Limassol. Essa mulher estava prestes a deixar Chipre, e Nisha queria levar-lhe algumas coisas para dar a Kumari. Ela me deu o nome da mulher, o do patrão dela, o número do telefone, caso sua bateria acabasse, ou alguma coisa... Ela não saiu simplesmente. Foi tudo organizado.

Yiannis ficou em silêncio por um tempo.

– Quando foi isso?

– Em agosto – eu disse. – É, tenho toda certeza que foi em agosto. Lembro-me do calor daquele dia. Ela arrumou uma muda de roupas e colocou um vestido de linho laranja que eu havia lhe dado. Deixei-a na rodoviária de manhã cedo. Ela estava chorosa no carro. Quando perguntei qual era o problema, ela disse que sentiria falta de Aliki. Eu me lembro de dizer: "Não seja boba! É só um final de semana!". Mas desde que Aliki nasceu, ela nunca tinha passado um fim de semana longe de nós.

A constatação me pegou. Nisha tinha vivido aqui por quase dez anos, e em todo aquele tempo só havia passado dois dias longe de nós. Havia cuidado da minha filha, ama-do-a, esfregado meu assoalho e os banheiros, cozinhado para nós e mantido o jardim maravilhoso. Ela até lustrava a moldura da foto de Stephanos todos os dias, e fiquei de coração partido quando me lembrei da expressão do seu rosto ao fazer isso. Ela também perdera um marido. Deu-nos tudo. Com essa generosidade, tinha sido o coração da casa. E, no entanto, eu não fazia ideia da sua vida. Sabia que, em algumas noites, ela segurava o medalhão de coração, e sabia que havia um novo anel de ouro em sua mesa de cabeceira, que eu nunca havia visto. Como seu marido morrera? Ela nunca havia me contado, e eu nunca havia perguntado. Como ela se sentira? Como era sentir algo por outro homem, depois de perdê-lo? Yiannis havia lhe dado o anel? Teria ela amado esses dois homens da maneira que amei Stephanos? Será que ela amava esse homem sentado a minha frente? Ou ele tinha algo a ver com seu desaparecimento? Eu mal consegui me ater a um pensamento, sem pular para outro.

Ouvi uma leve batida e vi a ponta de um tênis vermelho despontando da entrada. Aliki estava entreouvindo, mas a intensidade das palavras de Yiannis me envolveu e me manteve sentada. Não queria quebrar o feitiço para brigar com ela.

– Ela disse alguma coisa? – Yiannis perguntou, então.

– Antes de sumir. Disse ou mencionou alguma coisa que pudesse nos ajudar a entender aonde ela poderia ter ido?

– Nós fomos para o alto das montanhas no domingo, passar o dia fora. Enquanto estávamos lá, ela perguntou se poderia tirar a noite de folga. Pareceu que ela queria encontrar alguém.

– Quem?

– Não faço ideia. Ela não disse. E não concordei com a saída. – Não contei a ele sobre toda a conversa que tive com a Sra. Hadjikyriacou, que ela tinha visto Nisha saindo naquela noite, por volta das dez e meia. Algo me disse para não contar.

– Então, no domingo à tarde ela estava com vocês nas montanhas. – Ele parecia estar remoendo isto. – E havia alguém que ela queria encontrar à noite. Você disse que não concordou com a saída, mas não disse se ela saiu ou não.

– Nisha veio para casa conosco, e fui para cama às nove da noite. Nisha estava aqui, colocando Aliki para dormir. Olhe – eu disse, levantando-me, subitamente exausta –, percebo que você está preocupado, mas não tenho mais nada a lhe dizer. – Vi que o sapato de Aliki tinha sumido da entrada para o corredor. – Além disto, está tarde, e ainda não fiz o jantar. Aliki não comeu, e trabalhei o dia todo.

Ele também se levantou, parecendo desanimado. – Sim, é claro. Me desculpe, Petra. Não queria incomodá-la.

Ele hesitou por um momento, como se estivesse incerto quanto a sair pela porta da frente ou dos fundos. Dos dois jeitos, havia uma escada que o levaria a seu apartamento.

Então, pareceu se lembrar dos sapatos, e foi até a porta da frente, curvando-se para calçá-los. Agora, a lama tinha secado, e estava se desprendendo em flocos no tapete.

– Agradeço pelo seu tempo, Petra. E se souber de alguma coisa...

– Aviso você na mesma hora.

Ele foi embora. Depois de fechar a porta, fui até a janela e vi que ele estava novamente parado sob a luz da loja de Yiakoumi, olhando para seu apartamento, lembrando-me um daqueles cachorros errantes, aqueles que as pessoas largam na rua quando, por alguma razão, não servem mais para caçar.

À noite, um morcego circula o lago, quase invisível contra a água escura. Por um breve momento, as nuvens abrem-se e a lua capta suas grandes asas, seu voo fragmentado.

A nova lua logo desaparece por trás das nuvens, como se nunca tivesse estado ali.

A terra ao redor da cratera solta um cheiro fresco de chuva, e o pelo da lebre começa a secar. Mais cedo, quando o sol estava alto e o ar mais quente, as varejeiras azuis voltaram para mais uma vez colocar seus ovos nas feridas abertas da pele rachada, enquanto as moscas da carne depositavam larvas ao redor dos olhos e na boca.

Nesta noite, a terra e o céu se juntam sem emenda. Os campos têm flores brancas, centenas e milhares delas. Se a lua estivesse mais cheia, se ainda não houvesse nuvens volumosas no céu, elas cintilariam como estrelas, e o céu e a terra não passariam de meros reflexos um do outro.

Um homem chega a pé. Ilumina o caminho com a luz do seu celular. Caminhou quilômetros pela margem do rio. A luz artificial tem um aspecto metálico. Ele não traz nada mais consigo, nenhuma bolsa, nem carteira, apenas o celular, que segura como uma tocha na mão. A luz vaga pela lebre – ele se encolhe –, depois ele a dirige para o lago, e ela capta o voo do morcego. Caminha alguns metros até chegar à estrutura de apoio do maquinário, suas pesadas botas militares deixando pegadas no solo misericordioso. ∎

12
YIANNIS

Não consegui subir. Estava inquieto.

– *Darrling* – disse uma voz em inglês, à minha esquerda. Virei-me e vi a Sra. Hadjikyriacou em sua espreguiçadeira, com uma manta grossa sobre os joelhos. Então, ela voltou para sua língua nativa, com uma expressão preocupada no rosto. – Meu querido, você parece arrasado.

Não disse nada.

– Que tal um pouco de baclava*? Em uma mesinha ao lado dela, havia uma variedade de bolos em miniatura, como se ela esperasse visitas.

– Não, muito obrigado, Sra. Hadjikyriacou. Acho que vou dar uma caminhada. A noite está bonita, embora um pouco fria.

– Não daria para eu saber. Sou insensível ao frio. Não sinto nada, nem calor, nem frio, desde a guerra. É a Ruba que insiste em pôr este cobertor estúpido sobre mim. Diz que vou apanhar a minha morte. Eu disse a

---

* Doce de massa folhada, geralmente com recheio de nozes ou pistache, e regado com uma calda rala de mel. [N.T.]

ela que já apanhei faz muito tempo. E sou mais forte do que ela.

Concordei com a cabeça. Não tinha dúvida de que ela estivesse certa.

— E eu já te disse, me chame de Júlia. Sra. Hadjikyriacou faz com que eu pareça velha. — Isto quase me fez rir, porque parecia que ela tinha saído da tumba.

Ela estendeu o braço e escolheu duas pequenas porções de baclava, depois as colocou com cuidado em um guardanapo de papel e pressionou-as na minha mão. Insistiu que eu parecia desnutrido e faminto, mas também, toda pessoa que não tivesse uma barriga grande parecia faminta para a Sra. Hadjikyriacou.

Agradecendo, aceitei seu embrulho caprichado e passei na frente do Theo's, onde tinham acendido aquecedores externos e subia fumaça dos fornos. Alguns homens acenaram para mim, e eu levantei a mão e tentei sorrir. Continuei pela rua, aproximando-me da Linha Verde, onde gatos arremessavam-se de uma extremidade da rua à outra, saltando a cerca divisória para a zona neutra. Tudo parecia muito surreal, como se o mundo estivesse se divertindo sem mim. A única coisa que parecia verdadeira era a lua.

Um gato tentou chamar a minha atenção, miando, trançando entre as minhas pernas, enquanto eu caminhava. O gato preto que com frequência andava com Aliki e Nisha.

Pensei no passaporte de Nisha, no fato de ela não o ter levado consigo, o que indicava claramente que não havia voltado para o Sri Lanka, como eu desconfiava. Isto me fez sentir, ao mesmo tempo, aliviado e ansioso. Se ela não havia voltado para casa, então onde estava? Por que não tinha informado ninguém? Pensei no medalhão que seu falecido marido havia lhe dado e na mecha de cabelo de Kumari. Ela jamais, absolutamente, partiria sem aqueles dois itens. Mesmo quando havia partido apenas por dois dias, tinha-os levado com ela, cuidadosamente enfiados na carteira.

O gato uivou para mim então, e, quando parei, esparramou-se, ansioso, no chão à minha frente, com as patas para cima e a barriga exposta.

Inclinei-me e acariciei-o, senti a vibração do seu ronronar profundo e feliz. Sentei-me no chão, de pernas cruzadas, e continuei a agradar o gato. Ele parecia ter decidido que era isto que nós dois precisávamos fazer naquela hora. A rua estava escura, deserta, todas as casas com as luzes apagadas, a maioria delas, provavelmente, abandonada, tão no extremo da rua, perto da zona neutra. Uma nova lua pairava no céu, ainda tingido de vermelho.

Pensei no vestido de linho laranja de Nisha e no final de semana em que ela tinha ido ficar com a prima, em Limassol. A história não era tão simples quanto Petra pensava.

Tudo começou num domingo, em agosto. Petra tinha saído de Nicósia, para passar o dia com Aliki na praia Makronisos, a leste. Elas saíram de manhã cedo, porque a viagem de carro levaria duas horas. Colocaram espreguiçadeiras, toalhas e chapéus de sol no bagageiro. Petra tinha avisado Nisha que as duas ficariam fora a tarde toda, e provavelmente jantariam em Ayia Napa, com uma amiga. Então, Nisha e eu tínhamos o dia todo e a noite para ficar à toa, juntos. Estava quente demais para ir a qualquer lugar, a não ser para o mar, e Nisha detestava o mar, então decidimos ficar na escuridão fresca do quarto, com as portas do terraço bem abertas. Nunca me esquecerei daquele dia. Mal havia uma brisa, nem ao menos uma folha se agitava nas árvores. O som das cigarras e o cheiro do jasmim enchiam o quarto. Sempre que o vento soprava, era quente e não trazia alívio.

Antes do meio-dia, Nisha passou algum tempo conversando com Kumari, no meu tablet. Ela se sentou na escrivaninha, enquanto eu estava deitado na cama, escutando as duas falarem em cingalês, às vezes com um tom alegre, às vezes sério, poucas palavras em inglês. Embora eu não conseguisse entender a conversa, conhecia Nisha bem o bastante para perceber que estava distraída. Fui até a cozinha e fiz um frapê, com muitos cubos de gelo, leite a mais e açúcar para Nisha, exatamente como ela gostava. Entreguei-o a ela, quando terminou a ligação. Ela deu um golinho e deixou-o ao lado da escrivaninha, depois ficou olhando para fora das portas abertas, mal dizendo uma palavra. Fizemos o almoço juntos, comendo *hoppers* – as panquecas do Sri Lanka. Ela mexeu a mistura e disse algumas coisas como "Passe a farinha de arroz", ou "Agora borrife um pouco de leite de coco em cima". Coloquei uma concha da massa na wok e mexi em círculos; ela então quebrou um ovo sobre a panqueca abaulada e começou a fazer o acompanhamento de cebolas, pimentas e suco de limão, enquanto eu fritava o resto. "Você não acha que aquela está pronta?", ela disse, quando deixei a panqueca na wok tempo demais, porque eu também tinha ficado distraído, imaginando qual seria o problema dela. Sabia que ela não gostava que perguntassem, então esperei.

Mais tarde, naquela noite, o céu exibia uma lua cheia. O Theo's estava muito movimentado, tocavam *bouzouki*, e Nisha estava deitada de lado, olhando o céu. Queria todas as luzes apagadas; disse que assim se sentia mais refrescada. Era um luar sereno. Ela olhou para ele, com olhos vidrados, como se estivesse contemplando o espaço entre ela e a lua.

Depois do que pareceu um longo tempo, ela se sentou, dobrou as pernas e me olhou. Fiz o mesmo. Ela me olhou fixo.

– Estou grávida.

– Grávida?

Ela confirmou.

– Você está grávida.

Ela tornou a confirmar. – Tomamos tanto cuidado – ela disse.

Não consegui perceber nenhuma expressão óbvia em seu rosto, estava tão inexpressivo quanto uma pedra. Mas então, ela se inclinou para mim, pousou a cabeça em meu peito, e deitamos juntos.

– O que você está pensando? – ela perguntou.

– Acho que é ótimo.

– Acha?

– Acho.

Ela se virou de costas, pegou a minha mão e colocou-a em sua barriga. Depois pousou a própria mão sobre a minha. Eu nunca tinha me sentido tão próximo de alguém quanto naquele momento. Nossos corpos ligados, o meu, o de Nisha e daquele pequeno feto que crescia dentro dela. Nosso bebê. Meu e dela. Fui tomado por uma onda de felicidade, como se alguém tivesse aberto uma janela que desse para a paisagem da minha infância, e me lembrasse qual era a sensação de me ver preenchido de amor e encantamento. Como seria o aspecto dessa criança? Talvez esses pensamentos fossem prematuros, mas imaginei que ele, ou ela, seria em tudo parecido com Nisha. Essas imagens entraram na minha mente tão novas e frescas quanto a chuva no calor daquele quarto.

– O que você está pensando? – ela voltou a perguntar.

– Acho maravilhoso. Eu te amo.

– Isto é porque você está sentindo, e não pensando.

– Não é verdade – eu disse. – Meus sentimentos e pensamentos estão em total sintonia. – Depois, acrescentei: – Desta vez! – E ri, por causa da quantidade de vezes que nós dois dissemos as palavras sentimentos e pensamentos.

Mas Nisha não riu. Delicadamente, tirou a mão da minha, tirou minha mão da sua barriga e continuou olhando pela janela. Por fim, disse: – Vou perder meu emprego. Ninguém quer uma empregada grávida.

– A gente dá um jeito. Ajudo você a encontrar alguma outra coisa para fazer. Ou cuido de você. O que quer que você queira, faremos dar certo.

– Você não entende – ela disse. – E a Kumari? Tenho que mandar dinheiro. Se perder meu emprego, como ela vai viver? Tenho dívidas a pagar. Estou devendo para a agência, Yiannis. Ainda estou pagando eles por me trazerem para cá. E a minha mãe? Ela também depende de mim. É por causa do meu trabalho aqui que elas têm dinheiro para comer, viver e levar a vida de todo dia. O que vai acontecer se eu perder este emprego? Não se trata só de mim, de você e do bebê.

Ela disse tudo isto em um único fôlego, e sua voz falhou, embora não surgissem lágrimas. Pareceu engoli-las.

– Entendo – eu disse. Trouxe-a mais para perto de mim, abracei-a. – E se eu te ajudasse financeiramente? E se eu te desse dinheiro para acertar sua dívida e também para mandar para casa?

– Com o quê? – ela perguntou. – Aspargos selvagens e caracóis? – Sua voz tinha uma ponta de desprezo.

E ela tinha razão, porque se essa fosse toda a verdade, então eu não passava de um lunático. Quis contar a ela sobre as aves canoras. Mas se contasse, partiria seu coração.

– O fato é que se eu não tivesse nenhuma dívida, a esta altura, provavelmente teria conseguido ir pra casa e não estaríamos aqui... de qualquer maneira, não estaríamos nesta situação.

Ela foi prática, decisiva, suas palavras um golpe brutal em um sonho frágil. Mas aí, ela voltou a pegar na minha mão e, dessa vez, pressionou-a sobre sua barriga, de modo que eu pudesse sentir o peso do seu amor naquela leve pressão.

Na noite seguinte, decidi contar-lhe sobre as aves canoras. Era a minha única chance de levá-la a acreditar que eu tinha meios de ajudá-la financeiramente. Queria aquele bebê, o nosso bebê, mais do que tudo. Já era tarde quando ela surgiu à minha porta. Estávamos de volta a nossos costumeiros encontros às onze da noite, já que Petra e Aliki tinham voltado da praia. Depois de Nisha fazer o jantar delas e colocar Aliki na cama, ela subiu até o meu apartamento. Peguei-a pela mão e levei-a até o quarto extra. Destranquei a porta, e por alguns minutos ela ficou ali, confusa, olhando ao redor, pousando os olhos em um dos refrigeradores industriais.

– O que é tudo isto? – perguntou.

– Tenho outra maneira de ganhar dinheiro – eu disse. – Quero que você saiba que economizei o suficiente e posso sustentar você, Kumari e sua mãe.

– Mas você me disse que esta porta estava sempre fechada porque aqui era sempre um caos.

Na verdade, ali estava incansavelmente arrumado, e pude vê-la assimilando tudo, olhando em volta os gravetos com visgo, o estojo de vime a tiracolo que eu levava comigo nas caçadas, os apetrechos pretos de chamado alinhados em cima da mesinha, os recipientes empilhados junto à parede.

– É como o Indiana Jones com refrigeradores. O que você anda fazendo?

– Depois que perdi meu emprego no Laiki, me envolvi com caçada. Estava desesperado. Jamais teria sobrevivido vendendo cogumelos e...

– Caçando o quê? – ela me interrompeu.

– Aves canoras – respondi, baixinho.

– Aves canoras?

Ela foi direto até uma das geladeiras, abriu-a e olhou dentro. Por sorte, naquele dia estavam todas vazias. Então, ela a fechou e abriu a segunda geladeira, e a terceira. Deixando esta última porta aberta, ela se virou para me encarar.

– Onde elas estão? – perguntou.

– Não tenho nenhuma agora. Acabei de fazer uma entrega.

Ela acenou com a cabeça e seu rosto exibiu uma expressão de desapontamento. Mas esse sentimento pertencia somente a ela; não estava disposta a dividi-lo comigo em palavras.

– Não quero fazer isso – eu disse, tentando fazê-la entender. – Depois que você começa, é difícil parar. É um pouco como traficar drogas. Existe uma organização clandestina enorme, e eles não deixam você sair, é arriscado demais pra eles. – Não contei a ela que, na semana anterior, um homem que eu conhecia tinha pedido demissão, e naquela noite seu abrigo de barcos tinha sido, misteriosamente, destruído pelo fogo.

– Quem são *eles*? – Nisha perguntou.

– Os homens no comando.

– Então, depois que você consegue uma quantidade decente de dinheiro, você quer sair e fica preso?

– É.

Ela fechou a porta da geladeira e levou a mão à barriga, os olhos no chão.

– O que eu estou te dizendo é que vou arrumar um jeito de sair desta. Vou. Mas tenho dinheiro mais do que suficiente para poder sustentar a gente até encontrar um trabalho diferente. Agora, a recessão acabou. Tenho experiência em finanças. Sei que o modo como ganho dinheiro não é o ideal, mas podemos ser uma família.

– Não é o ideal – ela repetiu baixinho. Virou-se e saiu do quarto extra, depois foi para a porta dos fundos. Com a mão no trinco da porta, ela se virou para mim e disse: – Vou pensar nisso. – Em seguida, desapareceu escada abaixo.

Depois disso, Nisha não veio me ver durante vários dias. Mas cerca de uma semana depois, ela apareceu à minha porta. Lembro-me que era uma manhã de sexta-feira, e fiquei surpreso por vê-la em plena luz do dia. Estava muito bonita, num vestido laranja vibrante, que salientava o ouro dos seus olhos. Seu cabelo estava preso num rabo de cavalo. Os lábios brilhavam com gloss. Em seus pés, ela ainda usava suas sandálias surradas, de alto-impacto, de caminhada.

Quis abraçá-la. – Venha cá – disse.

– Não. Só vim te dizer que estou indo passar o fim de semana em Limassol, para ficar com minha prima Chaturi. Você se lembra de quando ela veio me visitar?

– É claro – respondi.

– Bom, ela está voltando para o Sri Lanka na semana que vem, e vou lhe dar algumas coisas para ela levar a Galle.

Assenti.

– Preciso sair um pouco daqui para poder pensar.

Assenti novamente.

– Não me ligue, nem tente me contatar. São só alguns dias.

– Não se preocupe – eu disse. – Eu entendo.

Seus lábios abriram-se num leve sorriso, mas os olhos portavam uma tristeza persistente. Então, ela desceu a escada, e vi quando ela entrou em seu quarto pelas portas do pátio.

Passado o final de semana, Nisha voltou. Numa segunda-feira, tarde da noite, escutei uma batida na porta. Estava ali parada, numa camisola branca luminosa, com um cardigan rosa jogado sobre os ombros. Seu cabelo estava solto, o rosto afogueado, como se tivesse corrido.

— Mal pude esperar pra te ver — ela disse.

Colocou imediatamente os braços à minha volta e enfiou o rosto na curva do meu pescoço. Senti o calor úmido do seu corpo junto ao meu, sua respiração na minha pele. Fiquei tomado de alívio, alegre com a sua volta, grato por tê-la de novo em meus braços.

— Quis vir ontem à noite, mas Aliki estava com febre, não pude deixá-la — ela disse.

Deitamos na cama. Havia uma leve brisa de verão. Ela se deitou de costas, eu, de lado. Beijei seu ombro e agradei seu cabelo, do jeito que ela gostava. Quase não acreditava que ela estivesse ali.

— Como está Chaturi? — perguntei.

— Você gosta da minha camisola? Foi ela quem me deu de presente. Ela mesma fez. É renda beeralu.

— É linda — eu disse. E era muito linda. Passei a mão sobre os delicados motivos de flores. Era como um autêntico jardim brando.

— Primeiro ela desenhou em papel quadriculado, depois o prendeu com alfinetes no *kotta boley**. Aí, passou cada linha em volta do alfinete. Você consegue imaginar que trabalho isso dá?

— Consigo.

---

* Almofada sobre a qual é feita a renda beeralu. [N.T.]

– Os patrões dela estavam fora neste final de semana, então tivemos a casa só para nós. Ajudei-a nas tarefas, depois passamos o resto do tempo no jardim. Conversamos, enquanto ela tecia. Ela estava desesperada para terminar antes de eu ir embora. Disse que tinha a sensação de que não me veria por muito tempo.

Ao longo dos anos, Nisha tinha visto Chaturi a cada dois meses, em geral quando Chaturi vinha com seus patrões a Nicósia, para uma visita de domingo. Eles tinham família ali, e deixavam-na na casa de Petra para passar o dia, depois a buscavam à noite, antes de voltar para Limassol. Sempre era uma ocasião especial para Nisha. As duas mulheres passavam o tempo fazendo *aluwa*, um torrone com castanhas de caju, ou, o meu preferido, *aasmi*, feito com leite de coco e o sumo de folhas de canela. Chaturi ia embora com alguns potes de Tupperware cheios de doces. Nisha sempre separava algumas fatias em papel de alumínio e trazia-as para mim mais tarde, à noite, contando sobre as conversas que tiveram, as brincadeiras de Chaturi, as notícias de casa.

– Espero que ela esteja enganada quanto a isso – disse. – De que vai passar muito tempo até que ela volte a me ver. – Ela passou os dedos sobre as flores da sua camisola.

– Tenho certeza de que não será tempo demais – eu disse, tranquilizando-a.

Ela ficou quieta por um momento e depois disse: – Marquei hora na clínica em Limassol para interromper a gravidez, mas não consegui fazer isto. – Seus olhos, agora, estavam arregalados, temerosos. – Este bebê vai começar a crescer, e vou acabar sem emprego e sem casa. Você sabe o que acontece com mulheres como eu que quebram as regras?

Agora, suas palavras saíam aos trambolhões da boca, e eu mal conseguia acompanhar.

– Minha amiga, Mary, das Filipinas, bom, seu patrão viu-a pulando a cerca à noite, para se encontrar com o namorado, e despediu-a na hora. Foi quase impossível ela arrumar emprego depois disso, porque aquele patrão era muito conhecido e respeitado na comunidade. Ela teve que se mudar para um hostel com outras quinze mulheres, no outro lado da ilha. As condições eram tão ruins que ela acabou vendendo o corpo para ficar na quinta de um velho, junto ao mar, com outras três mulheres.

Tentei chegar perto dela, mas ela me empurrou. Distanciou-se de mim, de modo a poder me olhar nos olhos.

– E a pequena Diwata, descendo a rua, bom, seu ex-patrão batia nela. Ela tinha hematomas nos braços e nas pernas, e só podia comer uma quantidade tão pequena de comida por dia que acabou se reduzindo a quase nada. Parecia ter 12 anos! Bom, ela teve sorte porque arrumou outro patrão. Ele comprou um carro para ela, nunca machucou seu corpo, compra roupas novas pra ela, entrega o cartão de crédito pra ela comprar o que quiser. Por que você acha que isto acontece?

Ela olhou para mim sem piscar. Eu não disse nada.

– Petra vai me despedir. Ela vai. Quem sabe onde vou parar? E se eu quiser achar outro emprego, terei que abrir mão do bebê. Mas e se eu não conseguir? Como quando não consegui interromper a gravidez? – Lágrimas rolaram dos seus olhos, então, e ela rapidamente enxugou-as com as costas da mão. – Eu entrei lá. Eu realmente fui até a clínica.

Não havia o que eu pudesse dizer. Queria dizer que tudo ficaria bem, que para ela o resultado seria diferente, eu a ajudaria. Mas o que eu sabia do seu mundo? Do quanto ela estava devendo? Não podia me levar a fazer promessas que não podia entender.

Depois de um silêncio, ela finalmente falou: – O que quer que aconteça você tem que me prometer que vai parar com o que anda fazendo com as aves canoras. Não é uma boa coisa.

– Prometo. Posso prometer isto – eu disse.

De repente, as orelhas do gato abaixaram-se e ele sibilou. Escutei passos se aproximando por trás. Virei-me e vi Spyros com seu poodle. Spyros, o carteiro. Um sujeito bem constituído, coberto de tatuagens do pescoço para baixo. Seu poodle, mini, bem cuidado, vestindo uma jaqueta militar cáqui, feita especialmente para cachorros. No verão, ele tinha um guarda-sol preso à guia. A discrepância entre os dois sempre fazia Nisha rir, quando ela via a dupla do meu terraço, aos domingos. Inclinava-se para a frente, com cuidado, para que os vizinhos curiosos não a vissem, e assobiava o tema de Indiana Jones, e ele assobiava de volta. Significava: *Sei que você está aí e seu segredo está seguro comigo.* Spyros sabia a maioria das coisas, todo mundo na vizinhança sabia que ele sabia a maioria das coisas, mas seus lábios estavam sempre selados. Nisha adorava este jogo entre eles; dizia que fazia com que se sentisse mais aceita, mais humana. Ela me contou que *Indiana Jones e o Templo da Perdição* tinha sido filmado em Kandy, na década de 1980, e quando criança ela adorava imaginar todas as aventuras acontecendo a apenas duzentos quilômetros da sua casa.

O gato agora sibilou, rodeando o cachorro de Spyros, que rosnou de volta, fazendo um espetáculo ao puxar sua guia. O cachorro mostrou os dentes minúsculos, e o gato sibilou mais uma vez. Foi um impasse divertido, e, se eu não estivesse tão nervoso, teria rido.

— Sente-se, Agamenon — Spyros disse. O cachorro meio que obedeceu, continuando a rosnar do fundo do peito.

— O que está fazendo aqui, amigo? — perguntou, olhando para mim.

— Pensando.

— No chão? No meio da rua?

— É.

Ele se sentou ao meu lado. — Tem alguma coisa errada.

— Nisha sumiu. Não sei aonde ela foi.

— Faz quanto tempo?

— Agora, faz quase uma semana. Na noite do último domingo, ou segunda de manhã.

Spyros franziu a testa, parecendo perdido em pensamento. — Eu a vi no domingo — ele disse —, por volta de dez e meia da noite. Saí com o Agamenon mais tarde do que o normal, porque minha mãe tinha vindo me visitar. Fiz meu percurso costumeiro, estava indo por *esta* rua, e ela passou por mim muito rápido. Estava apressada. Perguntei para onde ela ia, e ela disse que ia seguir pela rua até o bar Maria's para encontrar Seraphim.

— Seraphim? — Um tranco, como uma descarga de gelo correu pela minha espinha. — Por quê?

— Não faço ideia — ele disse. — É só o que eu sei. Mas eu vi ela e tenho certeza que era domingo à noite.

O gato me seguiu até em casa, como uma sombra minúscula, depois desapareceu na escuridão do jardim dos fundos. Quando cheguei, fiquei surpreso ao encontrar o passarinho pousado no tapete do corredor, perto da porta.

Agora, ele pulava por lá. Coloquei um pouco de água fresca e pão, e fui me sentar no terraço. Abri uma cerveja gelada e bebi rapidamente. Por que Nisha estava se encontrando com Seraphim? E por que ele não me contou que a tinha visto? E o que, em nome de Deus, ela faria em um lugar daqueles? Eu conhecia o bar. Foi onde encontrei Seraphim, na primeira vez em que ele me recrutou.

Não consegui dormir pensando em tudo isso, e estava acordado quando, mais uma vez, às cinco da manhã, meu iPad começou a tocar. Levantei-me e vi o nome de Kumari piscando na tela. Parou e recomeçou. Mais uma vez, eu não poderia fazer nada; fiquei paralisado. Mas o nome implorava para que eu atendesse, golpeava a escuridão com desespero.

Atendi.

Kumari piscou, chocada ao ver meu rosto.

– Cadê a Amma? – disse em inglês, esticando o pescoço numa tentativa de ver atrás de mim. Vestia seu uniforme de escola e levava nos ombros uma mochila com tiras roxas.

– Sou o Yiannis – eu disse. – Você se lembra de mim?

Ela confirmou com a cabeça. – Claro que me lembro, Sr. Yiannis. A gente já se falou tantas vezes! O senhor é amigo da Amma.

– É isto. Sua avó está aí? Posso falar com ela?

– Ela acabou de sair para fazer compras.

– Sua mãe está trabalhando. Ela deixou o tablet aqui comigo. Pediu para eu te dizer que te ama, para você ir bem na escola e que logo, logo ela fala com você.

– Tudo bem, Sr. Yiannis – Kumari disse. – Obrigada. O senhor também fique bem no trabalho. – Então, ela sorriu. Havia um atrevimento nela, como em sua mãe. Fiquei com dor no coração.

Então, ela se foi, e mais uma vez a tela ficou vazia.

13
PETRA

No sábado de manhã, decidi visitar a mansão murada no final da rua. Disse a Aliki que a Sra. Hadjikyriacou ficaria de olho nela, mas que ela podia brincar no jardim. Ela concordou com a cabeça, sem parecer muito incomodada, pegando um dos seus livros preferidos e saindo pela porta em direção ao barco. Entrou lá e começou a ler. Levei para ela um prato com gomos de laranja e beijei sua cabeça. Depois, agradeci à Sra. Hadjikyriacou e disse que não demoraria muito. Ela sabia qual era a minha incumbência e ficou feliz em ajudar.

Minha primeira parada foi na loja de Yiakoumi. Levei o diário de Nisha comigo, e agora o agarrava junto ao peito, ao entrar na loja. Ainda não havia fregueses num sábado tão cedo, mas, como esperava, Nilmini estava ali, limpando, curvando-se para tirar a poeira das vitrines de vidro, sob o balcão. Yiakoumi não estava à vista.

– Bom dia – eu disse.

– Bom dia, madame – ela disse. Parou de espanar, levantando-se e olhando o diário em minhas mãos.

– Nilmini, você me faria um favor? Ou, na verdade, um favor para Nisha?

– Claro, madame – ela disse.

– Este é um diário da Nisha – eu disse, colocando-o sobre o balcão. – Você poderia lê-lo e me dizer se existe alguma coisa nele que pudesse me ajudar a encontrá-la?

Ela pegou o diário das minhas mãos e abriu-o, folheando-o, olhando as páginas. – Farei isto, madame. Vou ler isto para a senhora.

Eu tinha pressa, então lhe agradeci e saí, e ela me observou da grande vitrine, acenando enquanto eu seguia pela rua.

Passei pela igreja e captei lufadas de lavanda do seu jardim. O sol ainda estava baixo no céu, nesse começo de dia, com a promessa de ser uma tarde de outono ensolarada e fresca. Uma empregada varria o caminho na frente da igreja, livrando-o de folhas e baratas. Ela levantou os olhos e cumprimentou com a cabeça, quando passei.

Mais à frente na rua, havia uma oficina de um escultor: uma propriedade com terraço, sem parede na frente, nem porta ou janela, apenas uma grande boca como entrada, sempre aberta. Não havia nem mesmo uma porta de correr para descer à noite e proteger o local. O espaço cavernoso estava coberto de pranchas quebradas, pregos enferrujados, caixas de ferramentas e galhos retorcidos, espalhados como vários membros amputados. De tempos em tempos, o proprietário, um homem de meia-idade chamado Muyia, aparecia por lá, trabalhando, mas em geral aquilo parecia uma garagem desmantelada, abandonada. No entanto, naquela manhã Muyia estava lá, e percebi que estava concentrado em um pedaço de madeira, desbastando-o, moldando alguma coisa que parecia ter grande significado para ele. Sua concentração era muito intensa, a testa estava enrugada, e os lábios bem comprimidos.

Ouvindo meus passos, ele ergueu os olhos e levantou a mão, cumprimentando: – Petra! Como foi seu passeio às montanhas? – gritou.

– Montanhas? – eu disse, parando na entrada.

– É, a Nisha disse que ia com você para as montanhas. Entre, entre! Deixe-me te mostrar uma coisa.

Passei por cima de pedaços de arame torcido e madeira lascada. O espaço era profundo e deveria ser escuro, mas ele tinha duas lâmpadas fortes sobre sua bancada de trabalho. Aquela era a primeira vez que eu entrava ali, e percebi que não era tanto uma bagunça, como eu pensava. Na verdade, havia uma prateleira gigantesca que continha lindas esculturas esculpidas em madeira. A maioria era de rostos de pessoas, mas também havia animais: uma cobra, um elefante, três libélulas pairando em fios invisíveis. Havia flores esculpidas com primor, e vários pássaros e peixes, até um globo terrestre, tudo feito rigorosamente, com detalhes mínimos e preciosos. Não estavam pintadas, então retinham sua suave cor de mel, e era possível ver o veio da madeira. Senti-me como se tivesse entrado em um tipo de floresta mágica.

– Você gosta delas? – ele perguntou.

– São extraordinárias.

Ele sorriu com o elogio e disse: – Dê uma olhada nisto.

Virei-me e vi a peça em que ele estava trabalhando. Era uma Madona com uma criança, enorme, quase em tamanho natural. Havia uma beleza silenciosa na mulher, na curva das maçãs do rosto e no delicado conjunto de seus olhos e nariz, no rosto em formato de coração. Uma mecha de cabelo caía sobre um dos olhos, e uma pequena coruja estava pousada em seu ombro. Mas o que realmente me atingiu foi o quanto ela parecia viva, não apenas em sua bela aparência, mas na essência, na energia, na força e funcionalidade. Transparecia no olhar suave, mas firme em direção à criança que tinha nos braços, no firme e terno toque dos dedos na coxa da criança.

— Ela está segurando o filho *dela* — ele disse, pondo profunda ênfase na palavra *dela*.

Olhava para a peça agora, contemplando sua criação, como se tivesse esquecido que eu estava ali. Apertando os olhos, ele correu o polegar sobre a asa da coruja. — Huum — disse —, preciso arrumar este pedaço. Está vendo como aquele ângulo está agudo demais na asa? Isto dá à personalidade da ave uma característica errada, você não acha?

— Eu não sei que característica a coruja deveria ter.

Nessa altura, ele olhou para mim por um momento, depois franziu a testa e acenou levemente, como se tivesse entendido ou se lembrado de algo. Então, disse: — Sabe, nós nunca conversamos de verdade. Imagine, todos estes anos como vizinhos, e esta é a primeira vez que trocamos mais do que algumas palavras.

Olhei novamente para a estátua e vi algo que não tinha notado antes: havia uma profunda tristeza na mulher. Isto emanava não só dos seus olhos, mas de toda parte, da sua postura, do seu permanente toque silencioso, até de sua imobilidade; estava até no veio da madeira. E havia algo mais em relação a ela, parecia-se notadamente com Nisha.

— Você aceitaria um café? — ele disse. — Posso trazer mais um banquinho para você se sentar.

— Não — respondi. — Saí para fazer umas coisas e não tenho muito tempo.

De repente, senti uma vontade desesperada de ir embora. Minha mente estava atordoada de perguntas, mas eu não estava preparada para fazê-las. Teria ela posado para aquela estátua, ela era a sua musa? Quantos outros homens ela conhecia no bairro? Começava a ficar preocupada quanto ao que mais poderia descobrir sobre aquela estranha que havia vivido em minha casa, criado minha filha, organizado nossas vidas, feito da nossa casa um lar, depois da morte de Stephanos. Quem era aquela mulher que eu previamente tinha visto apenas como uma sombra de mim mesma? Uma sombra escura e linda, que se agitava por ali com sandálias velhas e fogo nos olhos.

Dei-me conta, então, que eu é que tinha sido sua sombra.

Deixei rapidamente Muyia, gaguejando meu pedido de desculpas e prometendo voltar numa outra hora para um café. Eu queria mesmo conversar mais com ele, mas tinha que planejar minhas perguntas. E de qualquer modo, já estava atrasada, e não queria deixar Aliki com a Sra. Hadjikyriacou a manhã toda.

Apressei-me pela rua, até a mansão murada, uma construção colossal neoclássica, com terraços floridos em cada janela. Apertei a campainha e olhei no interfone. Depois de um instante, houve uma voz com chiados: – Madame, entre! – seguida por um clique alto. O portão abriu-se com um rangido.

Eu já tinha visitado a mansão do Sr. e da Sra. Kostas uma vez, em uma festa que eles deram no Réveillon. Todos os vizinhos, bom, aqueles que eles julgavam merecedores, tinham sido convidados, e eu preenchera os requisitos. Imagino que fosse pela minha convivência com os ricos e famosos no meu trabalho; talvez eles achassem que eu teria algumas boas histórias. Aquela casa imensa era o lar da sua aposentadoria. Eles tinham se repatriado da Grã-Bretanha, onde o Sr. Kostas possuíra uma cadeia de empresas de segurança, em Londres.

Segui por um caminho, em meio a um pomar muito bem tratado: de um lado figos-da-índia, cactus, macieiras e pereiras; do outro, limoeiros, cerejeiras, damasqueiros, videiras e tomateiros. O inverno se aproximava, então as árvores estavam perdendo as folhas, mas eu sabia que em poucos meses brotos minúsculos despontariam nos galhos, e poucas semanas depois, todo o lugar teria o aroma de uma perfumaria.

A meio caminho, hesitei, esperando que alguém saísse para me receber.

— Venha, madame! — uma voz chamou, e segui o caminho que contornava a casa até o jardim dos fundos, onde havia um gramado e uma grande jaula metálica que continha dois cães de caça cor de areia. Eram elegantes e musculosos, e poderiam parecer ferozes, mas tinham olhos dóceis e calmos. Dentro da jaula, uma das empregadas estava curvada, limpando a traseira do cachorro.

— Madame — ela disse, levantando-se, segurando as mãos enluvadas atrás das costas. — Binsa... ela abriu para a senhora. Ela está lá dentro. Por favor, entre. — Ela apontou a porta sob o terraço. — Tenho que limpar o cachorro. Hoje, ele está mal do estômago. — Enquanto ela falava, o cachorro permaneceu com sua traseira erguida no ar, as patas dianteiras esticadas à frente, esperando docilmente que ela continuasse.

Agradeci-lhe e subi dois degraus para o pátio, onde havia uma porta de vidro aberta, e de onde flutuavam cheiros de comida.

— Madame, por aqui!

Binsa estava na cozinha, fritando em imersão.

— Me desculpe, madame, não pude ir até a porta. Estou fazendo *keftedes* para o senhor e a madame. A senhora sabe, não se pode deixar essas coisas no óleo. Não dá certo. E como está a Nisha, madame? Faz muito tempo que ela não vem conversar no portão. Sentimos falta dela. Liguei para o celular dela, mas nada. A senhora sabe que a madame não deixa a gente sair, então não pude ir ver ela. Espero que esteja bem.

Ela deu uma olhada em mim, então, mas rapidamente voltou sua atenção para o óleo e o fogo.

– Onde estão o senhor e a madame? – perguntei.

– Foram às compras hoje, madame. Se a senhora voltar daqui a uma hora, eles estarão aqui.

– Na verdade, Binsa, era com você que eu queria falar.

Mais uma vez, ela levantou os olhos do seu trabalho, franziu a testa, depois disse rapidamente: – Tudo bem, madame. Vou tirar esta leva, três minutos, e falo com a senhora antes de fazer as outras. A senhora pode esperar alguns minutos?

– Claro, Binsa – eu disse. – Fique à vontade.

No balcão ao seu lado havia uma grande travessa cheia de almôndegas cruas, polvilhadas com farinha, prontas para fritar. Nisha tinha me contado várias vezes sobre Binsa e Soneeya, do Nepal. Ambas estavam na faixa dos 20 anos, cerca de dez anos mais novas do que Nisha. A viagem delas a Chipre era a primeira vez em que as duas ficavam longe de suas famílias. Antes de tomar a decisão de emigrar, Binsa tinha sido uma jovem locutora de rádio em sua estação de rádio local, e acho que Soneeya era enfermeira de berçário. O inglês delas não era tão bom quanto o de Nisha, porque Nisha tinha aprendido no Sri Lanka, quando era criança. Mas Binsa e Soneeya estavam ali havia dois anos e já falavam muito bem. Ao que parece, a Sra. Kostas lhes ensinava à noite. Nisha me contara como elas não tinham permissão para sair para a rua, porque os Kostas tinham medo de que elas se perdessem.

Logo Soneeya entrou, tirando suas luvas de borracha azuis, jogando-as no lixo e lavando as mãos rigorosamente, com muito sabão. Em pouco tempo, eu estava sentada na sala de visitas, com uma xícara de chá na mão, as duas mulheres me olhando intensamente.

– Estou preocupada com a Nisha – eu disse.

Com isto, Soneeya cutucou Binsa com força na coxa, com o punho, e comprimiu os lábios, dizendo algo em nepalês. Então, Soneeya levantou-se e saiu da sala, voltando com algo brilhante na mão. Entregou-o para mim. Era uma pulseira, um bracelete de prata com um único amuleto, um olho grego. Prendi a respiração e peguei-o, girando-o na mão. E lá estava. A inscrição do nome de Aliki, gravada na parte interna do bracelete. Tínhamos dado esse bracelete a Nisha, no seu aniversário, alguns anos antes. Ela o usava todos os dias. Agora, o fecho estava quebrado.

Olhei para Soneeya e Binsa. – Por que isto está com vocês? – perguntei, minha respiração acelerando-se, o pânico desabrochando no meu peito.

– Eu disse a Binsa várias vezes, nesta semana, para pedir a madame o número do seu celular, para podermos ligar para a senhora. Tentamos o celular de Nisha, e ninguém atendeu. Não pedi a madame porque Binsa é sua empregada principal. Sou a número dois. Binsa precisava pedir a ela.

– Soneeya achou isto, madame – Binsa interrompeu rapidamente. – Estava passeando com os cachorros, até o fim da rua, perto do Maria's. Lá tem uma casa velha. Ninguém mora lá. Às vezes, Soneeya deixa os cachorros fazerem suas necessidades naquele quintal – ela disse, lançando a

Soneeya um olhar de censura. – E ela viu alguma coisa brilhando junto da porta da frente. Era o bracelete de Nisha. Ficamos preocupadas.

– Muito preocupadas – concordou Soneeya.

– E aí, a Nisha não atendeu o celular – Binsa disse –, e a gente pensou que talvez ela tivesse ido ver a prima, talvez tivesse viajado de novo. Não é da nossa conta. Foi isto que eu disse a Soneeya.

Coloquei a xícara de chá na mesinha de centro. – O fato é que eu não tenho ideia de onde a Nisha está – eu disse com cuidado. – Ela simplesmente sumiu. Deixou o passaporte e outros itens importantes. Também não consigo falar com ela pelo celular. Seu amigo Yiannis não a viu, mas vários vizinhos dizem que a viram saindo no domingo à noite.

Esperei, enquanto as mulheres olhavam uma para a outra e conversavam, rápida e passionalmente, em nepalês. A voz de Soneeya subiu, então, alarmada, enquanto Binsa soava mais calma.

– Madame – Binsa disse, de repente –, a senhora foi à delegacia?

Expliquei a elas que tinha ido, mas que a polícia não ajudaria, sem dizer, é claro, o que o policial Kyprianou havia dito sobre trabalhadoras estrangeiras.

– Vim procurar vocês porque tinha esperança de que vocês pudessem saber algo sobre aonde ela foi.

As duas sacudiram a cabeça.

– Alguma vez ela falou em me deixar? Talvez em ir para o norte para arrumar outro trabalho?

– Nunca! – disse Soneeya, rapidamente. – Madame, a Nisha jamais pensaria em fazer isto. Não combina com ela.

Concordei. É claro que eu sabia que ela tinha razão.

– Vocês sabem alguma coisa sobre Yiannis?

Novamente, as duas começaram a falar em nepalês, cochichando, como se houvesse uma chance de eu entendê-las. Claramente discordavam, mas depois de algum tempo, Soneeya virou-se para mim.

– Madame, Binsa está insegura quanto a falar para a senhora, mas acho que a senhora se importa com a Nisha. Gostaria de dizer isto para a senhora, porque Yiannis pode saber alguma coisa que a senhora não sabe.

A essa altura, endireitei mais o corpo, e acho que Binsa notou, porque pareceu preocupada. Resmungou algumas palavras, baixinho, e Soneeya mandou-a ficar quieta.

– Esse homem, Yiannis, ama demais a Nisha. Ele *ama* ela, madame. Não sei como lhe dizer isto. O amor dele por ela vai daqui até a lua. – Ela fez um gesto imenso com as mãos, abrindo-as bem.

– Entendo – eu disse. – Ela também o ama? – Pareceu uma pergunta razoável a ser feita.

– Ama, madame – disse Soneeya. – Se alguém tiver alguma ideia de onde Nisha está, é ele. Ela conta todos os segredos dela pra ele, tudinho.

Assenti, um nó se formando no meu estômago, como uma pedra. Estava claro, pelo tamanho da ansiedade em que Yiannis estava na noite anterior, que ele não sabia nada.

– Madame – disse Bisa então, interrompendo meus pensamentos –, não conte a Nisha que nós lhe demos esta informação. Ela vai ficar muito triste com a gente. Ela também ama seu emprego, madame, não quer de jeito nenhum perder o trabalho com a senhora. Ela se preocupa de que a senhora não vá gostar de ela estar com o Yiannis.

– Prometo – eu disse. – Não direi nada.

A essa altura, o som de uma campainha percorreu a sala.

– Ah – Binsa exclamou, dando um pulo e se dirigindo para a grande janela da frente. Do bolso do seu avental, ela retirou um controle remoto do portão e apertou-o algumas vezes.

– O senhor e a madame chegaram! – Soneeya disse, começando a recolher nossas xícaras de chá.

Escutei o rangido dos portões de metal e o som suave de um motor, seguido pela batida de portas de carro. Rapidamente, vasculhei minha bolsa, achei uma velha nota fiscal e escrevi o número do meu celular. – Soneeya – apertei o papel em sua mão –, por favor, me ligue se tiver alguma outra ideia. Qualquer coisa.

Soneeya concordou com a cabeça e enfiou a nota no bolso, levando a bandeja de chá para a cozinha.

Binsa abriu a porta da frente, e o Sr. e a Sra. Kostas entraram. Os dois usavam pulôveres macios de cashmere, com jeans e tênis. A Sra. Kostas levantou os óculos Armani com aro de ouro (reconheci-os; eu os tinha vendido para ela), levando-os até o cabelo.

– Petra! – ela disse. – Que bom ver você! O que a traz aqui? – Antes que eu pudesse responder, ela se virou parra Soneeya: – Soneeya, as compras estão no carro. Vá.

– Sim, madame, já estou indo. – Ela correu para ajudar Binsa, que já trazia as sacolas do carro, colocando-as no corredor.

O Sr. Kostas, com uma juba de cabelo castanho grosso, cumprimentou-me e pediu licença para fazer uma chamada telefônica. Binsa, então, voltou para a cozinha, trabalhando rápido para acabar as almôndegas que tinha largado durante nossa conversa, claramente tentando compensar o tempo perdido. A Sra. Kostas colocou suas chaves em uma grande vasilha, no meio de uma mesa redonda de mármore, e pendurou a bolsa em um mancebo junto à porta. Depois, se virou para falar comigo.

— Petra, como anda você? Faz muito tempo que não a vejo. Minhas meninas cuidaram bem de você? Espero que sim. Elas estão melhorando. Ando ensinando-as, mas vou te dizer, estou pensando em separá-las, mandar uma delas ir trabalhar em outro lugar. Elas distraem demais uma à outra quando estão juntas, e, realisticamente, será que eu preciso de duas empregadas? — Ela então parou à minha frente e tornou a descer os óculos até o nariz. Ficou óbvio que alguma coisa fora feita em sua testa e nos lábios.

— Bom, não sei — eu disse. — Acho que depende do quanto precisa ser feito.

— Estou *lotada* de trabalho dos eventos de caridade que eu organizo. E esta casa é tão grande! — Ela riu, suspirou e sacudiu a cabeça, como se sempre houvesse trabalho demais até para ser mencionado, e depois me ofereceu um lugar na sala de visitas, com uma mão enrugada, terminando em unhas longas, vermelhas, com as pontas quadradas.

— Ah, obrigada, mas preciso ir — eu disse.

— Mas acabei de chegar!

— Na verdade, vim falar com a Binsa e a Soneeya.

— Há? — Ela me olhou desconfiada.

— Acontece que a Nisha, minha empregada, minha... menina, bom, como devo dizer? Ela sumiu há vários dias, e eu queria saber se a Soneeya e a Binsa tinham notícia dela, ou sabiam alguma coisa.

— Entendo — ela disse, dando uma olhada para a cozinha, onde suas empregadas trabalhavam. — Duvido que elas saibam alguma coisa, uma vez que não têm muitas amigas e conhecidas. Faço questão disto.

Soneeya saiu da cozinha trazendo uma bandeja com um bule de chá e duas xícaras com pires.

– Tem certeza de que não quer beber alguma coisa? Eu poderia pedir a Soneeya que trouxesse mais uma xícara, o bule está sempre bem cheio. Soneeya! O que eu te disse? Nesta casa, nós bebemos chá com leite! Vá buscar um pouco. Coloque na jarra pequena. Deus do céu, eu já disse isto a ela tantas vezes! Essas meninas têm a capacidade de atenção de uma pulga. – Ela suspirou, depois prosseguiu. – Petra, querida, não fique tão preocupada! Não se inquiete demais. Se a Nisha foi embora, foi embora. Às vezes elas fazem isto, sabia? Essas mulheres podem vagar pelo mundo sem pensar duas vezes. Ah, como eu queria ter esse luxo! – Seu rosto enrugou-se numa careta, mas a testa permaneceu lisa como uma pedra.

– Bom... – comecei.

– Bom – ela disse, num sussurro acentuado – chega de distrações para Soneeya e Binsa, hein?

Com isso, ela seguiu para a porta de entrada, sinalizando que nossa conversa tinha terminado, e acenou para mim, enquanto eu acenava de volta pelo pomar até o portão, que agora se abria.

– Volte para um café! – ela gritou. – Ligue pra mim em breve!

Na luz de final de tarde, o pôr do sol e o lago são um só. Lindas faixas de rosa e vermelho tomam conta do céu, que está resplandecente e sedoso. A lebre já não está distinta. Sua pele rompeu-se mais, e ela está quase completamente podre. Em seu olho e no ferimento crescente ao redor do pescoço, ovos de mosca eclodiram em larvas, enquanto as larvas na boca cresceram, alimentando-se da carne. O mesmo tipo de larva também encheu o buraco podre do abdômen; alimentando-se e alimentando-se, transformando em seu o tecido da lebre. Lentamente, a lebre desaparece. Mas suas patas traseiras ainda parecem fortes, e as orelhas ainda parecem estar voando na brisa; sua pele continua com a cor amena da terra.

O metal enferrujado da estrutura de apoio do maquinário parece ocre, banhado na luz rosa. Em tardes claras e tranquilas como esta, os moradores locais acreditam poder ouvir os fantasmas dos homens trabalhando debaixo da terra, trabalhando sem fim, até morrer. Agora, seu esforço é ignorado, mas também era ignorado antes – não para suas famílias, sem dúvida, mas para o resto do mundo.

Seguiram trabalhando, como formigas, enquanto o cobre reluzia à luz do mundo de cima.

Se você escutar com atenção, aparentemente ainda pode ouvi-los chamando uns aos outros debaixo da terra. ∎

14
YIANNIS

Por que Nisha foi ao bar encontrar Seraphim? Fiquei parado nisto desde sexta-feira à noite. Durante todo o sábado, embalando as aves e me preparando para as entregas, conferindo as encomendas com os contêineres, garantindo que todo o estoque estivesse adequadamente distribuído, pensei nisso. Quis ligar para ele e confrontá-lo, mas ele tinha viajado por umas duas noites, então resolvi esperar. Eu o encontraria dali a alguns dias para uma caçada, e preferia falar com ele cara a cara, ver sua expressão, bem como ouvir sua voz.

No domingo, fui fazer entregas. Elas me tomariam o dia todo, e a maioria eram para fregueses costumeiros, então poderia dirigir pela estrada praticamente sem pensar. Enquanto parte da minha mente dirigia meu caminhão pelas ruas estreitas, navegando por cruzamentos e pelo trânsito, outra parte percorria o passado.

Pensei na noite em que Nisha veio ao meu apartamento, depois de sua visita a Chaturi. Eram meados de agosto, e estava extremamente quente. Quando ela me disse que não conseguiu interromper a gravidez, saí no dia seguinte para lhe comprar um anel. Fui aos joalheiros da Rua Ledra e comprei um anel simples, de ouro, com um diamante em formato de flor. Eu não ia *simplesmente* pedi-la em casamento, mas sugerir que deixássemos Chipre e fôssemos para o Sri Lanka. Na minha mente, isto resolveria dois problemas: o primeiro, que Nisha finalmente ficaria com Kumari; o segundo, que eu poderia parar com a caça clandestina, sem ter que enfrentar as consequências. Raciocinei que não seria tão difícil eu encontrar um trabalho no Sri Lanka, especialmente com meu conhecimento em finanças e minha experiência em trabalhar com mercados estrangeiros. Sou fluente em inglês e grego.

Embora isto possa parecer bem pensado, foi impulsivo. É da minha natureza, e foi o que me tornou bom em transações bancárias. Mas a verdade é que eu estava seguindo o meu coração, e não a minha cabeça, e, sendo assim, deixei de reconhecer os desafios no meu plano. Como qual seria a reação de Nisha sendo completamente dependente de mim financeiramente. Como se teríamos dinheiro suficiente para acertar as dívidas de Nisha com a agência de empregos em Chipre (ou eu pensava que poderíamos simplesmente sair da cidade e deixá-los sem pagar?). Como se Nisha iria querer deixar Petra e Aliki. Por mais que ela quisesse voltar para sua própria filha, seria fácil ela abandonar a menina cipriota que ela havia criado? Todos esses pensamentos, essas contingências, eu enfiei em algum lugar, recusando-me a inviabilizar meu sonho de uma vida livre com a mulher que eu amava.

No fim de semana depois de sua volta de Chaturi, fui ao supermercado comprar os ingredientes para o arroz de vegetais e curry, prato preferido de Nisha. Eu tinha um pouco de arroz *kakulu* em casa, mais o básico, como coco e açafrão, além de algumas pimentas que Nisha havia plantado e secado no jardim. Comprei abacaxi, batata doce, berinjela. Era uma refeição simples, mas que eu sabia que para Nisha era uma lembrança do lar.

Naquele domingo, ela se sentou na cadeira da cozinha, enquanto eu preparava o almoço. Aliki e Petra tinham ido novamente à praia e só voltariam muito tarde, então Nisha tinha o dia todo e a noite de folga. Não queria que ela mexesse um dedo. Ela trabalhava sem parar, dificilmente tirando uma folga para si mesma. Seus pés descalços estavam sobre a cadeira, os braços ao redor das pernas, o queixo pousado nos joelhos. Usava um vestido de verão azul claro, herdado de Petra. Uma das alças tinha caído do ombro, que era macio e de um castanho dourado. Estava linda. Nisha era sempre linda, em todos os sentidos.

Eu estava cortando o abacaxi, quando ela disse: – Eu te reconheceria se você fosse um leão.

– O quê? – Ela sempre vinha com coisas bizarras, mas esta foi esquisita até para ela.

– Se em outra vida você fosse um leão, acho que eu te reconheceria e ainda te amaria.

– E se eu fosse uma cobra?

– Mesmo assim, eu saberia que era você.

– Uma água-viva?

– Sim.

– Uma barata?

– Com certeza.

– Isto deduzindo que nós dois somos leões ou nós dois somos baratas?

– É – ela disse.

– OK, e se você fosse um veado e eu um leão? Você continuaria me amando?

Ela pensou nisso, enquanto eu jogava o abacaxi na wok e começava a cortar a berinjela.

– Acho que a gente vai se encontrar de novo em todas as nossas vidas futuras.

Acrescentei os temperos aos vegetais e comecei a cozinhar o arroz.

– Você se incomoda se eu me deitar? – ela perguntou.

– Claro que não. Eu te chamo quando estiver pronto.

Ela foi até o quarto, e pude ouvir quando ligou o ventilador. Pensei no que ela havia dito: "Eu te reconheceria se você fosse um leão", e de repente me veio um significado diferente. Porque, na verdade, nesta vida, eu *era* um predador. Primeiro com títulos e ações, e agora com as aves canoras. Será que, de algum modo, ela se referia a isso? Não pude ter certeza. Mas fui tomado por um profundo sentimento de culpa. Havia prometido a Nisha que pararia de caçar, e planejava manter essa promessa. Mas seria o suficiente? Isso mudaria quem eu era, um caçador, um predador? Ou a caça clandestina era apenas parte daquela verdade?

Tive a estranha sensação de que ela estava apaixonada pelo homem que eu deveria ter sido.

Servi-me de um grande copo de vinho e engoli-o para afastar todas essas questões.

Quando o jantar ficou pronto, fui até o quarto avisar Nisha. Ela estava deitada de costas, com os olhos fechados.

– Você está dormindo? – sussurrei.

Ela sacudiu a cabeça. Sentei-me ao seu lado, na cama.

– Em uma história – ela disse –, um homem e a esposa dele perguntam ao Buda como eles podem permanecer juntos nesta vida e também nas vidas futuras. O Buda disse: "Se o marido e a esposa quiserem ver um ao outro, não apenas na vida presente, como também em vidas futuras, devem ter o mesmo comportamento virtuoso, a mesma generosidade, a mesma sabedoria". Sei que você não é meu marido, mas se quisermos ficar juntos, temos que tentar ficar no mesmo... – Ela hesitou, estremecendo.

– O que foi? – eu disse.

– Está doendo.

– Onde?

Ela pegou a minha mão e a colocou na parte inferior do seu ventre, perto da pélvis, exatamente no mesmo lugar em que tinha posto minha mão duas semanas antes. Inclinei-me e beijei-a logo abaixo do umbigo. Quando me levantei, notei que escorria sangue da parte inferior do seu corpo, nos lençóis brancos.

Ou Nisha viu a expressão no meu rosto, ou sentiu a umidade em sua pele, porque pulou da cama e olhou as cobertas. Naquele momento, notei que a parte de trás do seu vestido estava ensopada, e que escorria sangue pela sua perna.

Tentando impedir o tremor das minhas mãos, chamei o número de emergência do meu médico, para pedir uma visita a domicílio. Nisha tinha ido ao banheiro e estava sentada no vaso sanitário, com a porta aberta. Tinha o rosto vermelho e congestionado de dor, os tênis ensopados ao redor dos tornozelos, faixas vermelhas em suas coxas. Balbuciava, dizendo-me algo que não consegui entender.

Sentei-me ao lado dela e peguei na sua mão; ela se agarrou com força, como se estivesse prestes a cair de um despenhadeiro. Suas palavras ficaram mais audíveis; repetia algo em cingalês, talvez uma prece.

Não consegui me mover, nem falar, só segurei sua mão para que ela não caísse no abismo negro que se abrira à nossa frente.

O Dr. Pantelis chegou em silêncio. Vi apenas os faróis do seu carro distorcidos pelo vidro fosco da janela do banheiro. Tentei soltar minha mão da de Nisha, para poder abrir a porta para ele, mas ela não soltava.

– Você consegue se levantar? – perguntei.

Ela fez que sim e se levantou, devagar e com grande esforço. Apoiou-se em mim, enquanto fomos até a porta de entrada. A essa altura, o Dr. Pantelis já havia subido a escada. Assumiu imediatamente, com rapidez e profissionalismo. Só então, Nisha deixou sua mão se soltar da minha. Ele me pediu para buscar uma cadeira. Fiz isso. Minha próxima tarefa foi buscar um copo de água. Também fiz isso. Nesse meio tempo, ele tinha aberto sua maleta no chão, verificado a pressão sanguínea dela, o nível de oxigênio, os batimentos cardíacos e as pupilas. Deu-lhe um pequeno cilindro de oxigênio, para ela segurar sobre a boca.

Assim que ela começou a respirar naquilo, vi seus ombros relaxarem. Ela olhou para mim sobre a máscara, e eu entendi o que seus olhos diziam.

O médico e eu a levamos para a cama, e enfiei as cobertas a sua volta. Depois, a pedido do médico, levei-o até o banheiro, porque ele queria ver o que havia saído do corpo dela.

Ele olhou dentro do vaso sanitário.

– Lamento, mas ela perdeu o bebê – ele disse sem rodeios, mas com uma doçura na voz que me deu vontade de desabar e cair no choro.

Engoli com dificuldade. – O que posso fazer?

– Certifique-se de que ela continue recebendo oxigênio ao longo da noite. Fique com ela. Se ela continuar sangrando e não parar, é possível que você tenha que levá-la ao hospital. Mas, por enquanto, tudo bem ela ficar aqui.

Fiquei ao lado dela a noite toda. Tirei suas roupas molhadas, ajudei-a a vestir uma das minhas camisetas e me sentei a seu lado. Fizemos tudo isso sem falar. Ela quis que eu segurasse na sua mão para conseguir dormir.

– Como você está? – eu dizia, sempre que via seus olhos abrirem-se um pouquinho.

– Estou bem.

Além das portas de vidro do meu quarto, eu escutava murmúrios de gente passando na rua, latidos de cachorro, rodas de carro, passos, barulho de pratos no Theo's. Tudo parecia a quilômetros de distância. Eu estava entre mundos: atrás de mim havia uma rua sem saída que agora jamais se abriria, uma criança que não existiria. No entanto, eu podia enxergá-lo ou enxergá-la, uma sombra semiformada com os olhos brilhantes de Nisha. Talvez eu tivesse sido muito apressado, fiz planos demais, estava muito seguro de mim. Essa criança inanimada me era muito real. Preencheu o casulo onde eu estava e em que Nisha dormia, como a luz do sol e o canto das aves que entraram pela janela naquela manhã.

Claro, pensei, *o canto das aves brilha como a luz do sol.* Pensamento estranho que me foi arrancado quando o sono tentou me capturar. Fiquei junto à janela, me assegurando de permanecer acordado.

Quando Nisha acordou por volta das cinco horas, eu estava sentado na cama ao lado dela, com as costas retas.

– Bom dia – ela disse, com tanta tristeza que partiu meu coração.

– Bom dia. Dormiu bem?

– Dormi – ela disse.

– Como está se sentindo?

– Não tenho mais dor. Estou cansada.

Assenti com a cabeça, beijei-a no rosto e fui buscar um copo d'água, que levei aos seus lábios. Ela tomou alguns goles e entregou-o para mim.

– Estou vazia – ela disse. Uma verdade clara e silenciosa.

O ar no meu apartamento estava pesado e úmido. Eu tinha suado, umedecendo as minhas roupas. Nisha tinha deixado algumas peças de roupa na minha casa, um pouco de roupas de baixo e um vestido de praia vermelho com flores amarelas, que ela usava com frequência no jardim. Ajudei-a a se vestir. Era como se ela estivesse semiadormecida, seus braços e o corpo maleáveis como argila mole. Deixou-me mexer nela sem resistência. Era a primeira vez em que eu a via tão vulnerável. Era sempre forte, destemida, prática. Agora, tinha entregado seu poder para mim.

Disse poucas coisas. Que diria a Petra que não estava bem, com uma intoxicação estomacal, e que esperava que com um pouco mais de repouso conseguiria retomar os seus afazeres. A cada palavra que dizia, a cada decisão que tomava, pude ver sua energia voltando, suas costas se endireitando, a cor gradualmente de volta ao seu rosto.

Atravessamos o jardim até seu quarto. O vestido vermelho ficava me lembrando do seu vestido azul ensopado de sangue. Coloquei-a na cama para ela descansar um pouco antes de Petra e Aliki acordarem.

– Fica comigo um tempinho? – ela disse baixinho, e tornei a ouvir a profunda tristeza em sua voz.

– Claro.

Sentei-me ao seu lado na cama e acariciei seu cabelo.

– Sabe – ela disse, depois de um longo silêncio –, todo mundo vem para esta vida com certa quantidade de respirações. A pessoa vive até essas respirações se esgotarem. Não importa onde você está, ou o que está fazendo, se não restarem mais respirações, sua energia acaba. Este bebê só não tinha respirações suficientes para vir a este mundo.

Absorvi suas palavras, mas não disse nada. Havia uma imobilidade no quarto; o ventilador estava desligado, e o calor era imenso.

– Quando você morre – ela disse, por fim –, sua energia passa para uma outra forma. Imagine duas velas. Você passa a chama de uma vela para a outra.

Eu sabia que ela estava falando de sua criança não nascida, a criança que jamais nasceria como nossa filha ou nosso filho. Mas não respondi. Achei difícil falar, saber o que dizer. Simplesmente escutei e acariciei seu cabelo. Logo, ela dormiu.

Olhei ao redor do quarto. Na mesa de cabeceira havia uma imagem religiosa e seus óculos de leitura. Na velha cômoda de madeira, sua maquiagem e as joias. No canto extremo do quarto, uma tábua de passar ao lado de uma cesta de roupas cheia de toalhas e roupas de cama limpas e frescas, que já tinham sido passadas. Atrás disto, um espanador e dois aventais multicoloridos pendiam de um cabide na parede.

Claro, eu a tinha visto cuidando do jardim, mas nunca, jamais imaginei sua vida além da porta do seu quarto, sua vida como empregada naquela casa.

Beijei de leve a testa de Nisha, enquanto ela dormia, e saí do seu quarto pelas portas de vidro. De volta a meu apartamento, no banheiro, o vaso sanitário ainda estava cheio do sangue de Nisha e do que pareciam coágulos e tecido cinza. Senti náusea. Não havia mais nada a fazer senão dar descarga e sair do banheiro.

A refeição que não tínhamos comido ainda estava na cozinha, os copos vazios no balcão. O anel estava no

meu bolso. Tirei-o e olhei a luz refletindo do diamante.
Depois, o guardei no armário. Sabia que não poderia fazer
o pedido agora; teria que esperar até Nisha ficar melhor,
esperar o momento certo.

O sol estava se pondo quando fiz minha última entrega. Estava pronto para voltar ao apartamento, o quarto
extra agora vazio e, bem, livre. Mas não por muito tempo.
Em menos de uma semana, Seraphim e eu estaríamos caçando de novo. E eu tinha muita coisa para lhe perguntar.

15
PETRA

Na segunda-feira de manhã, na loja, mostrei o bracelete a Keti. Ela o examinou com atenção, girando-o nas mãos, franzindo a testa perante o fecho quebrado.

– Não parece que ela mesma o tirou, de propósito – ela disse.

– Não.

– Você vai levar isto para a polícia?

– De que adianta?

Keti assentiu, compreendendo.

– Por que a gente não faz uns cartazes? – sugeriu. – Talvez alguém a tenha visto... Eu poderia fazer o esboço de um panfleto no computador.

– Você faria isto? Acho que é uma boa ideia.

– Você tem alguma foto da Nisha no seu celular? – ela perguntou.

Dei uma olhada e achei uma. Era uma foto em primeiro plano, que eu tirara de Nisha e Aliki no aniversário de Aliki, quase um ano atrás. Elas estavam no jardim, debaixo da árvore, Nisha com o braço em volta do ombro de Aliki. As duas sorriam.

Keti sentou-se ao computador no escritório dos fundos e esboçou um panfleto:

DESAPARECIDA
SE ALGUÉM TIVER VISTO ESTA MULHER,
POR FAVOR LIGUE PARA 9- - - - - - - -
RECOMPENSA GENEROSA

Ela recortou a fotografia que eu lhe tinha dado para retirar Aliki da foto, e deu um zoom no rosto de Nisha. Os olhos dela eram impressionantes. Qualquer um que visse aquilo a reconheceria imediatamente, caso já a tivesse visto. Os olhos de Nisha não são algo que alguém esqueça.

Keti imprimiu várias cópias do panfleto, e nós os dividimos entre nós. Ainda que Keti morasse perto da universidade, achamos que não seria uma má ideia mostrá-los além do meu bairro.

Antes de fecharmos naquela noite, agradeci a Keti, sinceramente.

– Claro – ela disse. – Nisha era uma amiga. Você não precisa me agradecer.

Logo, o rosto de Nisha com o olhar fixo estampava panfletos em todas as ruas locais.

Eu tentava manter meu negócio funcionando tranquilamente, em grande parte graças a Keti, que até começou a chegar cedo para espanar e varrer a loja, tentando compensar a limpeza que Nisha teria feito. Não conseguia me levar a contratar uma nova faxineira nova, ainda não. Pareceria uma admissão de que Nisha realmente se fora.

No entanto, a vida em casa estava desmoronando. Minhas manhãs ficavam atrasadas, por ter que preparar o café da manhã de Aliki e levá-la para a escola, e eu precisava deixar Keti abrir a loja sozinha. Depois do almoço, corria para buscar Aliki, e a Sra. Hadjikyriacou tomava conta dela à tarde, enquanto eu voltava para o trabalho. Chegava em casa novamente no final da tarde, em geral mais tarde do que planejava, tentando terminar o que fosse possível de trabalho na loja e encaixar tantas consultas quanto possível. Estava exausta. Sentia como se estivesse fracassando em todas as frentes.

Em casa, Aliki estava inquieta. Perambulava pelos cômodos, pondo e tirando seus tênis Converse. Combinava cores diferentes, depois se arrependia da escolha. Caminhava com um tênis rosa, um xadrez. Depois um verde, o outro listado. O gato chamado Macaco seguia-a, cheirando seus pés, esfregando a cara em suas mãos, enquanto ela amarrava os cadarços. Ela evitava o jardim, e eu nem poderia culpá-la; estava coberto de caracóis. Particularmente no barco, devia haver cerca de trinta, de vários tamanhos, com suas conchas lustrosas e olhos ligeiros nas pontas de seus tentáculos, deslizando pela proa e popa, escalando languidamente seu casco. Depois da chuva, Nisha teria arrancado os caracóis do barco, um a um, delicadamente para não machucá-los, mas em sua ausência, a natureza tomara conta.

Na terça-feira à noite, tive que ficar no trabalho até muito tarde. Cheguei em casa depois das nove, e a Sra. Hadjikyriacou estava adormecida na poltrona, junto à lareira. Em seu colo, com suas mãos pousadas nela, estava a fotografia emoldurada de Stephanos, em sua farda militar. Quando ela me ouviu, abriu os olhos. O fogo morria.

– Ah, Petra, você voltou – ela disse. E depois pareceu se lembrar que segurava a fotografia. Olhou para ela e correu seus dedos brancos sobre o vidro.

– Ele era muito bonito, não era? – ela disse.

Concordei.

– E com um coração tão bom! Sempre me trazia churrasco, quando fazia. E você se lembra daquela vez em que ele foi me buscar no aeroporto? Era domingo, seu único dia de folga, mas ele foi.

– Eu me lembro sim.

– Sinto muito, meu amor – ela disse. – Tenho certeza de que você não quer essas coisas escurecendo o seu coração neste momento. Sempre me senti mais solitária à noite, você não?

Concordei novamente.

– Você tem sorte de ter a Aliki. Ela é um pequeno gênio, essa menina. Ela também me conta umas boas histórias. Contou-me uma história do *The Mahadenamutta and His Pupils*. Fascinante e engraçadíssima!

Ela me entregou a fotografia e se levantou lentamente. Agradeci-lhe por me ajudar, por tomar conta de Aliki e por ficar até tão tarde.

– O prazer foi meu, meu amor – ela disse, e foi para casa, onde desconfio que Ruba esperava por ela, acordada.

Encontrei Aliki dormindo na cama de Nisha, com Macaco. Segurava em seus braços o pequeno Buda que Nisha mantinha em sua mesa de cabeceira. Não a acordei. Joguei uma manta sobre ela e beijei o seu rosto. Ela não se mexeu. O gato me olhou feio por perturbá-lo, e imediatamente voltou a dormir.

Analisei o quarto de Nisha. Era muito austero, com apenas o mais básico. Ela havia pendurado algumas fotos na parede, mas depois de viver aqui por quase dez anos, ainda parecia temporário. Meus olhos pararam na cômoda de Nisha, e me ocorreu que eu não havia revirado aquelas gavetas. Eu só tinha vasculhado a mesa de cabeceira, o lugar mais óbvio.

Aliki dormia confortavelmente e tranquila, então, para não a acordar, puxei uma a uma as gavetas da cômoda. Em uma, achei as roupas íntimas de Nisha: calcinhas de algodão brancas e creme, todas perfeitamente dobradas. Como era estranho encontrar sua lingerie, remexer nas coisas mais íntimas de outra mulher!

Na terceira gaveta, debaixo de uma pilha de camisetas muito bem dobradas, encontrei um álbum de fotografias. Sua capa era de couro azul claro, cor do mar. As primeiras fotografias eram do dia do casamento de Nisha. Ela era muito mais nova, seu rosto puro, parecia uma Nisha diferente da que eu conhecia. Era uma jovem com sonhos para o futuro. Seu marido também era jovem, bem barbeado, de compleição bem pequena, e parecia reluzir. Imaginei que deveria ser o tipo de homem que conta piadas em festas. Ela estava de vestido branco, bordado com flores vermelhas. Segurava um ramalhete de rosas vermelhas. Debaixo de cada foto havia datas, que eu mal podia discernir na penumbra.

O álbum era uma janela para a vida de Nisha no Sri Lanka. Uma história visual. Seu marido em pé, sozinho, ao lado de uma rua atapetada com flores vermelhas. Na rua, um ônibus vermelho com um letreiro aceso na frente, dizendo 22 Kandy; acima dele, um dossel de árvores enfeitadas com flores vermelhas. Outra foto mostrava uma cachoeira jorrando de um despenhadeiro, caindo em algum lugar atrás de um mercado movimentado;

entre as pessoas, Nisha e outra mulher, as duas acenando para a câmera. Eu quase podia ouvir o som que aquelas pessoas ouviam.

Mais para o final do álbum, subitamente faltava o marido, e eu sabia que aquelas fotos deviam ter sido tiradas depois da sua morte.

As últimas páginas do álbum eram fotos de Kumari, desde que ela era um bebê até ter cerca de 2 anos, a idade que ela tinha quando Nisha foi embora e veio para nós. Meus olhos pousaram na última fotografia do álbum, em que Nisha segurava Kumari nos braços. Lembrou-me Nisha segurando Aliki nos braços, com a mesma idade, mas minha filha tinha sido um bebê roliço, embora as duas meninas tivessem cabelo escuro, brilhante e volumoso. Nisha segurava as duas da mesma maneira.

Pensei na estátua de madeira feita por Muyia. A mãe e a criança. Era Nisha. Sim, eu tinha certeza. A mulher segurando a criança era Nisha, e a criança era Kumari. Deitei-me ao lado de Aliki e do gato, que agora ronronava, e adormeci.

Na manhã seguinte, enquanto Aliki tomava o café da manhã, fui ver Nilmini.

– Sei que você disse que leria o diário de Nisha – disse-lhe, enquanto ela varria o chão –, mas também encontrei este álbum de fotografias ontem à noite, e também queria dá-lo a você, caso ele ajude a identificar qualquer pessoa do diário.

Encostando a vassoura na parede, Nilmini pegou o álbum e levou-o junto ao peito, exatamente como havia feito com o diário.

– Acho que só pensei que você gostaria de vê-lo.

– Obrigada, madame – ela disse. – Comecei a ler o diário. O que posso dizer à senhora é que nesse diário tem doze cartas escritas para a filha dela, Kumari, durante seu primeiro ano aqui, em Nicósia.

– Então, não tem nada mais recente?

– Não, madame. Estão datadas.

– Entendo.

Devo ter parecido decepcionada e perdida, porque ela disse: – Madame, mesmo que a gente não ache nada óbvio, pode haver outra informação que ajude a gente a entender melhor.

– É verdade – eu disse, sorrindo. E só por um momento ela agarrou meus dedos e apertou-os com mãos mais macias e quentes do que eu esperava. Olhei para ela e vi que tinha lágrimas nos olhos.

– O diário é lindo. Nisha deveria ser escritora. Nas cartas, ela conta tudo sobre sua vida quando estava em casa, e sobre sua vida aqui. Posso ouvir a voz da minha amiga, enquanto leio. Sinto muita falta dela.

– Eu sei, Nilmini. Eu também.

– Me desculpe, madame.

– Pelo quê?

– Por eu não ter encontrado o que a senhora procura.

À noite, convidei a Sra. Hadjikyriacou a ficar e jantar conosco. De início ela hesitou, dizendo que Ruba não saberia o que fazer sem ela ali para a refeição da noite, mas Aliki implorou e ela acabou concordando. Fiz *dhal curry*, mas não chegou nem perto do de Nisha, faltou sabor e coloquei leite de coco em excesso, então mais parecia um pirão. Mas mesmo assim Aliki comeu. Depois do jantar, sentamo-nos junto à lareira, tomando chá.

Os olhos enevoados e prateados da Sra. Hadjik olhavam-me com certeza e afeto. Depois, ela voltou sua atenção para Aliki.

– Venha cá, criança. Posso te contar uma história. Qual é a sua preferida? E por que, em nome de Deus, você está usando um pé de cada tênis?

Aliki riu. – Gosto de coisas esquisitas – ela disse. – Eu adoraria escutar uma história.

Foi uma delícia escutar a voz de Aliki. Fiquei embevecida. Com o sumiço de Nisha, minha filha não tinha mais ninguém para conversar em casa. A não ser os gatos. Sua voz estava perdida para mim, nós duas sabíamos disso.

– Tudo bem. – disse a Sra. Hadjikyriacou. – Sente-se aqui ao meu lado. Vou te contar sobre Foinikas, ou a aldeia da Palmeira, onde eu nasci. Vivi ali a minha vida toda, me casei e tive cinco filhos ali. É um lugar bem antigo. Ali viveram pessoas desde os tempos das cruzadas. Você sabe o que foram as cruzadas?

Aliki acenou com a cabeça. – Aprendemos isso na escola. Foi quando você nasceu?

– Não! – ela riu. – Que idade você acha que eu tenho, sua macaquinha? Oitocentos anos?

Aliki riu e riu, depois se aquietou ao ver a velha com as sobrancelhas franzidas.

– Bom, deixe-me começar – ela disse. – Está pronta?

Aliki sentou-se direito e confirmou.

– A residência do comandante cavaleiro foi construída no ponto mais alto da aldeia. A aldeia foi abandonada em 1974, depois que a guerra dividiu a ilha. Hoje em dia, ela é frequentemente inundada pelas águas da barragem, mas naquela época, bom, o que posso dizer, era uma maravilha.

Vendo minha filha em êxtase com a história da Sra. Hadjikyriacou, senti uma pontada de ciúme. Nunca fui capaz de conquistar a atenção de Aliki, mas também, o que eu lhe oferecia? Nisha lhe contava histórias, Nisha jogava jogos, provocava sua imaginação e lhe ensinava como ver o mundo. Lembro-me do dia em que subimos a montanha, e Nisha e Aliki sentaram-se juntas no ônibus, enquanto eu me sentei em frente a elas, do outro lado do corredor, ao lado de um velho que levava um jasmim no colo. Ele devia estar cultivando-a dentro de casa, junto a uma janela ensolarada, porque as flores cheiravam como se fosse verão, e me lembro de como era estranho ser envolvida pelo aroma num dia gelado de outubro. O velho tinha roncado, sua cabeça balançando levemente com o movimento do ônibus, enquanto subíamos a montanha, e Nisha e Aliki tinham brincado de "Estou vendo".

– Estou vendo uma coisa que começa com N – Aliki disse.

– Huum, essa é difícil – Nisha disse. Ela fingiu olhar por todo o ônibus, depois se inclinou sobre Aliki e fez uma grande encenação de olhar pela janela.

Aliki riu.

– Huumm, vamos ver. Natureza?

– Ã-á.

– Huum... Nozes?

– Onde é que você está vendo nozes?

– Existem amendoeiras nas colinas.

– Bom, se existem, não estou vendo.

– Que tal... – Nisha estava novamente olhando ao redor, dessa vez para os outros passageiros – notebook!

– Ã-á.

– Aliki, está muito difícil.

– Continue! – ela disse.

– Nylon? E antes que você pergunte, a mulher com o notebook, à sua direita, está usando meia-calça de nylon.

– Esta foi muito boa, mas não – Aliki disse.

– Necessaire.

– Não.

– Nariz!

– Não.

– Nadador?

Lembro-me que, a essa altura, Aliki olhou a sua volta, depois recomeçou a rir. – Nisha, onde é que você está vendo um nadador?

– A gente passou por um rio e tinha um homem nadando.

– Você vê tudo – Aliki disse.

– Você devia ser mais observadora – Nisha disse.

– Tudo bem, você desiste?

– Deixe eu tentar uma última vez... – Houve uma longa pausa. – Narina!

– A resposta é Nisha – Aliki disse.

– Eu?

Aliki tinha assentido.

– Isto é trapaça! Eu não posso me ver!

– Por quê? – ela perguntou. – Eu te vejo!

– Eu nunca iria adivinhar. Poderia passar a semana toda e nunca adivinharia essa.

– Não é engraçado – Aliki disse, em sua voz mais adulta – você ter visto tudo, menos você mesma?

Na sexta-feira à noite, por volta das dez horas, recebi um telefonema de Soneeya. Estava transtornada. – Madame, por favor, me encontre no portão, tenho uma informação. A senhora vem agora mesmo?

Disse a ela que sim, é claro. Dei uma olhada em Aliki, que dormia tranquilamente em seu quarto. A Sra. Hadjikyriacou ainda estava fora, sentada em seu jardim, como sempre, e perguntei se ela se incomodaria de vir ficar com Aliki por um tempinho.

– Claro, meu amor – ela disse, colocando a mão na minha. – Minha filha não vem mais me ver, alguma coisa relacionada com trabalho, tiveram que cancelar a viagem. Então, tenho todo o tempo do mundo. Vá, faça o que precisa fazer e não se preocupe comigo.

Agradeci-lhe com um beijo em seu rosto, como teria feito com minha própria mãe ou avó, e deixei-a sentada na sala de visitas, junto à lareira, folheando uma revista de moda.

Quando cheguei à mansão, Binsa e Soneeya me esperavam, paradas atrás das barras da imensa grade, debaixo do brilho intenso da luz de segurança. Os dois cães de caça estavam fora do canil. Um deles tinha o focinho pressionado entre as barras da grade, farejando o ar; o outro estava deitado, sua imensa cabeça descansando nas patas dianteiras. A pelagem cor de areia dos dois era lustrosa, os músculos apareciam definidos à luz do holofote.

– Madame – Soneeya disse. – Sumiu mais uma mulher.

– O que você está dizendo, Soneeya?

– Soneeya está dizendo que tem mais uma mulher desaparecida. Nesta semana, ligamos para algumas amigas para ver se alguém sabia da Nisha. Nossa amiga contou que a irmã da amiga dela, que trabalha em uma casa com uma família do outro lado de Nicósia, bom, um dia ela sumiu. Saiu à noite e nunca mais voltou.

Tentei esclarecer isto na minha cabeça.

– Quanto tempo faz?

– Umas três semanas, madame – disse Binsa.

– E ninguém teve notícias dela?

– Nada, madame. Nem uma única coisa – respondeu Soneeya.

Isto deixou minha boca seca. Eu ainda esperava que, a qualquer momento, Nisha voltaria, mas ali estavam elas, me contando uma história de outra empregada sumida sem explicação.

– Não sabemos nada sobre as circunstâncias – eu disse. – Poderia haver motivos muito bons para a irmã da sua amiga sumir do trabalho.

Soneeya balançou a cabeça, mas não disse nada.

Binsa enfiou a mão no bolso do seu avental e tirou um pedacinho de papel. – Temos um número, uma pessoa para a senhora ligar. A senhora pode procurar ele.

Através das grades, peguei o pedacinho de papel da mão de Binsa e li os dados escritos às pressas: *Sr. Tony The Blue Tiger, Limassol 09 - - - - - - - -*

– Quem é esse Sr. Tony? O que é o Blue Tiger?

– O Blue Tiger, madame, é um lugar onde nunca estive. Dizem que é um lugar muito agradável, onde todos os trabalhadores se encontram aos domingos, fazem comida, dançam e comem. No resto da semana é o restaurante do Sr. Tony. Mas aos domingos ele cuida de todos os trabalhadores. Arruma trabalho para eles. Ajuda, quando eles estão com problemas. Às vezes, as meninas ficam na casa dele até conseguirem um patrão que seja bom. Dizem que o Sr. Tony é um homem bom, e que sabe muitas coisas. Toda empregada procura o Sr. Tony quando tem um problema.

– Não sei como ele poderá me ajudar – eu disse. – O Blue Tiger fica em outra cidade. Que informação ele poderia ter sobre Nisha?

No entanto, lembrei-me que recentemente Nisha estivera em Limassol. Talvez ele a conhecesse, ou sua prima Chaturi.

– Ele sabe sobre a outra mulher que sumiu. Não temos mais respostas, mas o Sr. Tony pode ter. – Os olhos de Soneeya penetraram os meus com urgência, como se ela estivesse prestes a voar e fosse, ela mesma, encontrar Nisha, bastando apenas que tivesse a liberdade para fazê-lo.

Os cachorros captaram sua inquietação, porque ambos caminhavam atrás dela. Com sua pelagem dourada à luz da lâmpada, as cabeças inclinadas, os músculos subindo e descendo e as caudas abaixadas, por um momento me pareceram leões. Leões em cativeiro. Leões roubados de seu habitat.

Quando me virei para voltar para casa, ocorreu-me ir ao bar noturno junto à Linha Verde, o Maria's, localizado no final da rua, no sentido em que a Sra. Hadjikyriacou tinha visto Nisha se dirigindo na noite em que desapareceu. Eu me perguntava se alguém de lá saberia algo sobre Nisha. Sabia que estava abusando do tempo, com Aliki em casa, na cama, mas talvez eu só desse uma passadinha. Até apenas deixar um panfleto com eles.

Duas mulheres fumavam do lado de fora, paradas debaixo de um poste de luz. Apesar da noite gelada, vestiam blusas de alças e minissaias, e estavam concentradas numa conversa. Entrei em um lugar cheio de fumaça. Recendia a cerveja. Numa pista de dança quase vazia, uma dançarina do ventre, em lantejoulas e um rosa forte, ondulava o estômago e tilintava sininhos. O bar estava apinhado de homens. Garçonetes com roupas pretas justas iam e vinham com bandejas prateadas contendo patês e drinques. Em algumas mesas, havia velas acesas, mas nada poderia tornar aquele bar elegante; era decadente, escuro, cheirava a lascívia, cobiça e desespero.

Senti-me muito inadequada com calça de moletom, tênis e cardigan de lã, cujas mangas eram longas demais, mas agora estava lá dentro, e sabia que valeria a pena fazer algumas perguntas. Alguns homens viraram-se com olhares maliciosos para mim, mas, para meu alívio, voltaram a dar as costas. Fui até o bar e pedi uma água mineral gasosa; queria me manter alerta naquele lugar. O homem ao meu lado tinha uma garota sentada em seu colo, que mal parecia ter 18 anos. Enquanto ela lambia a sua orelha, ele brincava com a alça do seu vestido rosa e beijava seu braço. Desviei os olhos. Do meu outro lado, uma mulher sentada sozinha, fumava um cigarro eletrônico com cheiro de cerejas. Seu cabelo preto chegava abaixo da cintura.

Depois de pagar a minha água, perguntei à garçonete se poderia falar em particular com o gerente.

— Por quê?

— Estou procurando trabalho.

Ela me olhou de cima a baixo, como que dizendo *Jura?* e apontou uma porta de madeira no fundo do bar.

— Ele está no escritório. Bata três vezes e espere.

Fiz o que ela disse. Esperei por mais de cinco minutos até que um homenzinho muito parecido com um hamster abrisse a porta. Tinha um enorme sorriso, dentes muito brancos e uma barriga volumosa que transbordava por cima da calça. Mas sua postura era a de um rei.

— O que posso fazer por você, minha jovem senhora? — ele disse.

– Bom, já não sou exatamente uma jovem senhora – eu disse.

– Você ficaria surpresa. – Ele abriu um sorriso largo.

Não fiz ideia do que ele queria dizer.

Convidou-me para entrar em seu escritório, e me sentei em um banquinho baixo, ao lado de uma escrivaninha antiga alta. Ele se sentou em uma cadeira giratória de escritório, com couro macio e braços largos, e olhou de cima para mim.

– Você bateu três vezes. Está procurando trabalho.

– Não.

Ele ergueu as sobrancelhas e, pela primeira vez, demonstrou irritação. Olhou para o relógio na parede. Apesar da música do lado de fora, seu escritório estava estranhamente silencioso.

– Sei que muitas empregadas domésticas estrangeiras trabalham aqui – eu disse –, e por causa disto fiquei curiosa se alguma vez você teria visto esta mulher. – Tirei da bolsa um dos panfletos que Keti e eu tínhamos feito, e mostrei o retrato de Nisha.

Do bolso de cima da sua camisa, o homem pegou um par de óculos baratos, com aros dourados, e colocou-os, pegando o panfleto da minha mão e analisando-o. Por um longo tempo, pareceu perdido em pensamento. Por fim, olhou para mim e disse: – Não.

– Você nunca a viu?

– Não.

– Ela nunca esteve aqui?

– Bom, se esteve, eu nunca vi. Mas não fico sentado na porta de entrada, memorizando rostos. – Mais uma vez, ele olhou para o relógio e se levantou.

– Tem tantas funcionárias estrangeiras aqui, elas poderiam ter visto Nisha, poderiam saber alguma coisa – continuei, desesperada.

– Nisha, há? – ele disse e sorriu. – Sabe que em sânscrito, Nisha quer dizer "noite"?

Respondi que não sabia.

– Todas as mulheres que conheci chamadas Nisha são lindas e misteriosas. Se eu a tivesse conhecido, com certeza me lembraria. Deixe o panfleto comigo e eu o afixo. Não se preocupe.

Decidi entregar panfletos para algumas das mulheres. Muitas delas eram empregadas domésticas estrangeiras; havia uma chance de terem conhecido Nisha, ou, pelo menos, alguém poderia tê-la visto naquela noite. Normalmente, aqui as mulheres são escondidas, envolvidas com segurança em nossas rotinas domésticas. Fico impressionada em como a emancipação de uma pessoa, às vezes, depende da servidão de outra. Esses pensamentos me atormentavam. Temia nunca poder dizer a Nisha o que eu havia entendido.

Fiquei ali, à luz de vela, agarrada aos panfletos de Nisha.

Na mesa perto de mim, três moças conversavam. Riam. Tomavam chá quente em copinhos minúsculos.

– Oi – eu disse sem jeito, sentindo que estava me intrometendo.

Todas olharam para cima. – Boa noite, madame – disse a mulher que estava mais próxima de mim.

– Queria saber se vocês viram esta mulher. – Coloquei um dos panfletos sobre a mesa, e elas se inclinaram para dar uma olhada.

– Sim! – disse a que estava à esquerda. – Eu conheço ela! – Era uma mulher magra, com cachos pretos volumosos.

– Eu também – disse a outra ao lado dela. – É a Nisha... Esqueci o sobrenome dela, agora.

A primeira, que tinha colocado seu copo de chá sobre a mesa, estava se inclinando, parecendo preocupada. — Bom, esta é minha amiga Nisha. Às vezes, vamos à igreja aos domingos, quando ela está de folga; ela me encontra no outro café, virando essa próxima esquina, aquele onde todas nós nos encontramos aos domingos e tomamos uma xícara de chá juntas.

— Nisha sumiu — eu disse.

— Quando? — perguntou, chocada, a mulher que ainda não tinha falado.

— Duas semanas atrás. Vocês sabem de alguma coisa? A polícia disse que ela poderia ter ido para o norte da ilha.

Agora, a primeira mulher riu, mas de um jeito sombrio que pareceu extinguir até a luz fraca.

— Eles sempre acham isso. Acham também que somos ladras. Minha madame pensou que eu roubei a aliança dela. Foi assim que fui despedida. Foi assim que acabei aqui. — A mulher sacudiu a cabeça e, de repente, olhou o panfleto de Nisha. Olhou para ele por um longo tempo. — Espero que encontre ela, madame — disse.

Conforme me afastei, me dei conta de que não tinha perguntado o nome delas. Tinham me chamado de "Madame". Dali por diante, passei a estender a mão e me apresentar.

— Boa noite, meu nome é Petra.

Conheci muitas mulheres naquela noite. Diwata Caasi, uma mulher das Filipinas, de 61 anos, que tinha sido obrigada a tomar água em um pote de geleia por não passar de uma empregada, e a comida era tão racionada que ela comia menos do que o gato. Acabou deixando sua patroa, sem ter para onde se virar.

Mutya Santos, da cidade de Manila, no lado da baía, que costumava ser parteira. Amava sua patroa mais velha e jantava com ela toda noite, mas quando a velha senhora faleceu, Mutya foi colocada com um homem que ficava passando a mão nela, entrava quando ela estava no chuveiro, ia ao seu quarto enquanto ela dormia. Ela havia reclamado com a agência, que nada fez para ajudar. Quando seu patrão descobriu, despediu-a. Ela também foi deixada sem ter para onde ir, e com dívidas imensas.

Ayomi Pathirana, do Sri Lanka. Seus pais eram fazendeiros. Quando criança, ela acordava cedo todas as manhãs, para ajudá-los na fazenda, antes de ir para a escola. Mais tarde, deixou a faculdade por eles estarem em dificuldades financeiras, e arrumou trabalho em uma livraria durante dois anos. Mas não era um bom salário, ela não conseguia progredir, e os pais estavam envelhecendo. Sua prima incentivou-a a se candidatar a um trabalho como babá, no exterior. Ela foi para o Kuwait, onde enfrentou dificuldades. Por fim, fez planos para vir a Chipre, onde encontrou dificuldades parecidas. Era muito jovem quando chegou aqui. Então, conheceu um cipriota que prometeu lhe arrumar trabalho, e, embora fosse o tipo errado de trabalho, ela não podia voltar ao Sri Lanka por causa de suas dívidas.

Etisha, do Nepal, que precisou deixar sua filha Feba, de 1 ano, sua fonte de luz, porque ela e o marido não conseguiam trabalho em seu país. Inicialmente, veio para cá como estudante; prometeram-lhe trabalho, mas quando ela chegou não havia nada.

Cada uma delas tinha uma história. Eu poderia ficar lá a noite toda, escutando. Mas as barras nas janelas, a luz trêmula, fizeram com que eu me sentisse presa. Só queria dar o fora dali. Mas as histórias das mulheres... comoveram-me, abriram algo dentro de mim.

Uma das mulheres com quem falei começou a chorar. Não era sua intenção. Mostrei-lhe o panfleto de Nisha. Ela não a reconheceu. Então, perguntei-lhe de onde ela era, e em vez de palavras, fluíram lágrimas pelo seu rosto, borrando sua maquiagem. Por um momento, enfiei minha mão na dela. Ela olhou para mim com olhos pretos que refletiam a luz da vela.

– Quero ir para casa, madame – foi tudo o que disse. Não me contou onde ficava a sua casa.

– Você não pode ir? Faça as malas e vá.

Ela riu por entre as lágrimas. – Não é assim tão fácil. Se ao menos a senhora soubesse.

Quando eu estava saindo, reconheci um homem no bar. Tive certeza de que era o sujeito que sempre visitava Yiannis. Seu nome era Seraphim. Deduzi que trabalhassem juntos, já que às vezes ele o deixava em casa, depois de terem coletado caracóis e cogumelos na floresta. Sempre que me via, ele me cumprimentava educadamente. Um sujeito mal arrumado, despenteado. Estava sentado no bar, sozinho, tomando uísque. Eu estava prestes a sair, mas ainda tinha dois panfletos na bolsa, e decidi me aproximar dele.

– Boa noite, Seraphim – eu disse, parando a seu lado.

Ele levantou os olhos. – Petra! – disse, atônito. – O que está fazendo aqui?

– Estou procurando a minha empregada – eu disse. – Nisha. Você se lembra dela?

– Claro – ele disse. – Conheço a Nisha.

– Tem visto Yiannis ultimamente? Ele disse a você que ela desapareceu?

– Não posso dizer que me lembre dessa conversa – ele disse. – Mas sinto muito saber disso.

— Bom, já que você está aqui... — Entreguei a ele um dos panfletos, e ele passou um bom tempo olhando para o retrato de Nisha. A música pareceu ficar um pouco mais alta, e a dançarina do ventre ainda tilintava e se agitava à luz de vela.

— Uma mulher muito bonita — escutei-o dizer em meio à barulheira. — Você não acha? São os olhos, não é? Parecem saber muito.

Não respondi. Ele me devolveu o panfleto. — Sinto muito — disse. — Ela deve ter sido um patrimônio na sua casa. Mas desconfio que vai voltar, senão, não fique surpresa. Essas mulheres vêm e vão como a chuva, sabia?

Ele sorriu para mim, mas não sorri de volta. Não gostava dele. Era sempre atencioso comigo quando o via em frente à minha casa, esperando Yiannis descer, mas agora eu percebia uma intensidade nele que nunca havia notado. Na verdade, parecia ser feito de bordas afiadas: o nariz, os ossos da face, até os cotovelos. Havia uma agudeza em todo o seu corpo e em sua estrutura óssea, evidente agora, à luz de vela. Ou seria minha mente me pregando peças? Eu sabia que estava ficando mais ansiosa, mais inquieta a cada dia que Nisha estava longe.

— Ei, venha tomar um drinque comigo, está bem? Você tem sorte de me pegar aqui esta noite. Estive fora alguns dias, voltei um pouco antes do que previa.

— Estou bem, obrigada — eu disse. — Então, quando você não está fora, vem bastante aqui?

Ele ergueu as sobrancelhas.

— Estou perguntando porque talvez tenha visto Nisha aqui. Veja, a senhora que é minha vizinha contou-me que Nisha estava vindo nesta direção na noite em que sumiu.

— Que noite foi essa? — ele perguntou.

— Duas semanas atrás, no domingo.

Mais uma vez, ele ficou calado por um tempo, pensando. – Gostaria de poder dizer que vi ela, mas não vi.

Aspirei o ar frio na rua. A noite estava fresca e saí rapidamente do bar. Ainda podia ouvir as vozes das mulheres lá dentro. Estava louca para chegar em casa, mas ao passar pela oficina de Muyia, lembrei-me da escultura. De repente, precisava vê-la de novo. Senti-me compelida a entrar, sendo que, como sempre, a entrada estava escancarada. Lá dentro estava tão escuro que tive que tomar cuidado para não tropeçar nos detritos no chão. Aos poucos, meus olhos ajustaram-se e consegui discernir a vaga forma da bancada, tateando com as mãos para achar o interruptor de uma das lâmpadas.

A escultura da mãe com a criança tinha sido coberta com um pano branco. Tirei o pano e me sentei no banquinho oposto, novamente impressionada com a semelhança com Nisha. Quase podia sentir a energia emanando dela; tantas emoções, ela tinha uma história, tinha toda uma vida. E tinha um amor eterno e forte pela criança em seus braços. Um amor que não poderia ser substituído. Por que Muyia havia feito isso? Era Nisha, sem dúvida, com o rosto em formato de coração, o olhar intenso. Até a minúscula covinha em sua face direita. Estendi a mão e toquei na mão dela. Queria que ela falasse. Estava desesperada para ela irromper de seu estojo de madeira e falar comigo.

– Nisha – disse baixinho. – Conte-me onde você está.

Esperei como se pudesse escutar sua voz. Olhei para seu rosto imóvel, mas só escutei o som do vento, nada mais, apenas o vento através das folhas.

Cobri a estátua e voltei para casa.

Na aldeia, há uma casa de hóspedes, uma construção pequena, bamba, com venezianas marrons e paredes caiadas, no jardim dos fundos da casa de uma viúva. Mas há muitos anos não tem havido hóspedes. Muito raramente alguém liga de um país distante e faz uma reserva. A velha anota os dados num caderno preto que fica ao lado do telefone. Então, se esforça para fazer uma faxina, afofar as toalhas e as almofadas. Coloca sachês de chá frescos, mel e açúcar em uma bandeja, e põe amêndoas salgadas nos travesseiros; assa bolos de pistache, que embrulha em celofane decorado com margaridas de papel e expõe na cômoda. Varrerá as folhas, espanará o pátio e deixará um guia turístico ao lado da cama.

Está escuro quando o telefone toca. Um rapaz, chamando de um hotel em Beirute, com um daqueles sotaques transatlânticos que ela só ouviu na TV. Ele está viajando pela Europa com sua nova esposa, se tudo der certo chegarão na próxima semana. A velha senhora anota seu nome, número de telefone e data de chegada no caderno preto, abaixo de um desenho de um palhaço cavalgando um burro, feito por sua neta.

As noites estão ficando mais compridas e mais frias, e ela sai para recolher a roupa do varal. As crianças do outro lado da rua entraram, e a empregada delas está fora, colhendo maçãs da árvore, no escuro. Sopra uma brisa. Boa noite, ela diz, mas sua voz é levada. Ao longo do caminho assenta uma névoa, e a escuridão também desce, já que não há casas ali para iluminar o caminho. Mais ao longe, há apenas árvores, nuvens e céu, até a terra tornar-se denteada e seca, e descer para a água vermelha do lago, que está tão negra quanto a noite, e quanto a cavidade ocular da lebre, olhando fixamente para o céu. ∎

16
YIANNIS

No sábado, antes de amanhecer, Seraphim me buscou com sua van. Fomos até a base Akrotiri, a uma hora e meia de distância. A maior parte da nossa viagem foi feita em silêncio. Estávamos sonolentos. Seraphim tinha o aspecto de quem ficou na rua até tarde. Eu estava ganhando tempo. Queria que ele estivesse totalmente atento para a nossa conversa.

Dessa vez, ele havia trazido consigo quatro pássaros chamarizes em duas gaiolas: três toutinegras e um melro. Esses chamadores engaiolados teriam sido capturados e mantidos no escuro durante meses, para que quando, finalmente, fossem levados para a luz, cantassem com entusiasmo, chamarizes involuntários para atrair até a armadilha tantos pássaros quanto possível.

As gaiolas estavam no fundo da van, com cobertores pretos jogados por cima. Cochilei até chegarmos ao alagado, uma área de 150 hectares, conhecida por sua avifauna, e protegida por vários organismos por causa disto. Se conseguíssemos, seria uma boa caçada, mas tínhamos que tomar cuidado.

Com o desaparecimento de Nisha, no entanto, e as lembranças dela cutucando as minhas entranhas, comecei a me sentir nauseado com a ideia de matar aqueles pássaros, imaginá-los presos nas redes de neblina.

Eles esvoaçam, esvoaçam, tentam voar, mas o céu os pegou.

Pensei no passarinho lá em casa, em como ele agora confiava em mim.

Se Seraphim farejasse minha apreensão, haveria problema, então coloquei esses pensamentos de lado. Tinha havido outro ataque incendiário alguns dias antes; um homem chamado Louis, que nunca fora adequado para a caça. Haviam posto fogo em seu carro, como tinham feito com o homem antes dele, mas dessa vez o filho adolescente de Louis estava ali, aparentemente fumando escondido. O menino conseguira escapar, mas com uma feia queimadura no braço. Saiu em todos os noticiários locais. Estava em curso uma investigação, mas, é claro, Louis não revelaria o que sabia. Jamais contaria alguma coisa à polícia.

Eu sabia que tinha sido Seraphim quem o denunciara. Bom, é claro que sim. Esse homem é um canalha: furtivo, sagaz, ardiloso, esperto, sorrateiro, calculista. Acima de tudo, e esta é a parte mais perigosa, ele era leal aos homens no comando. Conheci Louis. Ele saiu conosco umas duas vezes. Ainda estava aprendendo o ofício, e nós lhe apresentamos alguns bons lugares para a caça ilegal. Mas aí ele quis sair, e Seraphim ficou furioso; esse Louis teria sido seu próximo prodígio. "É melhor dedurar antes que eles dedurem" era seu lema – ele havia dito isto com um grande sorriso e olhos apertados. Os ataques incendiários funcionavam como um alerta.

– Você está mais quieto do que o normal – Seraphim disse, por fim. – Pensando em Nisha?

– Sim.

Pude ver a lua na faixa de água fora da janela.

Seraphim estacionou a van e puxamos as redes de neblina e as varas da traseira do carro, levando-as pelo terreno enlameado. Voltamos para buscar os pássaros chamarizes. Ali, existe uma base militar britânica, e os ingleses são muito rígidos em relação à caça, percorrendo a área regularmente em busca de caçadores clandestinos, então tínhamos que ser ultracuidadosos. Era improvável, embora não impossível, que alguém estivesse verificando tão cedo de manhã, eram três e meia, e como a região era muito plana e aberta, veríamos qualquer um que se aproximasse de uma boa distância. Se ficássemos vigilantes, não seríamos pegos.

Seraphim usava uma lanterna de cabeça e ia à frente. Levantamos as redes, prendendo-as em varas de dois metros e meio. Depois, ele apagou a lanterna e tirou cuidadosamente os cobertores das gaiolas. Os pássaros ficaram quietos, porque ainda estava escuro lá fora. As penas do melro eram de um negro profundo, como a noite. Tive uma súbita necessidade de abrir a porta da sua gaiola, para soltá-lo e ele poder se fundir com o céu.

Colocamos as gaiolas no chão do alagado cintilante, logo abaixo das redes de neblina que pairavam feito fantasmas acima da terra. Depois, encontramos um lugar escondido, lá perto, entre alguns pinheiros e arbustos de alecrim. Seraphim trouxera um pequeno botijão de gás, e eu tirei da minha mochila pão, *haloumi* e azeitonas. Ele tostou a comida em gravetos, sobre um pequeno fogo. Sombras das chamas lambiam o rosto de Seraphim.

– Naquele domingo do sumiço de Nisha – comecei, e ele acenou com a cabeça, ainda de olho nas azeitonas no graveto que segurava sobre o fogo. – Ela foi encontrar você?

Agora, Seraphim olhou para mim. – Por que você me pergunta isto?

– Estava conversando com uma pessoa, um amigo, e ele achava que Nisha estava indo ao seu encontro naquela noite. Por volta das dez e meia.

– Por que Nisha iria se encontrar *comigo*?

– Minha esperança era que você pudesse responder a esta pergunta.

Seraphim ficou calado por um tempo. Atrás dele, uma escuridão fechada.

– Quem quer que tenha te dito isto, não estava dizendo a verdade.

– Por que mentiria?

– Pode ser que não fosse uma mentira, só não estava dizendo a verdade. Pode ter sido um mal-entendido. Por outro lado, se tiver sido uma mentira deliberada, deduzo que existam motivos para ele fazer isto, mas não tenho como começar a especular, porque não faço ideia de quem seja essa pessoa.

Então, Seraphim deitou-se com as mãos atrás da cabeça, sinalizando que nossa conversa terminara. Disse-me para ficar alerta, e fechou os olhos para cochilar. Adormeceu rapidamente, com a boca aberta e roncando de leve.

A terra estendia-se por quilômetros a toda volta, escura, com fragmentos prateados onde a lua incidia na água. Vi quando uma nesga de luz emergiu no horizonte, deixando a escuridão menos opaca. Com este primeiro sinal de dia, os pássaros engaiolados começaram a cantar.

Suas vozes subiram em um coro melódico, crescente, um rompante de música depois de tanto tempo em silêncio.

E foi então que voltei a escutar a voz do chamado de uma mulher. Chamando algo que não consegui entender, sua voz mesclada com a música dos pássaros.

Levantei-me. Olhei ao redor. Não deveria ter deixado Seraphim sozinho, dormindo daquele jeito, mas segui instintivamente a voz até as redes de neblina. Quando cheguei à beirada da água, ela cessou abruptamente. Não parecia haver ninguém ali. A terra estava livre e vazia em todas as direções.

Então, os pássaros encheram o céu, sua música encheu o céu. Eles se arremeteram aos milhares, suas asas em chamas ao nascer do sol, douradas, vermelhas e azuis. Desviaram o rumo abruptamente, mergulhando em direção aos pássaros chamarizes, à música que os atraía para a morte, descendo, descendo, descendo, descendo para a beira d'água.

Fiquei paralisado, observando-os no fim de sua jornada, a rede de neblina envelopando-os subitamente. Inúmeras asas emaranhadas, inúmeros pássaros interrompidos em pleno voo. A música deles mudou, de trinados para guinchos, ou foi o que me pareceu. Mas alguns, pensei, continuaram com seu canto melódico, como se o céu pudesse simplesmente voltar a se abrir e soltá-los.

— O que você está tramando? — disse uma voz atrás de mim. Virei-me. Seraphim estava ali, com um olhar faiscante.

— Pensei ter ouvido alguma coisa — eu disse.

— Então, você me deixa dormindo sozinho? E se tivesse vindo alguém? Eu estaria perdido!

— Eu errei.

Ele olhou para mim sem piscar. – Errou? Erro é esquecer de trazer o botijão de gás ou as azeitonas. – Seus olhos estreitaram-se. Os gritos dos pássaros encheram o espaço a nossa volta. – Bom, não vamos insistir nisto agora. Pegamos o suficiente. – Ele olhou para a rede, avaliando o sucesso da caçada. – Vamos apenas retirar o que temos e ir pra casa.

Descemos as redes e começamos a retirar os pássaros, matando um a um conforme fazíamos isso. Trabalhamos em silêncio, sincronizados um com o outro. Eu livrava os pássaros da rede, passando-os para Seraphim, de modo a ele poder morder o pescoço de cada um, colocando-os no saco de lixo preto. Dava para eu sentir cada um deles tremendo em minhas mãos, o coração minúsculo disparado, asas estremecendo e batendo nas minhas palmas, o toque suave das penas na minha pele. Devia haver vinte espécies diferentes. Mas tomei cuidado para não hesitar; não queria que Seraphim notasse que havia algo de errado. Mas os pássaros continuavam cantando. Foi isto que mais me perturbou. Eles cantaram até o último suspiro.

Cheguei em casa por volta das nove da manhã, alimentei o passarinho e me deitei. Estava muito cansado. A conversa com Seraphim tinha sido insatisfatória. Ele estaria mentindo? Spyros havia se enganado quanto ao que Nisha dissera? Ou Seraphim tentava jogar uma cortina de fumaça para encobrir algo mais? Sentia uma falta enorme de Nisha.

Adormeci sonhando com ela no alagado. Ela estava na água, que chegava a seus tornozelos. Um céu azul claro atrás dela. Usava sua camisola de renda beeralu, com o jardim de flores brancas, aquela que Chaturi lhe fizera.

Dizia alguma coisa para mim, movia os lábios, mas eu não ouvia nada.

– O que foi, Nisha? – perguntei.

Ela apontou algo atrás de mim, lá no céu. Quando me virei para olhar, o céu ficou preto, de repente era noite. Quando me voltei para olhar para Nisha, ela havia sumido. Em seu lugar, a lua pendia sobre o horizonte, tão grande que pensei que pudesse estender o braço e tocá-la. Notei seu reflexo na água, dolorosamente brilhante; um círculo prateado de luz no meio da água preta. Tirei os sapatos e entrei. Queria encontrá-la, mas ao chegar lá, vi que aquilo que pensei que fosse o reflexo da lua, na verdade era um poço profundo. Um poço que parecia não ter fim. Não era um poço escuro. Uma luz branca resplandecente brilhava lá de dentro, iluminando suas paredes de pedra, jorrando para fora, sobre a água. De lá, vinha um calor imenso.

Acordei ensopado de suor, um sol luminoso de inverno brilhando pela janela, banhando-me em sua luz. O passarinho estava pousado em meu peito, chilreando baixinho para si mesmo. Agradei suas penas macias. O inverno estava chegando. Outubro havia passado e Nisha continuava desaparecida. O passarinho cantou para o sol, e pela primeira vez em muitos anos comecei a chorar.

Ouvi novamente o som, o chamado da mulher, e dessa vez percebi que vinha de dentro de mim, vagando pelos cantos escuros da minha mente. Era um som límpido e imprevisível; assim como o vento, ele recuava e fluía, aquietava-se e voltava com força. O som vinha de um lugar que não pertencia somente a mim. Era uma sensação tão estranha e aterrorizante que saltei fora da cama, o passarinho esvoaçando para o chão. E o som das suas asas, mesmo sendo leves, sobressaltou minha mente de volta para a realidade, de volta ao quarto onde eu estava, com o sol de inverno irradiando pela janela.

Senti náusea, um ácido subindo do meu estômago, queimando o meu esôfago. Fui até o banheiro e vomitei na privada. Ao dar descarga, lembrei-me do sangue e do tecido cinza no vaso sanitário, a criança que nunca seria.

Voltei a me deitar na cama. Depois da noite do aborto, Nisha mudou. Vinha tarde da noite, como sempre, e se deitava onde eu estava deitado agora, com as mãos cruzadas sobre o ventre de maneira protetora, como a posição em que se coloca um defunto, só que as mãos ficavam sobre sua barriga, e não no peito.

Ela olhava pela janela e via o verão ir minguando; a cada dia que passava, uma equação: – Nesse dia, eu estaria grávida de oito semanas, mas em vez disto, estou vazia há sete dias. – Ou – Neste dia, eu estaria grávida de nove semanas, mas estou vazia há quatorze dias.

Às cinco da manhã, ela acordava e conversava com Kumari pelo telefone. No Sri Lanka seriam sete e meia, e Nisha queria pegar a filha antes de ela ir para a escola. Eu estava semiadormecido, com a sensação do calor de Nisha ainda ao meu lado, na cama. Ela se sentava à mesa e sua conversa e a luz do tablet chegavam até mim. Às vezes, meus olhos pestanejavam e eu via sua silhueta, escutava suas palavras em cingalês e a resposta de Kumari. Embora eu não entendesse a língua, passei a conhecer seus tons e ritmos. Podia entender se estavam brincando, discutindo, ou tendo uma conversa despreocupada sobre escola, sobre a lição de casa de Kumari ou sobre seus amigos. Percebia quando Nisha estava aborrecida com alguma coisa, ou sendo firme e insistente. Às vezes, sentia amor em sua voz; outras vezes, preocupação, alegria, irritação, determinação.

Tinha vezes em que Kumari era atrevida, em outras, agradável, frequentemente tão falante que Nisha não tinha chance de se manifestar; em outros momentos estava mais quieta e solene, mal-humorada. Em algumas ocasiões eu até podia escutar os primeiros sinais de revolta adolescente se esgueirando. Todas as emoções que eram de se esperar entre uma mãe e o desabrochar de uma adolescente, mas tudo isso através de uma tela.

Em muitos inícios de manhãs, Nisha ensinava inglês a Kumari. Cada uma delas tinha um exemplar de *The Secret Garden*, e as duas se revezavam lendo as páginas em voz alta. De vez em quando, elas emperravam em uma palavra, mas Nisha mantinha um dicionário na minha mesa de cabeceira, presente de sua amiga Nilmini, e ia consultá-lo para obter ajuda. A conversa delas flutuava pelos meus sonhos como o eco de uma ave canora.

Certa vez, ela disse: – Yiannis, venha aqui. A Kumari quer dar um oi.

– Você contou a ela sobre mim? – perguntei em mímica.

– Claro – ela disse, com os olhos brilhantes, me incentivando.

Isto foi há cerca de um ano, então Kumari devia ter uns 10 anos. Estava de uniforme, pronta para a escola, com uma mochila enorme nos ombros.

– Oi, Sr. Yiannis – ela disse, sorrindo.

Embora sua pele e os olhos fossem mais escuros do que os da mãe, o sorriso e as expressões eram exatamente os mesmos.

– Oi, Kumari. Que bom finalmente conhecer você!

– Finalmente? O senhor já tinha ouvido falar de mim?

– Claro!

– Coisa boa?

– Coisas maravilhosas.

– Então, tudo bem. – Ela franziu o rosto. – Então, o senhor é amigo da minha *Amma*?

– Sou.

– Ela disse que o senhor alimenta as galinhas no jardim de baixo.

– Acho que sim.

– O que mais o senhor faz, Sr. Yiannis? Ou só é um alimentador de galinhas?

Eu ri. – Não sou *só* um alimentador de galinhas. Vou para a floresta colher vegetais silvestres e caracóis.

– Huuumm. O que o senhor faz com eles depois de colher?

– Vendo.

– Huuumm. – Ela acenou com a cabeça. – Acho que tudo bem.

Depois dessa determinada ligação, Nisha deitou-se a meu lado, entrelaçando braços e pernas com os meus. – Tenho mais uma hora ou coisa assim, antes de sair. Me abrace bem forte.

E é claro que abracei. Era só o que eu queria fazer. Ela colocou o despertador para pouco antes das seis. Eu entrava e saía do sono, e às vezes escutava-a chorando.

– O que foi, Nisha? – sussurrei no escuro.

– Ah, nada, só me lembrei de uma coisa.

– Do que você se lembrou? Me conte.

Durante o tempo de luto pela criança perdida, Nisha contou-me três histórias de perda. A primeira foi sobre a morte da irmã. A segunda, do marido. A terceira de tomar a devastadora decisão de deixar Kumari para vir para cá. A morte da irmã coincidira com o festival de luzes de Vesak Poya, na primeira lua cheia de maio, quando ela tinha 12 anos e a irmã, 10. Ela me contou sobre as lanternas brancas à noite, penduradas acima da porta de cada casa da rua, menos na deles. A irmã morrera naquela manhã. No ano antes da sua morte, eles foram juntos à Lagoa Koggala e pegaram uma gôndola até a ilha minúscula, onde se localizava um templo budista. Havia centenas de lanternas e milhares de luzes flutuando na água, enquanto eles deslizavam pelo lago. A irmã chamara-as de *luas minúsculas em um céu estrelado*. Luas minúsculas que enchiam o mundo.

O templo estava coberto de flores, luzes e incenso; havia dançarinos, cantores e caminhantes sobre brasas. O rosto da irmã estava iluminado por todas as luzes, enquanto ela segurava na mão de Nisha. Kiyoma era apenas dois anos mais nova, mas, por ter problema cardíaco, era pequena para a idade, e, se alguém não soubesse, pensaria que era muito mais nova. Tinha recebido o nome de Kiyoma, que significa *boa mãe*, porque sua própria mãe, Lakshitha, desejava que Kiyoma crescesse para também se tornar uma esposa e mãe. Esse era o maior desejo que Lakshitha tinha para a filha. Mas Nisha imaginava o coração da irmã como um passarinho esvoaçando em seu peito. Sabia que um dia, dali a não muito tempo, ele se libertaria de sua gaiola e voaria para longe. Sabia porque podia ouvir a mudança no ritmo da sua respiração. Era muito sutil, qualquer outra pessoa não perceberia, mas Nisha podia ouvi-la porque as duas compartilhavam uma cama.

Kiyoma sempre usava um *panchauda*, um pendente de ouro enfeitado com cinco armas: um arco e flecha, uma espada, um disco, um tridente e um búzio, para afastar olho gordo. Lakshitha prestava atenção para Kiyoma nunca tirá-lo, e Nisha viu-o reluzindo à luz das lanternas e dos fogos, enquanto elas estavam na pequena ilha, visitando o templo. Mas na volta, ao descerem da gôndola, o colar tinha desaparecido. Foi Nisha que notou. "Onde está o seu pendente?", perguntou à irmã, com olhos temerosos. Kiyoma deu de ombros.

Mais tarde, a mãe delas ficou transtornada. "O que isto poderia significar? Nisha, você viu ela soltá-lo? Kiyoma, você não sentiu ele cair? Nenhuma de vocês escutou ele cair?"

Lakshitha tornara-se obcecada com o problema cardíaco de Kiyoma. Em alguns dias, ficava mais calma e aceitava que sua linda filha pudesse ter menos respirações a fazer nesta vida e neste mundo, o que, na verdade, é algo quase impossível para uma mãe aceitar; outras vezes, e a maior parte do tempo, consultava astrólogos, ou ficava atenta a bons ou maus presságios, tais como quem Kiyoma poderia ter encontrado em certas horas do dia, o que alguém dissera para ela, ou o que poderiam estar carregando enquanto conversavam com ela. Bombardeava a pobre Kiyoma com perguntas. Outras vezes ainda, usava loções, poções e óleos na cicatriz vertical que descia verticalmente no peito de sua filha mais nova, até o umbigo.

Kiyoma era uma menina perceptiva para a idade. Um dia, enquanto elas voltavam para casa dos arrozais onde seus pais trabalhavam, confidenciou a Nisha que na noite do Vesak Poya jogara o pendente na lagoa enquanto elas estavam na gôndola.

– Por que, por que, por que você fez isso? – Nisha ralhou.

– Porque o pendente parecia uma corrente em volta do meu pescoço – respondeu a irmã com um olhar cândido.

Exatamente um ano depois, na manhã do Vesak Poya, pouco antes de a luz encher o céu, Kiyoma deu seu último suspiro e seu coração saiu voando pela janela. Nisha dormia pesado, mas sonhou com um passarinho de penas douradas, tão macias quanto ondas, que pairou sobre ela por um tempo, e depois voou pela janela aberta.

Acordou imediatamente e virou, na penumbra, de frente para a irmã. Notou que seu peito não subia levemente, que seus olhos não se moviam dentro dos sonhos. Inclinou-se sobre ela, colocando o ouvindo junto a sua boca e seu nariz. E foi então que ouviu e sentiu algo que, até aquele momento, lhe era completamente desconhecido. A imobilidade e o silêncio absoluto da morte.

O corpo de Kiyoma permaneceu na casa por alguns dias, em caixão aberto, voltado para oeste. Vieram monges entoar preces e glorificar a impermanência da vida, e a mãe delas permaneceu no cômodo com a filha, dia e noite, para impedir que maus espíritos fixassem residência na casa. As fotografias foram viradas de costas nas paredes, ou viradas para baixo sobre os tampos de mesas; familiares e amigos vieram à casa trazendo flores brancas e amarelas.

Lakshitha fez o possível para assegurar que a transição de Kiyoma para a próxima vida estivesse garantida. Ofereceu tecido branco aos monges, para ser transformado em trajes monásticos. Depois, parentes e amigos despejaram água de um recipiente em uma xícara até transbordar, enquanto recitavam preces.

Nisha escutou as preces e viu a água transbordando; viu como momentaneamente ela captou a luz como cristais, parecendo a coisa mais linda do mundo. E pela primeira vez entendeu que tudo – tudo – tem que ter um fim.

17
PETRA

Naquele domingo, arrumei-me para ir a Limassol. Combinara de encontrar o Sr. Tony no Blue Tiger às três da tarde, e tinha cerca de uma hora de carro a minha frente. Depois do almoço, levei Aliki até a Sra. Hadjikyriacou, que estava sentada lá fora com os gatos. Foi um plano quase de última hora, mas quando pedi a ela na tarde precedente, pareceu animada com a perspectiva de passar mais tempo com Aliki.

– Ela é uma garotinha divertida. Veja só! – disse, sorrindo de orelha a orelha, de modo que sua pele fina como papel enrugou-se mil vezes.

Aliki levou um tempo para decidir os tênis que usaria. Acabou se decidindo por um pé de jeans cinza e outro azul vibrante com estampa de flores. Por fim, pegou outro par misturado: um pé com patas de gato vermelhas, e outro, vermelho vivo.

– Você vai levar um par de tênis extra? – perguntei.

– Não.

Quando chegamos à casa da Sra. Hadjikyriacou, Aliki colocou os tênis no chão, ao lado dela, e a velha olhou para eles.

– São pra você – Aliki disse.

– Para mim?

– São um presente. Além disto, não gosto dos seus sapatos de senhora. Não combinam

A Sra. Hadjikyriacou riu alto.

– Na última vez, descobrimos que calçamos o mesmo tamanho – a velha senhora me disse. Depois, se voltando para Aliki: – Bom, devo dizer que são uma escolha perfeita! – Em seguida, chamou Ruba para vir ajudá-la a calçar seus novos sapatos.

Ruba saiu segurando um pano de prato. Cumprimentou-nos com entusiasmo, antes de se ajoelhar junto aos pés da Sra. Hadjikyriacou, tirando seus sapatos e calçando nela os tênis Converse.

Os tênis ficaram bem destacados em contraste com sua pele branca marmórea, sob sua saia preta na altura da batata da perna. Ela se inclinou com grande esforço e olhou para os pés, batendo os calcanhares. Aliki riu. Os gatos saíram correndo para algum assunto urgente. Com isso, saí em silêncio, escutando a risada de Aliki ondulando atrás de mim.

O dia estava lindo e luminoso. Abri as janelas do meu Range Rover, enquanto dirigia a sudoeste para Limassol. Fazia um pouco de frio, mas gostei da brisa fresca que vinha das montanhas, logo substituída por uma brisa marítima, flutuando até mim com o som dos pássaros.

Conforme me aproximei da água, tudo pareceu se fundir. O ar salino, a maneira como ele me envolvia, me embalava em um passado distante. *Toda a água da Terra chegou uma vez em asteroides e cometas.* Sim, foi isto que meu pai me contou. Ele era pescador. Tinha uma biblioteca de livros no porão, onde também guardava as batatas, e foi dali que tirou todo o seu conhecimento. Durante a guerra, a biblioteca lhe foi tomada, mas até o dia de sua morte, lembrava-se do título e do autor de cada livro.

No carro, com as janelas abertas e o mar se abrindo e cintilando à minha frente, eu quase conseguia ouvir a voz do meu pai: *Desde que chegou à Terra, a água tem circulado pelo ar, por rochas, animais e plantas. Cada molécula tem percorrido uma jornada incrível. Quando você se sentir só, tente se lembrar que, a certa altura, a água dentro de você esteve dentro de dinossauros, ou no oceano, ou numa calota polar, ou talvez numa nuvem de tempestade sobre um mar distante, em uma época em que o mar ainda não tinha nome. A água atravessa milênios, fronteiras e limites.*

Por anos eu tinha me esquecido das palavras do meu pai, e então elas voltaram para mim naquele momento. *Lembre-se que todos nós temos algo em comum, e isto é a água que passa por nós.*

O Blue Tiger não ficava muito longe da praia, estava bem perto de uma das travessas que levam ao mar. Era uma construção dilapidada, com janelas dos dois lados da entrada, murais coloridos em suas paredes, a maioria deles de cenas esportivas: jogadores de futebol em um estádio lotado, jogadores de basquete agachados em uma quadra. Acima deles, na parede de concreto e continuando na marquise de concreto, havia videiras pintadas, grandes e enrodilhadas, com hastes grossas e folhas gigantes subindo até um céu azul luminoso. À extrema esquerda, logo acima de uma janela gradeada e dois aparelhos de ar-condicionado, olhando por entre as folhas, havia um tigre azul com impressionantes olhos amarelos.

Olhei a hora no meu celular: 14h46.

Abaixo do tigre, havia uma placa dizendo:

ATD
ASSOCIAÇÃO DOS TRABALHADORES DOMÉSTICOS DE CHIPRE
LIMASSOL
ESCRITÓRIO CENTRAL

Ao lado da porta dupla da entrada, havia um quadro-negro num cavalete contendo um menu: HAMBÚRGUERS, HOT-DOGS, SUPER DOGS, CHILLI COM CARNE.

Dois homens estavam ao lado dele, apoiados em uma moto, fumando.

— Está perdida? — um deles perguntou com um sotaque forte e desconhecido.

— Estou procurando o Sr. Tony — eu disse, minha voz rouca como se eu tivesse acabado de acordar. — Tenho hora marcada.

— Você não está perdida — ele disse, sorrindo. — Ele está no escritório. À direita.

Escutei música vinda dos fundos do lugar e senti cheiro de temperos. Agradeci ao homem e adentrei as portas abertas. Ainda não sabia o que estava fazendo ali, ou como o Sr. Tony poderia me ajudar, mas àquela altura estava grata por falar com alguém que pudesse me dar uma centelha de esperança.

Em uma cozinha aberta à esquerda, mulheres cozinhavam em panelões e woks; outras estavam espalhadas por ali, sentadas a mesas, bebendo chá quente ou comendo bolinhos salgados fumegantes, que mergulhavam em um vibrante molho laranja. A maioria das pessoas eram trabalhadores domésticos do Nepal, das Filipinas, do Sri Lanka ou Vietnã. Um homem local, sentado sozinho, em evidência por ser careca, ter a barba incipiente branca e olhos faiscantes, olhava de soslaio as garotas que passavam com bandejas de chá. Parecia estar prestes a babar. Olhou para mim, sorriu, e dei as costas, enojada. No fundo da cozinha havia um conjunto de portas que se abriam para um grande saguão e um palco. Era de lá que vinha a música. Ali, pessoas dançavam, homens e mulheres, sob uma cobertura de bandeiras multicoloridas.

Avistei o que deveria ser o escritório do Sr. Tony: uma cabine retangular de vidro, à extrema direita da área de refeições. Um homem grande, com ombros largos e cabelo branco estava sentado atrás de uma mesa. Um ventilador girava acima dele, soprando seu cabelo enquanto ele falava ao telefone, conversa que claramente o estava deixando agitado. Ele desligou. Esperei um minuto, depois me aproximei da cabine e bati à porta.

— Entre — ele gritou.

Estava sentado em uma cadeira giratória em frente a um computador. Sorriu e ergueu as sobrancelhas. Fui fechar a porta atrás de mim.

— Deixe a porta aberta. Precisamos de um pouco de ar aqui.

— Sr. Tony?

— Só Tony está bem.

— Sou Petra. — Estendi a mão.

— Ah, sim, é claro. — Ele limpou a mão na calça e apertou a minha. Sua pegada era quente e suada. — Sente-se. — Indicou uma cadeira de plástico, no canto da cabine.

Todo o lugar estava tomado por risadas, música e temperos, que giravam em torno da pequena cabine e infiltravam-se pela porta aberta.

— O que você tem aqui é incrível — eu disse. — Você dirige esta organização sozinho?

Ele concordou com a cabeça, sorriu e disse: – Não me leve a mal, esses asiáticos são ingratos. – Mas em seguida seu sorriso esvaneceu, e ele olhou para o chão.

– É mesmo? Então por que você os ajuda?

– Fui casado com uma. Incomoda se eu fumar?

– Nem um pouco.

Tirando um cigarro de um maço, ele o acendeu com um grande fósforo, sacudindo a chama e atirando-o em um cinzeiro de cristal que estava sobre um caderno.

– Além disto, descobri muita injustiça por aqui.

Nesse momento, o telefone tocou. Ele olhou para a tela piscante em sua mesa e suspirou. – Com licença – disse, e atendeu. – Boa tarde, Sra. Kaligori, posso ligar para a senhora daqui a...

– Não – a voz do outro lado interrompeu. – Ela não me serve, Tony. Nem mesmo fala um pouco de inglês!

A mulher disse muito mais coisas, mas voltei a minha atenção para fora da cabine, onde uma bela moça, num sari verde e dourado, passava com uma tigela de *noodles*[*] fumegantes. Além dela, vi as mulheres na cozinha ainda suando e picando, esvaziando o conteúdo de suas woks em grandes travessas azuis.

– Sem problema, a gente resolve isto – Tony disse em voz alta. – Estou com uma pessoa aqui. Ligo de volta daqui a uns trinta minutos.

A mulher pareceu concordar, embora agora sua voz estivesse bem mais baixa e fosse difícil escutar.

---

[*] Espécie asiática de macarrão, normalmente feita com farinha de trigo ou de arroz, e não com semolina, como a pasta tradicional italiana. Além disto, seu ponto de cozimento difere do ponto do macarrão, sendo bem mais mole, podendo ser usada em diversos pratos. [N.T.]

– Não trabalho como os agentes – ele me disse, depois de desligar. – Os patrões me procuram diretamente. Podem experimentar as mulheres, e, se não gostarem, mandam elas de volta. Como a Sra. Kaligori. Você não vai receber alguém do Nepal a quem fica presa de olhos vendados. Essas pessoas – ele acenou com a mão a sua volta – precisam de alguém que as ajude. Para os agentes, elas são mercadoria, não pessoas.

– Então, as pessoas não ficam endividadas com você?

– Não! É disto que se trata. Os agentes são violentos.

Concordei e olhei enquanto ele sugava com força o cigarro, estreitando os olhos para uma faixa de luz vinda das portas de correr na entrada. Notei sobre sua mesa, apoiada em uma papelada, uma pequena foto granulada de uma mulher em uma moldura de bronze. Ele acompanhou meu olhar.

– Sua mulher?

– Ex-mulher. Vietnamita.

Pareceu-me que ele estava prestes a dizer mais alguma coisa a respeito, porque abriu a boca, mas depois apertou os lábios e deu uma longa e forte tragada no cigarro, soprando a fumaça numa linha reta em direção ao ventilador.

– Então, está procurando uma moça? – ele disse.

– Não exatamente – respondi.

– No telefone você disse que queria me ver a respeito de um assunto urgente. Em minha experiência, a maioria dos assuntos urgentes vem de mulheres à procura de uma nova empregada, por estarem insatisfeitas com a que têm.

– Entendo.

– Então, no que posso ajudar? – perguntou, agora sorrindo ainda mais abertamente. Ele era como um padroeiro de jogos de azar, um santo das apostas: havia uma disparidade, uma dissonância esquisita naquele homem.

– Bom – hesitei, e ele acenou com a cabeça, incentivando-me a continuar, com paciência e impaciência. – Eu *tinha* uma empregada, e ela sumiu. Simplesmente desapareceu um dia. Disseram-me que você poderia ajudar. – Percebi minha voz falhando. Dizer aquilo em voz alta a um estranho, e a um estranho alheio ao assunto, tornou aquilo muito pior.

– Sumiu?

Confirmei com um gesto de cabeça.

– Quando?

– Dois domingos atrás.

– E você foi à polícia.

Não era uma pergunta. Contei a ele que tinha ido.

– Como foi?

– Foi um desperdício de tempo. Eles me disseram que ela devia ter fugido para o norte. Sei que não fugiu.

Ele pegou rapidamente o caderno onde estava o cinzeiro, e folheou-o. Sem olhar para mim, disse: – Como ela se chama?

– Nisha Jayakody.

– Onde você mora?

Contei e ele continuou procurando no caderno, correndo o dedo ao longo das páginas. Deu mais uma forte tragada no cigarro, e observei-o, enquanto o ventilador girava a fumaça a seu redor, enquanto seus olhos percorriam as palavras, enquanto ele virava as páginas, indo para a frente e voltando novamente, enquanto colocava o cigarro no cinzeiro e passava a mão no cabelo. Não sabia ao certo o que ele procurava, mas então ele pegou uma caneta e anotou alguma coisa.

– No mês passado – disse, por fim – me contaram de duas outras empregadas que sumiram. – Enfatizou as últimas palavras e olhou para cima franzindo bem a testa, as sobrancelhas erguidas nas pontas.

– Duas?

– Ambas filipinas. Uma trabalhava em Akrotiri, a outra em Nicósia. De onde é a sua empregada?

– Do Sri Lanka. – Ele anotou isso. Senti meu corpo gelar, apesar do calor da cabine. Duas outras mulheres haviam sumido.

– O que isto poderia significar? – consegui dizer. Senti que não poderia falar muito, minha boca estava seca, a língua grudada no céu da boca. Talvez percebendo isto, ele chamou uma das empregadas que passava pela cabine.

– Bilhana! Bilhana!

Uma mulher de sari laranja deu meia-volta e chegou à porta aberta da cabine.

– Diga a Devna, dois cafés. – Falou devagar, erguendo dois dedos. – Açúcar? – perguntou para mim.

Sacudi a cabeça. – Você acha que elas têm uma ligação? – perguntei, depois que a mulher saiu.

Ele respondeu com um levantar de sobrancelhas e abrindo as mãos; estava sem saber.

– Soube que havia um problema quando a primeira moça sumiu – disse. – Rosamie. Fui eu quem a colocou. Ela chegou aqui três anos atrás, através de uma agência. Trabalhava para um homem que não era bom para ela. Batia nela. Sabe lá Deus o que mais. Ela me procurou pedindo ajuda. Com alguma dificuldade, livrei-a do aperto de seu agente e lhe arrumei uma casa melhor. Ela se mudou para uma família britânica, em Akrotiri. Eles eram bons para ela, e ela estava satisfeita com eles. Vinha para cá aos domingos, comia e conversava com as outras mulheres. Também era uma boa dançarina, amava a música daqui. Certo domingo, ela não veio.

Ele fez uma pausa. O telefone voltou a tocar, mas dessa vez ele o virou para baixo e ignorou-o. Estava tocando "Billie Jean" no saguão dos fundos, e duas mulheres conversavam perto da cabine.

– No domingo seguinte – ele continuou –, ela não apareceu de novo, e achei esquisito. No outro, sua patroa veio aqui me contar que ela tinha sumido.

– Ela tinha sumido – repeti. Pareceu ser a única coisa que eu conseguia dizer.

– A Sra. Manning foi à polícia, mas eles a convenceram de que Rosamie tinha fugido atrás de emprego no norte de Chipre. A pobre mulher não sabia em que acreditar. Mas eu conhecia Rosamie. Ela vinha aqui sorrindo, todos os domingos, porque já não tinha hematomas, porque estava feliz com o Sr. e a Sra. Manning. Trazia-me um bolo ou biscoitos, sempre me agradecendo. Dizia que eu tinha salvado sua vida. Por que ela fugiria? Não faz sentido. Veja, quando você junta pessoas e não conhece suas histórias particulares, pode inventar qualquer merda e se convencer de que seja verdade.

A essa altura, a cinza do seu cigarro estava longa e ele jogou-o no cinzeiro e tirou outro da caixa, segurando-o entre os dedos, sem acendê-lo. Então, Devna entrou com uma bandeja trazendo café, dois copos d'água e uma travessa com *sesame fingers*[*]. Era uma moça magra, parecendo facilmente ter 15 anos, mas havia uma certeza e uma confiança em seus movimentos e em sua postura, que me levaram a pensar que fosse mais velha. Pelo menos esperei que fosse. Usava

---

[*] Existem várias receitas de *sesame fingers*. Basicamente, são feitos com sobras de pão cortados em tirinhas, polvilhados com gergelim e fritos. Outras receitas incluem uma mistura de vegetais cozidos passada no pão, antes de se polvilhar com gergelim e fritar. [N.T.]

jeans desbotado com fendas nos joelhos e uma camisa bem colorida. Brincos grandes, de argolas de prata brilharam em meio a seu cabelo escuro, quando ela se inclinou sobre a mesa, colocando a bandeja em cima de uma papelada.

– Elas não sabem nada sobre a vida – Tony disse, olhando para Devna. – Vieram de comunidades pequenas, trabalhadores do campo.

Reparei nos dedos de Devna conforme ela tirou os copos e xícaras da bandeja, colocando-os sobre a mesa: dedos longos, morenos, lindos, as unhas pintadas de um verde-terra.

– Elas dizem que querem mandar dinheiro para suas famílias, mas várias delas vêm em busca de liberdade. Acham que voarão livres pela Europa. Em sua terra, costumam ganhar 200 euros por mês; aqui, é por volta de 500. Mas o que fazem? Passam o dia todo olhando o Tik Tok e fotografias em seus celulares, e pensando nos rapazes de que gostam. Não é isto, Devna?

Devna riu, mas não disse nada.

– Você não gosta de rapazes?

– Gosto – ela respondeu com um sorriso –, mas não é por isto que estou aqui.

– Então, por que está aqui? Conte para Petra por que está aqui.

– Por favor, madame – ela disse, sorrindo novamente com lábios brilhantes. – Aqui está seu café e a água.

– Se elas fossem espertas – Tony disse em voz alta, mais para Devna do que para mim –, elas economizariam!

Devna virou de costas para ele e piscou para mim. Havia um leve sorriso em seus lábios, um entendimento em seus olhos cor de azeviche. Entendi que a piscada significava: *Não dê ouvidos a ele, a gente sabe perfeitamente bem por que estamos aqui.*

Alguém chamou Tony da cozinha.

– Me dê licença um momento – ele disse, deixando-me na cabine com Devna.

– Vou dizer por que estou aqui – ela disse. E agora que Tony havia saído, sua voz era mais incisiva, mais alta. – Tony é um homem bom, mas ele ainda não entende de verdade. Vim porque não vi outro jeito de progredir em casa. Não havia trabalho, nada que eu pudesse fazer. Tenho um irmão deficiente, não anda, nem fala. Meus pais agora estão velhos. Preciso mandar dinheiro pra eles. Me diga, quem fará isto, senão eu? Em casa, eu trabalhava dia e noite e não bastava. Dizem que levamos uma vida melhor aqui, mas isto é motivo para que nos tratem como crianças, ou pior, como animais? – Havia um furor em suas palavras. – Entende o que estou dizendo? – Seu olhar era firme e penetrante.

– Entendo – respondi, sem desviar os olhos, sentindo toda a força da determinação e energia daquela mulher. – Sim, entendo. Você contou isto a Tony?

– Claro que contei – ela disse. – Ele sabe. Ele sabe. Ele gosta de me provocar. Mas os outros não sabem. Me veem como um robô.

Tomei a água e coloquei o copo vazio de volta na bandeja.

Tony voltou e Devna piscou novamente para mim, sorriu e saiu.

– Percebo que você está aflita e quero ouvir sua história – ele disse. – Mas, antes, vou te contar sobre a outra moça desaparecida, Reyna... Reyna era um caso totalmente diferente. Chegou aqui cinco anos atrás, com a irmã, por meio de uma agência. Sua irmã, Ligaya, estava relativamente feliz com seus patrões, mas Reyna estava miserável. Trabalhava para uma velha que gritava com ela, e a maior parte do tempo sentia muitas saudades de casa.

Certa noite, ela saiu e não voltou mais. Ligaya veio aqui uma semana depois, acabada. Chorava muito, e tive que acalmá-la, antes de conseguir entender alguma coisa. O celular de Reyna estava desligado. Ela havia deixado tudo, passaporte, outros itens preciosos, saiu com as roupas que estava usando e os sapatos nos pés, e não voltou mais. A velha não se incomodou, aconselharam-na a encontrar outra empregada e ela encontrou. A pobre Ligaya pegou meus dados com algumas outras moças e me procurou porque teve medo de ir à polícia.

– Medo? Ela era uma imigrante ilegal?

– Não – ele respondeu sem rodeios. – Ela veio para cá legalmente. Teve medo do modo como seria tratada.

Tony riscou um fósforo, e ele crepitou numa chama. Acendeu o cigarro, e a fumaça saiu da sua boca em anéis, que se desintegraram e se dispersaram em névoas pela cabine. Pegou seu café e deu um gole.

– Sirva-se – disse, indicando com os olhos o meu café e os biscoitos na bandeja.

Dei um gole. Estava extremamente açucarado, mas decidi tomar mesmo assim. Precisava daquilo no calor e no abafamento da cabine minúscula, com o ventilador que circulava o mesmo ar enfumaçado. Na minha mente, passaram lampejos de cenários. Será que as três mulheres haviam se envolvido com algo que levou a seu desaparecimento? Nisha poderia ter conhecido Reyna e Rosamie? Uma sombra pairou no canto dos meus pensamentos. Teria acontecido algo mais, algo mais tenebroso?... Para mim, era impossível pensar nisso.

– Então, me diga – Tony disse –, o que a leva a pensar que Nisha não fugiu? Porque imagino que seja por isto que você está aqui.

Tomei o resto do café em um gole, respirei fundo e contei-lhe toda a história: a viagem às montanhas, seu pedido para sair naquela noite, que ela não voltou a mencionar; o impacto que escutei no jardim naquela noite, percebendo na manhã seguinte que Nisha tinha ido embora, que sua cama estava intacta, que ela havia deixado o passaporte, o medalhão, a mecha de cabelo da filha. E, o mais importante, que ela não havia se despedido de Aliki. Contei a ele que ela tinha sido vista saindo às dez e meia da noite naquele domingo, depois de eu ter ido para a cama, e que tinha tomado a direção do Maria's, que era basicamente um bar tipo bordel.

Ele acenou com a cabeça enquanto eu falava, ocasionalmente anotando dados em seu caderno. Mais uma vez, seu cigarro tinha virado cinza, que caiu em sua calça bege. Ele a espanou, deixando uma mancha de sujeira.

– Onde exatamente fica o Maria's? – perguntou.

Dei a ele o endereço, e ele também o anotou.

Depois, mostrei o bracelete, que o tempo todo tinha ficado apertando na mão.

– Algumas amigas de Nisha encontraram isto junto à Linha Verde – eu disse –, que não fica muito longe do Maria's. Está vendo como o fecho está quebrado?

– Posso? – ele perguntou, e abriu a mão.

Coloquei o bracelete nela. Ele o olhou com atenção, examinando cada detalhe, correndo o dedo sobre o nome de Aliki, na parte de dentro.

– Quem é Aliki?

– Minha filha. Este bracelete foi um presente de aniversário que demos a Nisha, alguns anos atrás.

Ele me devolveu o bracelete e ficou ali, pensativo. Por um tempo, houve um silêncio entre nós. "Livin' La Vida

Loca", de Ricky Martin, vagou até nós juntamente com os sons de talheres, conversa e risadas. Tony deu uma olhada na área de alimentação, através do vidro da cabine do seu escritório, como faria um capitão na ponte de seu navio.

— Poderia haver uma conexão entre essas três mulheres? — perguntei.

Como resposta, ele arrancou uma folha de seu caderno e escreveu os nomes das mulheres, incluindo a data do desaparecimento de cada uma.

— Deduzo que você esteja em contato com algumas das conhecidas de Nisha?

— Estou, é claro — respondi.

Ele me estendeu a folha de papel. — Por favor, volte e pergunte a elas sobre essas duas outras mulheres. Nisha tocou no nome delas? Elas são conhecidas em seu círculo de amigas? Assim que você começar a fazer perguntas, tenho certeza de que surgirão mais questões. Mas nunca se sabe, também poderiam surgir algumas respostas ali.

Fiquei olhando por um tempo os nomes das mulheres: *Rosamie Cotabu – 12 de outubro de 2018*, e *Reyna Gatan – 23 de outubro de 2018*. O que havia acontecido com aquelas mulheres? Como elas haviam desaparecido sem deixar um rastro? E agora Nisha seria acrescentada à lista: *Nisha Fayakody – 31 de outubro de 2018*.

Tony pediu meus dados: nome completo, o nome completo de Nisha, o número do meu celular, meu telefone fixo e meu endereço. Anotou tudo isso em seu caderno.

— Vou voltar à polícia — ele disse. — Vou mandar e-mails para eles, visitá-los, acampar na escada da frente, se for preciso. Se uma mulher cipriota tivesse sumido, eles teriam vasculhado a Terra para encontrá-la. Por que eles não estão se incomodando com essas mulheres? Por serem estrangeiras, não são cipriotas, não são cidadãs. Elas simplesmente não contam.

Conforme fui me afastando do mar, ainda conseguia escutar a música nos meus ouvidos, sentir o cheiro da comida nas minhas roupas. A estrada estava quase vazia no domingo à tarde. Fiquei, ao mesmo tempo, tranquilizada e perturbada pelo meu encontro com Tony. Na maior parte do caminho para casa, os nomes e as datas passavam pela minha mente. Será que alguma vez Nisha havia mencionado aquelas mulheres? Eu realmente achava que não. Talvez seus desaparecimentos consecutivos fossem mera coincidência. Mas algo, algo sombrio, desastroso e sinistro me dizia que este não era o caso.

Cheguei em casa um pouco depois das seis da tarde. A Sra. Hadjikyriacou estava em frente a sua casa, com a saia preta erguida até os joelhos, ensinando um passo de dança a Aliki, chutando com seus novos Converse, o vermelho e o de gatinhos. Aliki estava levando a aula muito a sério. Ruba tinha aberto no jardim da frente uma mesa de madeira dobrável, e trazia vasilhas de uma comida fumegante.

Quando a Sra. Hadjikyriacou me viu, abriu um sorriso. — Passamos um tempo dos mais fantásticos — ela disse. — Mas estou ficando bem cansada. — Soltou a saia até os tornozelos e insistiu para que eu me juntasse a elas para jantar.

Sentamo-nos todas juntas em volta da mesa. Aliki devia estar morta de fome, porque já segurava a faca e o garfo, ansiosa por começar a comer. Olhava a comida na vasilha, um prato nepalês de belos *noodles* com legumes, que imediatamente me lembrou os aromas do Blue Tiger.

Havia uma jarra de limonada luminosa recém-feita, tigelas de iogurte de cabra, cremoso e branco, e pão quente.

— Eu ia perguntar como foi, mas você parece faminta, então vamos comer primeiro.

Ruba acendeu o aquecedor externo e trouxe algumas mantas coloridas de crochê para que eu e Aliki cobríssemos nossos ombros. Eram feitas da lã mais macia, e cheiravam a jasmim.

— Eu as fiz depois da guerra — a Sra. Hadjikyriacou disse —, quando vim morar aqui. Cada uma é uma flor que costumava crescer no jardim lá da minha casa. — E enquanto comíamos, ela enumerou as flores em ordem alfabética.

Aliki gostou daquela brincadeira porque desafiou a Sra. Hadjikyriacou com espécies de flores ainda mais obscuras.

— Que tal Cyclamen cyprium?

— Não, elas só crescem nas montanhas.

— E abelheira de Chipre? Elas são muito bonitas. Nosso professor gosta de flores. Ele ensina pra gente tudo sobre elas.

— Não, normalmente elas crescem em pastagens e bosques abertos de pinheiros.

— E a tulipa de Chipre? Meu professor, o Sr. Thomas, disse que elas são muito difíceis de encontrar e têm a cor escura de sangue, bem vermelho. Você tinha algumas dessas no seu jardim?

— Não, mas tenho certeza de que a minha tia Lúcia tinha algumas no jardim dela. Ela tinha três polegares. Por falar em três polegares... Você já ouviu falar no monstro que vive nas cavernas subaquáticas perto do Cabo Greco?

Aliki sacudiu a cabeça, os olhos redondos.

— Algumas pessoas dizem que ele tem várias cabeças e numerosos membros, mas todo mundo que fala sobre a criatura comenta sua simpatia. Dizem que surge do fundo do mar, atraído por peixes capturados em uma rede. Alguns acham que é uma cobra marinha gigante, ou um grande crocodilo desgarrado, mas eu o vi com meus próprios olhos, e posso te dizer que ele parece um plesiossauro pré-histórico. Foi há muitos anos, quando eu tinha exatamente a sua idade, Aliki, quando fui com meus pais e meus sete irmãos numa viagem de verão para as águas espumantes da costa leste...

Escutei a história e devorei a comida no meu prato. Ruba comeu conosco e prestava atenção para o caso de precisarmos de alguma coisa, ocasionalmente reabastecendo nossos copos com limonada, ou passando o pão e o iogurte. Seus olhos moviam-se pela mesa; de tempos em tempos, ela sorria para mim ou para Aliki, e acenava levemente com a cabeça, mas nunca falava.

Havia uma luz acesa acima da minha casa. Yiannis estava sentado no terraço, olhando a rua. Eu sabia que teria que falar com ele, contar a história do Blue Tiger e compartilhar a informação dada por Tony. Rezei para que ele soubesse de alguma coisa.

O homem com botas militares e casaco anoraque está sentado em uma rocha. Bebe um chá quente de um cantil e olha sem piscar para a água parada do lago. Ao seu lado há uma mala preta, deitada de lado. Depois de alguns minutos, o homem endireita sua postura, foca os olhos, olha ao redor e coloca a mão na mala.

Cinco ou mais besouros caminham sobre a pele da lebre. Alguns se alimentam de ovos de mosca, larvas e bernes, outros devoram sua carne. Eles gostam do escuro, hora em que se sentem mais livres. Com seus corpos chatos, rastejam para dentro da cavidade vazia do seu olho, tateando o caminho com longas antenas. Uma cobra-chicote preta passa deslizando, ergue a cabeça e continua para a beirada da cratera. Escorre como um fluxo de água até o lago, mas não entra.

Esta noite não há brisa, e o céu está cheio de estrelas. Uma meia-lua reluz, jogando sua luz branca como osso sobre as nogueiras-pecãs e as árvores frutíferas, sobre o rio distante com seus enxames de libélulas, sobre os girassóis e o caminho de terra que leva para as casas na aldeia, onde a maioria das pessoas dorme. Uma TV tremeluz em um dos quartos; uma luz noturna reluz em outro. Na casa de hóspedes, uma barata, atraída para o cômodo pelas amêndoas açucaradas, alimenta-se do papel de um velho livro de contos de fadas, que se acha numa prateleira de madeira. A viúva ronca. Deixou a roupa lavada no varal de fora. Um gato, com as listas de um tigre, observa por detrás de um arbusto de alecrim, planejando capturar uma libélula solitária, que se viu longe da água fresca do rio; uma libélula escarlate com asas fantasmagóricas de veios vermelhos.

Quando a brisa sopra novamente, o homem com botas militares, o anoraque e a mala já não está mais ali. ■

18
YIANNIS

Havia panfletos de Nisha por todo o bairro. Em toda esquina, lá estava ela. Até do meu terraço eu podia vê-la, colada no poste de iluminação pública, em frente ao antiquário de Yiakoumi, e na minha caminhada, pendurada no toldo do Theo's, colada nos pilares de madeira e nas paredes do restaurante. Os passantes davam uma olhada neles, mas em geral não prestavam atenção. Apenas as outras empregadas paravam, contemplando o retrato de Nisha com algo em seus olhos, como medo; ou talvez fosse reconhecimento, um olhar temeroso no espelho.

Os pássaros da caçada em Akrotiri tinham enchido as geladeiras do quarto extra. Eu precisava limpá-los, mas não conseguia achar a disciplina para me sentar e me concentrar.

Sentindo-me inquieto, peguei meu casaco e desci. Atravessando a rua, arranquei um dos panfletos de um poste e fui para a delegacia de Lakyavitos.

Esperei 45 minutos até poder ver o chefe de polícia, Vasilis Kyprianou.

– Me parece que você está aqui para informar o desaparecimento de uma pessoa – ele disse, abrindo um caderno e clicando uma caneta prateada.

Assenti e coloquei o panfleto sobre a mesa.

Ele olhou para ele rapidamente e depois para mim. – Entendo. Aceita um café?

– Não, obrigado.

Ele pegou o telefone e pediu café para um e alguns biscoitos. Fui em frente e contei a ele sobre Nisha, e como ela havia desaparecido sem seu passaporte.

– Sei que a patroa dela veio informar o seu desaparecimento, mas não teve sucesso – concluí.

Ele então pousou a caneta e, com um gesto que parecia sugerir que não estava preocupado, fechou o caderno. – E o que você é dela? – perguntou, batendo bruscamente no panfleto com um dedo.

Hesitei.

– Seu amante? – Havia um leve sorriso irônico em seu rosto.

– Bom, eu não colocaria dessa maneira.

Agora, ele sorriu. – Não o culpo, muitas delas são extremamente bonitas. Mas às vezes me pergunto se elas são realmente bonitas como parecem, ou se é por serem diferentes, exóticas, está me entendendo?

Não respondi. Podia sentir meu pescoço e meu rosto se esquentando.

– Então, como você colocaria?

– Eu me preocupo muito com a Nisha. Ela vem trabalhando muito durante nove anos, para mandar dinheiro para sua família...

Ele abriu um grande sorriso e começou a abanar a mão, como se não pudesse se dar ao trabalho de escutar o resto. – Essas pessoas não se importam com suas famílias, não têm raízes verdadeiras, dispensariam suas famílias num piscar de olhos! É por isso que conseguem vir para cá, ou viajar ainda para mais longe, para países da Europa, para os Emirados Árabes e sabe Deus onde mais. Você não veria uma senhora cipriota tomando tal decisão, veria? Deixando os filhos para trás? Isso seria impensável, independentemente das circunstâncias. Mas também, a vida delas é uma merda lá onde nasceram. São camponesas. Não têm perspectivas. Elas vêm pra cá e nós lhes damos mais do que um dia poderiam imaginar: boas acomodações, boa comida, salários mais altos. Mas não têm gratidão; algumas roubam, outras vendem o corpo, outras vão embora. Era de se pensar que prefeririam estar aqui. Não caia no erro de pensar que elas são como nós. São feitas de um material diferente, guarde as minhas palavras.

– O que quer que o senhor diga, ela sumiu, e eu gostaria que o senhor abrisse uma investigação.

– Veja, não estou aqui para sair à procura dessas mulheres. Elas vêm aqui. Não encontram o que estão buscando. Fogem para evitar as dívidas que têm com seus agentes. Você não acha que poderíamos fazer melhor uso do dinheiro dos contribuintes do que abrir uma investigação que, inevitavelmente, será uma completa perda de tempo e de recursos?

O sujeito era um imbecil. Sua cabeça era uma parede impenetrável. Foquei nas veias azuis que desciam das suas entradas, na ponte acentuada do seu nariz, nos seus dentes amarelos. Apertei o punho debaixo da mesa para segurar a raiva.

Uma mulher chegou trazendo café e um prato de biscoitos, que colocou à frente dele. Ele deu um gole e suspirou de satisfação. Levantei-me, inclinando-me para pegar o panfleto da mesa, mas decidi deixá-lo ali. Que ele o jogasse fora.

Em casa, limpei os pássaros, mecânica e sistematicamente. Precisava fazer o trabalho. Depenei as toutinegras, os tordos e as felosas. Essas aves seriam postas em conserva, grelhadas, fritas, comidas em total segredo. A pequena toutinegra ficou a meu lado, chilreando de tempos em tempos, esforçando-se para esvoaçar até a mesa para comer algumas frutinhas silvestres. Conseguiu. Depois, flutuou desajeitada de volta para o chão, para tomar um banho na vasilha que eu preparara para isso. Ela estava ficando mais forte, a asa claramente em recuperação, mas precisava de mais tempo. Eu havia colocado sua comida na mesa de propósito, e o banho do passarinho no chão, para que ele exercitasse suas asas, testasse sua força.

Quando comecei a caça clandestina, li algumas coisas sobre inteligência aviária, esperando confirmar a teoria do cérebro das aves, de modo a me sentir melhor com o que estava fazendo. Em vez disso, aprendi que certas espécies de aves eram tão espertas que eram consideradas "símios emplumados". Durante décadas, os cientistas acreditaram que os pássaros não eram capazes de um pensamento mais evoluído por não terem córtex cerebral; no entanto, agora eles sabiam que uma parte diferente do cérebro, o *pallium*, evoluíra para preencher seu espaço.

No fundo, essa revelação não me surpreendeu. Desde que eu era criança, e tinha segurado aquele pássaro dourado morto, sabia que eles tinham uma vida interior. Ao longo da minha infância, soube que os pássaros resolvem problemas com uma percepção que vai além do instinto, suas mentes são flexíveis e argutas. Até tive um amigo corvo, a que chamei de

Batman, que eu via fazer ferramentas com gravetos e madeira. Às vezes, oferecia um arame a Batman, e criava uma espécie de problema, uma espécie de quebra-cabeça, e ficava sentado debaixo de uma árvore, vendo-o descobrir uma solução.

Seraphim matou Batman durante uma de suas visitas. Matou a ave com uma espingarda de chumbinho. Seu pai havia lhe dado a arma para praticar pontaria, de modo que ele pudesse sair caçando com os homens. Ele usava figos como alvos. Era muito bom. Lembro-me dele apertando o olho esquerdo, segurando a arma firme em seu ombro direito. Apontar. Fogo. Apontar. Fogo. Foi se tornando mais competente a cada segundo. Então, numa tarde, enquanto estávamos almoçando, Batman desceu voando do céu, por entre os pinheiros. Rapidamente, Seraphim pôs a arma no ombro, mirou e atirou. O pássaro não morreu na mesma hora, e Seraphim segurou-o pelas pernas, de cabeça para baixo, o corvo se contorcendo em sua mão, e levou seu troféu montanha abaixo, para mostrar ao pai.

Enquanto eu seguia com o meu trabalho no saco de lixo, uma indistinguível massa de corpos, penas e bicos emaranhados, meus olhos deram com uma corujinha. Peguei-a. Era menor do que a palma da minha mão, mas seu corpo tinha peso, suas penas eram incrivelmente macias e belas. Perguntei-me se ela teria voado para dentro da rede, seguindo sua mãe em uma caçada noturna. Seus imensos olhos pretos e opacos em sua cara branca, em formato de coração, olhavam para mim sem ver.

Pensei na história de Nisha sobre a coruja, sobre a perda de Kiyoma, e quase a deixei cair no chão. Como não havia notado aquele pássaro em Akrotiri, quando estávamos separando as aves? Será que Seraphim a vira, e a deixara ir para o saco de propósito? Posso imaginar que ele teria mordido seu pescoço indiscriminadamente. Para ele, um pássaro era um pássaro era um pássaro. No meu caso, eu trabalhava como uma máquina. Uma caçada era um trabalho era dinheiro.

Sem saber o que fazer, cobri a corujinha gentilmente com a minha outra mão, fazendo um casulo. Pensei na primeira história de Nisha sobre perda, e como ela havia sentido e escutado, pela primeira vez, a imobilidade e o silêncio da morte. Refleti sobre os outros pássaros, aqueles que eu havia pego na armadilha, matado e depenado. Aqueles que agora estavam de molho na bacia e na banheira, e todas as outras espécies que eu havia descartado em um saco de lixo por serem invendáveis. Era ali que a corujinha acabaria. Não consegui chegar ao ponto de jogá-la ali. Então me sentei. Fiquei ali sentado no banquinho, com a corujinha aninhada entre as palmas das minhas mãos, e não me mexi pelo que deve ter sido mais de uma hora.

Pelas portas abertas do outro quarto, veio uma música. Era novamente a mulher, no Theo's. Sua voz era ouro puro. Depois de um tempo, ouvi Aliki rindo na entrada; devia estar chegando da escola. Ouvi a voz da Sra. Hadjikyriacou. Pareceu que elas estavam jogando um jogo.

Pensei em como tudo costumava parecer tão simples. Em como eu costumava me sentar no terraço, depois que esses sons da vizinhança haviam cessado, quando a maioria tinha ido para a cama, e esperava Nisha. Naquelas noites depois do aborto, ela vinha até mim com os olhos cheios de dor. Mas vinha mesmo assim. Porque é isso que fazemos. Quando existe amor, existe um lugar seguro para a tristeza.

Nisha contou-me outra história de perda na segunda noite depois do aborto. Ela se deitou na cama e colocou as mãos sobre o ventre, à maneira de um defunto, como tinha feito antes. Respirou fundo e seu peito estremeceu. Queria chorar, tive certeza, mas se reprimiu.

– Qual é sua cor preferida? – perguntou.

– Não sei. Nunca pensei nisso.

– Mas se você tivesse escolha, a última cor que você visse antes de morrer, qual seria?

– Continuo sem ter certeza. É difícil escolher.

– Você precisa escolher uma!

– Vai ver que esse é um jogo de que a Aliki gostaria.

– É, ela adora esses jogos, mas escolha.

Ela inclinou a cabeça em minha direção, olhando para mim com os olhos imensos, como se tivesse feito a pergunta mais importante do mundo.

– Âmbar – eu disse.

Ela fez um aceno de cabeça para si mesma.

– Não sei que cor Mahesh teria escolhido – ela disse. Prendi a respiração perante a menção a seu marido. Raramente ela o mencionava. – Nunca cheguei a lhe fazer esta pergunta.

Em seguida, numa voz suave e distante, me contou a segunda história de perda.

Os pais de Nisha tinham trabalhado nos arrozais. Arrendaram um terreno de um rico fazendeiro, araram a terra, cultivaram arroz, que vendiam no mercado. Viviam em uma casa simples, não era bem uma casa de barro, mas com paredes improvisadas de folhas de amianto. No pomar de trás havia um poço, que trazia água fresca e fria dos veios escuros da terra, até no calor do verão. Eles tinham uma jaqueira, bem como papaias, mangas e maracujás. Treliças de jasmins separavam seu pomar do pomar do vizinho. O pai de Nisha cultivava inhame e noz-moscada na horta. Era um homem alto, de pele mais clara. Era sabido que seus ancestrais haviam se juntado à Companhia das Índias Orientais Holandesa, fugindo do catolicismo no século XVII, motivo pelo qual a família dela levava o sobrenome Van de Berg, que significava *das montanhas*. O colorido da sua mãe era intenso e escuro, como Nisha e Kiyoma, mas Nisha tinha os olhos âmbar do pai. Na escola, as crianças chamavam-na "olhos de manga".

A casa deles ficava no final de uma longa estrada que dividia os arrozais do mar, dando para uma plantação de coqueiros, de um lado, e para o Oceano Índico do outro. Da janela de seu quarto, Nisha via os pescadores saírem com seus barcos, à noite. Acordava cedo para vê-los jogar as redes na água, pouco antes do amanhecer, e depois puxá-la por volta das nove horas, antes que ficasse quente demais. Aos sábados, ela ia com o pai comprar peixe fresco. Gostava das escamas prateadas, mas não gostava do mar. Não era um mar amigável, era rude e impiedoso, e a maioria das pessoas no Sri Lanka nunca aprendera a nadar por causa disso.

O cultivo do arroz era uma tarefa familiar. Marido e mulher trabalhavam juntos, esperando que os filhos seguissem seus passos. No entanto, quando Nisha chegou à adolescência, um número crescente de pessoas estava deixando as fazendas para trabalhar em fábricas: vestuário, cerâmica, pedras preciosas e joalheria. Com a morte de Kiyoma, o pai de Nisha incentivou-a a encontrar trabalho onde ela pudesse ser independente e não dever aluguel para os ricos proprietários de terras. O país estava mudando. Desde a década de 1960, o governo do Sri Lanka impusera muito controle sobre o comércio, com tarifas pesadas para importação, chegando a banir algumas delas completamente. Mas em 1977 um novo governo subiu ao poder, introduzindo uma expansão comercial sob novas políticas. O pai de Nisha sentava-se com ela no jardim e explicava tudo isto; trazia livros e artigos para ela ler, queria que a filha entendesse a vida, a economia e o povo, e o quanto tudo isso era interligado, de modo a ela poder tomar decisões produtivas e lógicas.

Em 1995, quando tinha 16 anos, Nisha deixou Galle pelos campos de pedras preciosas aluviais, em Elahera. Ao longo das margens do Rio Kalu Ganga, a terra era exuberante e verde, mas a folhagem havia sido arrancada, expondo a terra lamacenta e vermelha. Homens desciam em poços de minas, em Rathnapura, içando para a superfície cascalhos dentro de cestos.

Em um grande reservatório ao lado da mina, trabalhadores lavavam o cascalho em cestos de vime, movimentando-o na água, alguns punhados de cada vez. Esse era o trabalho de Nisha, e era um trabalho pesado. Ela passava a maior parte do dia ao sol, debruçada sobre o reservatório, ou vadeando pela água turva, até ver um cristal faiscar na luz em meio à terra: safiras azuis, amarelas e rosa; rubis, topázios, crisoberilos. Nisha adorava encontrar as safiras azuis, eram as suas preferidas. Lembravam-lhe a cor do mar no começo da manhã, visto da janela do seu quarto, com o peixe prateado contorcendo-se nas redes.

Mahesh trabalhava nas minas. Notou Nisha imediatamente. Achou que seus olhos eram como safiras amarelas. Foi isto que ele disse durante uma pausa para o almoço, quando se sentaram debaixo de um dossel de árvores, tomando chá quente, olhando para a terra árida em que ficavam os poços da mina, onde os trabalhadores vasculhavam o cascalho, afundados até o peito em água marrom. Ela riu dele e disse que seu comentário era piegas, mas isto o fez gostar ainda mais dela.

Os dois passaram a ser companheiros frequentes no almoço, e Mahesh contou-lhe sobre a ida para o fundo do poço, ao longo dos túneis escuros da terra, o calor insuportável, a umidade e o medo que ele tinha de ser enterrado vivo. Era um homem pequeno e cordial, com um sorriso maior do que o rosto. Suava nas minas e quase hiperventilava, mas cerrava os dentes e seguia em frente. Nisha admirava sua força, seu caráter, sua determinação. Contou-lhe isto e ele disse que se lembraria das suas palavras, que elas lhe dariam coragem. Dali em diante, toda manhã, quando ela o via descendo para o fundo das minas, rezava por ele.

Ele descia cerca de quinze metros abaixo de Rathnapura, procurando topázios e safiras. Enfiava um bastão de metal dentro das paredes porosas da mina e escutava o som que ele fazia, tentando sentir as vibrações da terra ao longo do bastão. Normalmente, conseguia dizer quando atingia cascalho aluvial ou safira, mas às vezes inspecionava o bastão depois de puxá-lo para fora, uma vez que um material gemológico mais duro arranharia o metal. Era bom em seu ofício, rápido e ágil; içava mais sacos cheios de bom cascalho repleto de gemas do que qualquer outro trabalhador ali.

Casaram-se em Galle alguns anos depois e compraram uma casa em Rathnapura, maior do que aquela em que Nisha havia morado com seus pais.

Ela o amava de todo o coração. Ele era bom, nunca erguia a voz como o vizinho, que gritava com a esposa dia e noite. Limpava seus próprios sapatos e sempre punha a roupa suja no cesto para lavar. Tinha uma risada aguda que fazia Nisha rir. Por mais que estivesse cansado, circunspecto ou saturado, ela sempre via a criança em seus olhos. Era disto que gostava nele. É possível amar alguém sem, de fato, gostar da pessoa, mas ela gostava muito de Mahesh.

Toda noite as mãos dele estavam doloridas e inchadas. Após o jantar, Nisha esfregava-as com creme.

– Não precisa fazer isto de novo – ele dizia com seu sorriso largo. – Você também está cansada. Que tal eu esfregar os seus pés?

Mas Nisha não permitia. – O quê, com estas crostas? – Apontava para as mãos dele e fazia uma careta. – Além disto, posso esfregar meus próprios pés. Agora se deite e pense no céu aberto. – Ele gostava do céu aberto. Era o oposto das minas.

Mahesh não gostava de café, bebia chá doce. Todo domingo, eles iam até o mercado comer *kottu* com molho de curry picante, um pão chato frito e crocante, feito com *godamba roti*. Em algumas noites, ele fazia um delicioso curry de jaca verde, com folhas de pandan e leite de coco. Ele mesmo subia no coqueiro para colher cocos frescos. Ficava sexy quando cortava legumes porque sua franja espessa caía sobre os olhos. Nisha chamava-o de cachorro peludo. Ele ria e lambia o rosto dela do queixo até a testa.

Quando ela descobriu que estava grávida, Mahesh correu pela vizinha gritando: "Vou ser pai!". Depois, voltou para casa suando e sorrindo de orelha a orelha, andando pela cozinha, fazendo planos.

Um dia, meses depois, quando acabara de dar à luz Kumari, Nisha estava na cozinha amamentando o bebê. Escutando um barulho, ergueu os olhos e viu alguém pela janela, correndo e tropeçando enquanto corria. Era uma de suas vizinhas, uma mulher chamada Shehara, correndo pelos campos, gritando alguma coisa que, no início, Nisha não conseguiu entender. Depois, a voz dela entrou pelas portas abertas. "Ela desmoronou! Ela desmoronou! Ela desmoronou!"

Gritou isto sem parar, até as palavras perderem todo o significado. Ela desmoronou. Ela desmoronou. *Ela desmoronou Ela desmoronou ela desmoronou ela desmoronou ela.*

Imediatamente, Nisha entendeu o que havia acontecido. Exatamente o que seu marido sempre temera. Era por isso que Nisha rezara toda noite desde aquele primeiro dia, quando eles conversaram à sombra das árvores. Mahesh estava preso ali embaixo, no poço profundo e úmido, sem saída. Ela o conhecia tão bem que quase podia escutar as batidas do seu coração, sentir o sangue bombeando em suas veias. Podia ouvir a água pingando, ver as paredes gotejando, os cristais brilhando à luz de sua lanterna de cabeça. Podia sentir o cheiro da terra. A terra que produzia gemas tão lindas, a terra que continha tantas cores brilhantes, agora o tinha engolido.

Nisha parou sua história nesse ponto. Não podia continuar. Sentou-se e começou a tossir, como se fosse ela que estivesse presa na mina, lutando para respirar.

Levantei-me e lhe trouxe um copo de água gelada. Ela tomou alguns goles e devolveu-o para mim.

– Não posso contar mais – disse, por fim. – Minhas lágrimas estão indo para a minha garganta e me sufocando.

Naquela noite estava muito quente. Estávamos na cama com o ventilador soprando sobre nós, e as portas do pátio escancaradas. Mais uma vez, Nisha deitou-se de costas, colocando as mãos no ventre. Todos os futuros perdidos passaram por Nisha e entraram em mim. Senti pena pela criança perdida. Tive uma sensação de chorar internamente. Reconheci isso de quando era menino, quando meu pai voltara com sangue nos olhos, preso nas visões e sons da guerra, nunca voltando a me ver. Ele me fez uma escrivaninha com carvalho fresco da floresta. Colocou a escrivaninha longe da janela, para que eu não pudesse olhar para fora. Ficou obcecado com a minha educação. Eu já não podia vagar por ali, olhar os pássaros e a vida selvagem. Não podia mais ir com eles ao mercado. Ele queria que eu estudasse. Vinha conferir como eu estava. Se me via parado junto à janela, fechava as persianas.

O pensamento era o seguinte: que a perda não pode ser revertida, que eu não poderia trazer de volta a mente perdida do meu pai, nem a criança que – essa falta de controle, essa impotência – fez minha mão tremer sobre a de Nisha.

– Eu queria que ele pudesse estar seguro dentro de mim – ela disse.

– Você sabe que não foi culpa sua – eu disse.

– Eu sei *sim*.

Ela olhou para o céu noturno, pela janela. A lua não estava visível, apenas as estrelas. Coloquei minha mão sobre as dela, e ficamos assim por um longo tempo.

Pensei no homem agonizante na escuridão da mina cheia de gemas. Quanto tempo teria demorado para ele morrer? Teria tido tempo para se sentar no escuro e pensar em sua vida, sua esposa, sua filhinha bebê lá em cima, sobre todas as coisas que amava e as que detestava, sobre seus sucessos e arrependimentos? O que teria sentido, defrontando-se com a inevitabilidade da morte antes de ela chegar? Que tipo de fome sentiu? Que sede? Que dores assolaram seu corpo? Que lembranças afligiram sua mente? Ou estaria em tal pânico que a morte veio mais rápido?

– Mas eu não soube qual era sua cor preferida – escutei-a dizer.

Ainda com a corujinha aninhada em minhas mãos, fui até o terraço e vi Petra e Aliki jantando com Ruba e a Sra. Hadjikyriacou no seu quintal da frente. Aquela era uma boa hora para eu ir ao jardim.

Peguei uma pá e enterrei a corujinha no solo macio, debaixo da laranjeira. Enterrei-a fundo, para que os gatos e os animais selvagens não pudessem chegar até ela. Depois, me sentei no terraço segurando o passarinho, que havia se aninhado mais em suas penas, e escutei as risadas e a conversa interminável lá embaixo.

Exatamente às cinco da manhã, o iPad voltou a tocar. Atendi. Kumari olhou para mim, confusa. Estava mais uma vez de uniforme, com a mochila roxa nos ombros. Dessa vez, seu cabelo estava solto, liso como agulhas.

– Olá, Sr. Yiannis – ela disse.

– Olá, Kumari.

– Posso falar com *Amma*?

Fiz uma pausa de apenas um segundo; não queria que ela percebesse minha ansiedade.

– Sinto muito, Kumari, sua mãe está trabalhando de novo.

Ela pensou por um instante, claramente cética. Seus olhos estavam redondos e severos. – Mas aí é muito cedo. Por que ela está trabalhando agora?

— Teve serviços extras para fazer.

— Com as galinhas?

— Há, é, com as galinhas.

Ela acenou com a cabeça, pensativa.

— Ela me pediu que dissesse que te ama muito, mais do que qualquer coisa no mundo todo, e para você ser muito boa na escola.

— Tudo bem, Sr. Yiannis. O senhor também seja bom no trabalho.

Mais uma vez ela sorriu e se foi.

19
PETRA

No dia seguinte, enquanto dirigia do trabalho para casa, decidi falar novamente com Yiannis. Quando estacionei, notei que o panfleto de Nisha logo em frente à casa já não estava no poste em que eu o pusera. Mas seu rosto sorridente ainda olhava para mim mais adiante, ao longo da rua.

Atravessando o jardim e subindo a escada, bati à porta de Yiannis. Era a primeira vez que eu estava no apartamento, desde que o alugara para ele. Mantinha-o arrumado e limpo, e tão pouco mobiliado que parecia que só ficaria por uns dois dias. As portas do pátio na sala de visitas eram mantidas escancaradas, de modo que a luz e o vento de inverno entravam. Ao me ver tremer, ele fechou as portas e me ofereceu uma bebida quente, que aceitei.

Na cozinha, fez café no fogão, em um bule de aço inoxidável. Sobre o peitoril da janela havia duas plantas: um pequeno cacto e uma flor de jasmim, cujo perfume de verão lembrou-me o velho no ônibus para Troodos.

– *Eu vejo algo que começa com N.*

– *Huum, esta é difícil.*

Quase podia ouvi-las agora. A risada de Aliki, a concentração fingida de Nisha, enquanto procurava algo através da janela.

— Fui à polícia — Yiannis disse.

— Ah?

— Não dava pra ficar sentado sem fazer nada.

— O que eles disseram?

— Basicamente nada.

Ele viu o café coar em uma chama baixa, prestando atenção para que não fervesse e estragasse o *kaimaki*, a película marmórea de espuma batida em sua superfície.

— Olhe, eu sei do seu caso com Nisha — eu disse.

— Caso? Por quê, quem eu estou traindo?

— Como você chamaria isso, então?

— Eu a amo. Temos um relacionamento.

Disse isso naturalmente, enquanto servia café em xícaras e colocava-as em uma pesada mesa de carvalho, que mais parecia uma escrivaninha do que algo que se pudesse encontrar em uma cozinha. Uma cadeira era feita da mesma madeira, pela mesma mão, e do lado oposto havia uma cadeira de plástico preta, que nada tinha a ver com a mesa. Sentei-me naquela.

Yiannis deu um gole no café, olhando para mim momentaneamente, por cima da beirada da xícara.

A essa altura, escutei um trinado e vi um passarinho debaixo da mesa, próximo aos pés dele, uma dessas aves canoras que chegam do ocidente, no inverno. Eu costumava escutá-las sobre o mar, quando saía com meu pai em seu barco de pesca.

Yiannis esticou o braço para que o passarinho pudesse pular em sua mão. Trouxe-o até a mesa, e ele se acomodou ao lado da xícara de café.

– Essa é uma escolha estranha para um bicho de estimação – eu disse.

– Não é um bicho de estimação. Ele estava com a asa machucada. Estou cuidando dele até que esteja pronto para voar. – Ele ficou em silêncio por um momento, olhando para o passarinho. Então disse: – Você tem alguma notícia de Nisha? É por isso que está aqui?

Tirei do bolso a anotação que Tony me dera, e o bracelete de Nisha, e coloquei-os sobre a mesa.

– O que são estas coisas? – ele disse, ficando completamente imóvel.

– Outras duas mulheres sumiram – eu disse, tentando manter a voz equilibrada. – Esses são os nomes dela e as datas em que desapareceram.

Yiannis me encarou, sem olhar para o papel.

– E este é o bracelete de Nisha, como tenho certeza que você reconhece. Foi um presente da Aliki, e Nisha nunca o tirava. Outra empregada encontrou-o na rua perto do Maria's.

Pude ver o medo em seus olhos. Seu silêncio severo lembrou-me as esculturas em madeira de Muyia, congeladas no tempo.

Contei a Yiannis sobre minha ida ao Blue Tiger, que tinha conhecido Tony, e o que ele me contara sobre as outras duas empregadas. Enquanto eu falava, ele ficou com as mãos sobre a mesa, um vinco profundo entre as sobrancelhas. Só quando acabei de falar é que ele se mexeu, levando a mão ao rosto, pressionando as têmporas com os dedos, franzindo o rosto da maneira que tinha feito quando bebeu *zivania* em casa.

Esperei que fosse falar, mas ele não disse absolutamente nada. Ficamos ali em silêncio por um longo tempo, Yiannis com os dedos pressionados nas têmporas, eu com as mãos no colo. A janela da cozinha tinha uma fresta aberta, e por ali entrava uma brisa fresca, passando pelas flores de jasmim, agitando seu perfume.

— *Aliki, está muito difícil.*

— *Continue!*

— *Nylon? E antes que você pergunte, a mulher com o notebook, à sua direita, está usando meia-calça de nylon.*

— *Esta foi muito boa, mas não.*

— *Necessaire.*

— *Não.*

— *Nariz!*

— *Não.*

— *Nadador?*

— *Nisha, onde é que você está vendo um nadador?*

— *A gente passou por um rio e tinha um homem nadando.*

— *Você vê tudo.*

— *Você devia ser mais observadora.*

— *Tudo bem, você desiste?*

— *Deixe eu tentar uma última vez... Narina!*

— *A resposta é Nisha* — Aliki disse.

— *Eu?* — *Isto é trapaça! Eu não posso me ver!*

— *Por quê? Eu te vejo!*

— *Eu nunca iria adivinhar. Poderia passar a semana toda, e nunca adivinharia essa.*

— *Não é engraçado você ter visto tudo, menos você mesma?* Tem alguma coisa muito errada — Yiannis acabou dizendo.

— Eu sei.

— Tem alguma coisa muito errada — ele repetiu, dessa vez mais consigo mesmo, enquanto arranhava com a unha um nó na madeira da mesa. Seu pé sacudia-se intermitentemente debaixo da mesa, o que fez a mesa tremer e as xícaras de café chacoalhar nos pires. Ele parecia estar pensando, pensando, pensando. Imaginei sua mente girando, e tentei manter a minha quieta.

— No começo, pensei que eu poderia tê-la afugentado — ele disse.

— Por quê?

— Na noite antes de ela sumir, eu a pedi em casamento.

— Você queria se casar com ela?

A mesa parou de tremer. Ele expirou longamente e tornou a levar a mão ao rosto, dessa vez esfregando o polegar e o indicador entre si, ao longo dos olhos, como se estivesse recolhendo lágrimas antes que caíssem.

— Achei um anel na penteadeira dela. Então vinha de você.

Ele concordou com a cabeça e me deu uma olhada, como se agora estivesse preocupado com a minha reação.

Imaginei que conversas os dois poderiam ter tido, as discussões sobre Nisha perder o emprego, exatamente como as outras empregadas envolvidas em relacionamentos. A função delas era trabalhar, e mesmo em seus horários de descanso, eram propriedade nossa. Esta era a verdade não dita.

Será que o pedido dele a afugentara? Seria esta uma possibilidade? Teria sido mais simples e muito menos assustador agarrar-se a essa ideia, mas a folha de papel a nossa frente balançou levemente com a brisa, como se estivesse tentando voar.

— Por favor, dê uma olhada nestes nomes — eu disse. — Você os reconhece?

Ele pegou o papel e leu. — Não. Ela nunca as mencionou para mim.

— Tem certeza?

– Eu teria me lembrado.

– A Sra. Hadjikyriacou me contou que viu Nisha na noite em que ela sumiu, às dez e meia, dirigindo-se para o norte, no sentido da zona neutra.

– Essa é a rua que leva ao Maria's – ele disse, acenando com a cabeça.

– É.

Ele pensou por um tempo. – Spyros, o carteiro, contou-me que a viu apressada pela rua. Aparentemente, ela contou a ele que estava indo ao Maria's encontrar Seraphim.

Franzi o cenho. – Seraphim, o seu colega?

– É.

– Dei com ele no Maria's sexta-feira à noite. Entrei lá para deixar um panfleto e conversar com o gerente. Qual é a ligação de Seraphim com Nisha?

– Até onde sei, nenhuma. Ela o encontrou com a esposa algumas vezes, só isso.

– Você falou com ele?

– Ele negou tê-la visto, ou ter combinado de encontrá-la.

– Você acredita nele?

Ele não respondeu.

– Alguma coisa não está certa – eu disse.

Yiannis entrou na sala de visitas e voltou com um punhado de frutinhas vermelhas, que colocou sobre a mesa. O passarinho comeu-as uma a uma. Observei Yiannis, enquanto ele observava o passarinho comendo. Havia uma ternura naquele homem; ele parecia ter uma alma gentil e atormentada.

– E quanto a Kumari? – perguntei. – Ela não vai tentar entrar em contato com a mãe? Agora, a menina deve estar muito preocupada, se não teve notícias da mãe.

– Nisha costumava falar com Kumari na minha casa.

Assenti em silêncio, sem saber o que dizer, sentindo-me envergonhada por não saber disso.

– Falei com Kumari – ele continuou. – Estou tentando não deixá-la muito preocupada até sabermos mais.

Assenti novamente, preocupada.

– Deixe isto comigo – ele disse. – Kumari me conhece. Eu lido com isso.

– Obrigada – eu disse.

– Pelo menos, podemos concordar que ela estava indo em direção ao Maria's.

– É. Pelo menos, é alguma coisa. – Mas parecia nada. – Não podemos checar sua conta bancária, para ver se foi sacado dinheiro? – perguntei.

– Não é possível checar a conta sem a polícia.

Ele me ofereceu mais um café, mas recusei. Tinha deixado Aliki sozinha, precisava fazer o jantar, logo ficaria escuro.

– Escute – eu disse, indo para a porta da cozinha –, esse homem, Tony, vai me telefonar para combinar um encontro com os patrões e a irmã das outras mulheres que sumiram. Você iria comigo?

– Claro – ele disse, imediatamente. – Obrigado, Petra.

– Obrigada, também – eu disse.

Ao descer a escada, meus pés estavam pesados e senti lágrimas começarem a subir à minha garganta. Ainda não estava preparada para encarar Aliki, não queria que ela soubesse que eu andara chorando, então fui até o barco abandonado e entrei. Agarrando o suéter junto ao corpo, sentei-me na prancha de madeira e pensei no dia em que Nisha tinha chegado do Sri Lanka.

Era primavera, uma semana depois da morte de Stephanos. Eu estava com 32 semanas de gravidez. Tinha rezado para que ele vivesse para conhecer o nosso bebê. Antes da doença, eu imaginara nosso futuro como um conto de fadas: teríamos um lindo jardim cheio de frutas e flores; Stephanos construiria uma pequena churrasqueira de tijolos, na extremidade direita, ao lado do cacto; teríamos dois filhos. Tínhamos feito esses planos antes mesmo de eu ficar grávida. Se alguém me dissesse que, logo, minha única esperança seria a de que meu marido vivesse o suficiente para ver sua única filha pelo menos uma vez, eu não acreditaria. Não sabíamos o quanto as coisas ficariam ruins; nenhum de nós dois tinha qualquer experiência com câncer. Deduzimos que as coisas seriam difíceis por um tempo, e depois voltariam ao normal. Tratamento. Remissão. Como tantos outros.

Então, um dia, tive que carregar meu marido até o carro. Com a ajuda de um vizinho, o colocamos no banco e fomos em silêncio até o hospital. Os olhos do meu marido estavam amarelos, e as mãos, pretas, e nós o levamos, grávido de doze meses de bílis, através da porta rumo à terra de ninguém.

Naquela véspera de Natal, quando ele não conseguiu erguer os braços, ou as pálpebras, ou os lábios para sorrir, eu o beijei. Alimentei-o, escovei seu cabelo e enchi de creme os vincos ao redor dos seus olhos. Depois, dobrei o lençol branco sob seu queixo e enfiei-o ao redor dos seus ossos, e esperei que dissesse. – Estou aqui.

Ele ficou deitado em suas fezes, com um cateter e um amuleto da igreja, e tomou sopa com canudo. Não tinha voz, nem esperança, e não restavam mais dias.

Depois que ele se foi, compareceu um borrão de pessoas. Minha mãe ainda estava viva, e ela e meu pai apareciam juntos, a qualquer hora do dia, com sacolas de compras e assados ou *moussaka* quente, que eles sabiam que era meu prato preferido. Esforçaram-se muito para eu não me afundar. Mais tarde, depois do fatal acidente vascular cerebral da minha mãe, meu pai comprou um barco e se mudou para a Grécia, encontrando consolo no mar, a que ele sempre pertenceu.

Amigos e vizinhos visitaram. Tocavam a campainha, entravam e saíam como fantasmas. Tive comida quente e xícaras quentes de chá. Tentaram manter a casa limpa. Certificaram-se de que eu comia, tomava banho e dormia. Trouxeram presentes para o bebê, presentes amarelos, amarelo banana, amarelo sol. Amarelo da vida antes da morte. Stephanos e eu tínhamos escolhido o quarto de frente para a laranjeira para ser o quarto do bebê, então foi ali que guardei os presentes em uma pilha, como um castelo, em cima do trocador.

Vaguei por aquilo tudo, mas não estava lá. Minha mente estava presa na vida que havíamos planejado; ela não podia conceber essa nova realidade. Toda evidência era que Stephanos ainda estava ali. Suas roupas e a farda militar estavam no armário. Sua loção pós-barba e as abotoaduras, sobre a cômoda. Seu barbeador, ao lado da pia, no banheiro. O tubo da sua espuma de barbear ainda tinha espuma na ponta. Seu cabelo ainda estava no pente, os sapatos, no armário. Nossa cama ainda continha seu cheiro.

Nisha chegou logo depois. Foi deixada pela representante do agente. Tinha uma malinha e olhos acobreados. Usava um vestido preto, um tecido fino demais para o clima frio. Ficou junto à porta, atrás da mulher da agência, olhando em volta, depois seus olhos pousaram em mim. A mulher – Koula ou Voula – usava um tailleur cinza, tinha um cabelo loiro em fio reto e falava, mas eu não estava de fato escutando. Lembro-me de assinar o contrato na mesa de jantar, enquanto Nisha ficou observando junto à porta.

– Você pegou uma boa – a mulher disse. – Ela fala inglês. A minha é do Nepal e não sabe uma palavra. É um pesadelo, te digo.

Felizmente, este foi o fim da conversa.

Quando a mulher foi embora, mostrei o quarto para a minha moça. Ela colocou a mala ao lado da cama e me perguntou se podia abrir as persianas. Pela primeira vez em muito tempo, o sol entrou.

A poeira flutuou na luz. Há séculos eu não entrava naquele quarto. Minha moça caminhou pelo cômodo, tocando com a ponta dos dedos as cobertas da cama, a penteadeira e a poltrona.

– Madame – ela disse –, muito obrigada por este lindo quarto. A senhora é muito gentil. Algumas amigas minhas disseram que eu poderia ter um quarto escuro e dormir no chão.

– Não acho que seja verdade – eu disse. – Aqui, nós cuidamos das nossas empregadas.

Ela concordou com a cabeça.

– Quando o bebê chega? – perguntou.

– Daqui a poucas semanas.

– Tenho uma filhinha no Sri Lanka. Ela se chama Kumari. Tem 2 anos.

Eu não soube o que dizer. Não tinha energia, nem vontade de escutar sobre a vida dela, nem sobre a vida de ninguém, por sinal. Não havia perguntas dentro de mim.

Seus olhos passaram pela minha barriga, depois ela voltou a olhar o quarto.

– Você pode descansar depois da sua longa viagem – eu disse. – Acomode-se, desfaça a mala, tenha um bom sono e comece a trabalhar amanhã.

– Obrigada, madame.

– Aí, você vai trabalhar das seis da manhã às sete da noite, de segunda a sábado, com um intervalo de duas horas à tarde. Os domingos são de folga. Quando você não estiver trabalhando à noite, espero que descanse em seu quarto para estar pronta para o trabalho no dia seguinte.

Ela acenou com a cabeça e não disse nada.

– Seus olhos são muito raros – eu disse.

– Obrigada, madame. Na escola, minhas amigas me chamavam de "olhos de manga". – Então ela sorriu e seu rosto ficou radiante. Saí do quarto e fechei a porta.

Dali em diante, aos poucos, Nisha trouxe a casa de volta à vida. Toda manhã, fazia ovos frescos com torrada e chá para mim. Limpava até os chãos de mármore brilharem, a cozinha estar impecável. Sobre a lareira, a foto de Stephanos ficou polida em sua moldura de prata.

Na maior parte do tempo, eu não interferia. O bebê chegaria logo, e eu estava trabalhando o máximo que podia, fazendo horas extras na loja. Voltava para casa à noite, exausta, e caía na cama, mal comendo os jantares preparados por Nisha.

Mas uma noite, olhei para Nisha e sorri para ela. – Obrigada – eu disse. – Você fez um trabalho fantástico.

Ela balançou a cabeça e sorriu. – Estou feliz que esteja feliz, madame – respondeu. Depois, passado um momento de hesitação, continuou: – Mas preciso da sua ajuda em uma coisa.

Fui com ela até o quarto do bebê. Ela havia dobrado e guardado todas as roupas amarelas, nas gavetas e nos armários. Tinha lavado e passado os lençóis de cama e as mantas, e arrumado o berço.

– Está muito agradável, Nisha.

– Mas ainda não está bonito – ela disse.

No trocador, havia enfeites e brinquedos, presentes dos quais eu mal me lembrava.

– Será que a senhora me ajudaria a decidir aonde vão essas coisas?

Ela pegou um globo de neve e sacudiu-o; uma purpurina branca rodou ao redor de uma gata com quatro gatinhos mamando em suas tetas.

– Onde devo colocar isto?

– Onde você quiser.

– Acho que é função da mãe decidir.

– Tudo bem – eu disse. – Na penteadeira.

Ela foi até a penteadeira e colocou-o à esquerda do espelho. – Aqui? – perguntou.

– Pode ser.

– Ou que tal no meio? – Empurrou o globo de neve alguns centímetros e virou-se para olhar para mim. Eu não disse nada.

Depois, pegou um festão decorativo para a parede, nuvens fofas e estrelas de madeira. E este, madame? Sobre o berço ou nesta parede do outro lado?

– Qualquer um dos dois está bom.

Ela contemplou por um momento e o segurou sobre o berço. Por fim, decidiu colocá-lo na parede adjacente às portas do pátio. Observei-a enquanto fazia isso. Concentrada, prestando atenção para todas as peças ficarem perfeitamente alinhadas. Depois, foram lâmpadas decorativas de luas e estrelas, um abajur de cabeceira de um chalé onde as janelas acendiam-se, blocos que formavam um arco-íris, uma família de ursinhos de pelúcia, enfeites em formato de cacto, uma almofada amarela com a palavra *Sonho* bordada nela e alguns animais minúsculos de feltro: um passarinho, um ouriço e dois ursos. Nisha colocou cada peça com intenção e cuidado, e logo o quarto estava transformado. O abajur de cabeceira brilhou na penumbra do anoitecer, uma linda casinha acolhedora.

Depois, ela me levou para o meu quarto. A cama estava bem arrumada, os armários com espelho tinham sido limpos, e o quarto cheirava a cera.

– Vou deixar todas as coisas do seu marido até a senhora me dizer.

Fiquei agradecida por isso.

Mas acabei deixando-a retirar os pertences dele. Senti uma pontada de vergonha por não conseguir me levar a fazer eu mesma a tarefa, mas àquela altura estava tão acostumada a deixar Nisha fazer tudo para mim – e para o bebê, quando ele acabou chegando – que foi quase natural virar-me para a janela e tomar meu café. Aliki dormia no cesto, enquanto Nisha retirava do quarto cada vestígio do meu casamento.

Subitamente, me dei conta de que Aliki estava parada no jardim, olhando para mim. Segurava Macaco.

– Esse gato agora é nosso? – perguntei, fingindo estar brava.

– Pergunte a ele – ela disse. Com isso, soltou Macaco, que aproveitou a oportunidade para se esticar no chão e começar a se lamber. Então, Aliki entrou no barco comigo.

– Estou com fome – ela disse. – Você vai fazer o jantar?

– Vou, vou, minha pequena, vou preparar em um minuto. Sinto muito ter ficado tão tarde.

– Tudo bem, mas estou com fome.

– Eu sei – eu disse. – Mas primeiro você me conta sobre o Mar Sobre o Céu? Estou triste. Sinto falta da Nisha e acho que gostaria de escutar uma história.

Ela olhou para mim por um instante, depois disse:

– Tudo bem, então. Feche os olhos.

Fiz o que ela mandou.

– Não vale espiar. Não posso contar se você estiver espiando!

Apertei os olhos, para provar que não ia trapacear.

– A maioria dos barcos vai para a frente e para trás, mas este aqui vai para cima – ela disse. – Para dentro do céu. Temos que atravessar as camadas de céu, e então chegamos ao mar.

– O mar não está no chão? – perguntei.

– Não, e não interrompa. Basta ter paciência – Aliki disse.

Sorri com a bronca. *Basta ter paciência*. Essas palavras lembraram-me Stephanos. Sempre fui mais ansiosa para decidir as coisas do que ele, para fazer planos, me casar, ficar grávida. *Relaxe, Petra. Basta ter paciência*. Não era porque ele não me amasse, eu não tinha dúvida disso, mas ele era um homem que queria fazer tudo um passo de cada vez, lentamente, como se tivéssemos todo o tempo do mundo. Era também assim que fazíamos amor, sem a menor pressa, bem devagar, e isso me fez ficar louca por ele.

– Chegamos – Aliki disse –, mas não abra os olhos.

Concordei com a cabeça e fiquei com os olhos fechados.

– Aqui em cima são oito horas a mais – ela disse –, então o sol está nascendo. Mas *só* nascendo, então ainda está meio escuro. O mar é brilhante, todo prata e ouro. O mar é tão vasto quanto o céu, nunca acaba, então você pode navegar sobre qualquer país do mundo. Quando você olha para baixo através da água, dá para ver a terra, todas as árvores, rios e casas. E as pessoas.

– Também existem pessoas aqui em cima? – perguntei.

– Às vezes, mas hoje não. Mas existem muitos pássaros. São pássaros que morreram e agora estão aqui, e fazem promessas uns aos outros. Alguns deles costumavam ser humanos, e vieram aqui para se reencontrar. Mas não todos; alguns eram pássaros antes.

Abri os olhos e olhei para a minha filha. Seu cabelo estava despenteado sobre os ombros, e com um intenso brilho castanho. Ela estava de pijama, e seus pulsos e tornozelos pareciam não caber mais dentro deles. Como ela tinha crescido, aquela minha filha? Pude ver o passado em seus olhos, Stephanos olhando para mim, só por um segundo, antes que a lembrança dele se esvaísse, e então havia apenas Aliki. Aliki. Aliki em pleno direito. Com sua linda pele quase translúcida, veias prateadas nas pálpebras, faces coradas e uma leve saliência na testa e nas maçãs do rosto, como meias-luas. Ela me deixou sem fôlego.

O gato pulou no meu colo e esfregou a cabeça no meu braço, no meu ombro e no meu rosto, seu ronronar suave perto do meu ouvido.

– Podemos jantar agora, mamãe? – Aliki perguntou. *Mamãe*.

– Podemos – eu disse.

– Mamãe?

– O quê?

– Estou com saudades da Nisha.

– É, eu também – respondi.

– Ela vai voltar? – ela perguntou.

– Acho que não, mas não tenho certeza.

– Você está tentando encontrar ela?

– Estou.

Aliki ficou um pouco quieta e, depois, numa voz muito séria, disse: – Ela estava preocupada com os passarinhos.

– Que passarinhos? – perguntei.

– Aqueles que ficam presos pelas penas e pés nos gravetos com visgo. Ela ia falar para o homem parar de roubar todos os passarinhos do céu.

– Que homem?

– O nome dele é Seraphim.

Tentei não reagir. Escolhi as palavras com cuidado. – Ela foi conversar com ele? – perguntei, com a maior delicadeza possível.

– Foi. Quando a gente voltou das montanhas. Quando ela me pôs na cama, ela me contou que ia sair para falar sobre os passarinhos com o homem mau, e que eu tinha que ser boazinha e ficar na cama. Você sabe, porque às vezes eu preciso fazer xixi e bato na porta dela, porque dá muito medo ir no banheiro à noite sozinha.

Eu não sabia disso, mas concordei com a cabeça.

– Acho que agora a gente deveria voltar – ela disse. – As ondas estão ficando maiores. Podemos vir de novo outra noite.

Concordei.

– Você gostaria de vir até aqui de novo? – ela perguntou.

Concordei em silêncio mais uma vez, mas percebi que não conseguia falar.

O homem com as botas militares está saindo da água, molhado até o tórax. Está totalmente vestido de preto, com um anoraque que tem um acabamento laranja em volta da lapela. Guiado pelo luar, ele se curva para pegar seu celular, que deixou na rocha amarela ao lado do lago, e sobe a cratera até dar com a lebre em decomposição. Acende a luz do celular sobre o cadáver. Um besouro sai da cavidade ocular vazia.

O homem afasta-se do lago, pegando uma mochila preta que deixou debaixo de um arbusto de tomilho selvagem; capta o perfume ao se curvar, e para por um momento inalando o aroma com os olhos fechados e distantes. Talvez esteja tentando substituir o cheiro da morte, que está se entranhando em suas narinas. Com a mochila sobre os ombros, anda alguns metros até seu carro. Não acende os faróis ao ir embora. ■

20
YIANNIS

De manhã cedo, alguém bate à porta. Pulo da cama pensando ser Nisha, mas Petra está ali parada, parecendo tão pálida quanto a lua.

— Posso entrar? — ela diz.

— Claro.

Ela estava com calça de pijama e uma camiseta branca. Tinha círculos escuros sob os olhos.

— Não dormi — diz.

Levei-a até a cozinha e pus café no fogo. Ela olhou para o relógio de parede.

— Meu deus, não percebi que fosse tão cedo.

Parecia desorientada na cadeira, mãos trêmulas no colo, ombros caídos. Lembrou-me uma mariposa. Normalmente era muito bem composta. Aquela não era uma mulher que se aconchegava ou chorava. Ela não desmoronava. Seu nome, Petra, significa "pedra". Para ser sincero, nunca gostei dela. Ela era a parede que ficava entre mim e Nisha. Ela e todo o maldito sistema.

O passarinho pulava pelo peitoril da janela, balançando a cabeça, olhando o mundo lá fora.

– Ele quer voar – ela murmurou.

– É. Mas ainda não está pronto. Se eu soltá-lo agora, não vai sobreviver. – Coloquei o café em frente a ela, que deu alguns goles grandes. – Cuidado – eu disse –, está muito quente –, mas ela pareceu não ouvir.

– Tenho uma nova informação – ela disse.

Sentei-me em frente a ela. Meu coração batia rápido, mas tentei ficar calmo.

– Ontem à noite, eu estava conversando com a Aliki. Ela disse que na noite em que Nisha sumiu, ela pôs minha filha na cama e disse que ia encontrar um homem a respeito de pássaros.

Enrijeci, o calor subindo pelo meu pescoço. – Quem?

– Seraphim. Segundo Aliki, ele estava roubando pássaros do céu, e Nisha queria fazê-lo parar.

Fiquei nauseado.

– O caso é – ela continuou –, passei a noite toda pensando, tentando entender, mas me faltam todas as peças. Se existe alguma coisa que você não está me contando, Yiannis, acho que agora é a hora de você contar.

Ela disse meu nome com azedume, como se soubesse que eu era culpado de alguma coisa. E eu era. Percebi que ela sabia pela maneira como, então, endireitou os ombros, me desafiando. Aquela era a Petra que eu conhecia.

– *Existe* alguma coisa que eu deveria saber? – ela perguntou.

Instintivamente, olhei para o quarto extra.

– Olhe, não estou de brincadeira.

– Nem eu – eu disse.

– O que é isso do Seraphim e os pássaros? Sei que você sabe alguma coisa.

Levantei-me e pedi para ela me acompanhar até o quarto extra. Destranquei a porta e entramos. Ela olhou as geladeiras, os gravetos com visgo e o equipamento de caça.

– Certo. – Abriu a geladeira mais perto dela, olhou dentro, virou o rosto imediatamente, fechou-a. – Então é isto que você faz. – Não era uma pergunta.

– Me envolvi com isso quando fui despedido. Entrei e não me deixaram sair.

– Nisha sabia?

– Acabou descobrindo.

– Ela estava tentando fazer você parar?

– Estava. – Senti uma onda de culpa crescer em mim. Tão grande que um líquido quente subiu à minha garganta, e tornei a me lembrar da carne e do sangue de Nisha no vaso sanitário.

– E Seraphim?

– Ele está acima de mim. É o intermediário.

– Como eles te impedem de cair fora?

– Em geral, com incêndio criminoso. Eles vêm à noite. Esse é o primeiro aviso.

– E o segundo?

Não respondi.

Ela acenou com a cabeça e olhou ao redor do quarto, pensando.

– Então, a Nisha foi falar com o Seraphim. Queria ajudar a liberar você. Ele poderia ter machucado ela?

– Acho que não.

– Você não parece ter muita certeza.

Levantei-me e abri todas as janelas. Meu pescoço e meu rosto estavam em fogo.

– Ela foi falar com ele e aí sumiu. Ela foi falar com ele e aí *sumiu*. Está entendendo?

– Claro que estou.

– Não podemos ir à polícia.

– Não.

– Você precisa descobrir o que aconteceu, Yiannis.

– É – eu disse. – Eu vou.

Liguei para Seraphim e combinei de encontrá-lo naquela noite. Ele me disse que estaria no Maria's a partir das dez.

– Chegue à hora que quiser – ele disse. – Estarei lá. Estou sempre lá.

Nesse meio tempo, não consegui me sentar, não consegui comer, não consegui pensar em mais nada. Era para eu estar colocando os pássaros em seus recipientes, separando-os para a entrega, mas passei o dia todo sentado na cama onde eu e Nisha costumávamos conversar e fazer amor, olhando pela janela a rua abaixo e tentando juntar as peças da história: pedi-a em casamento; ela saiu levando o anel; foi conversar com Seraphim; queria me liberar; não foi mais vista.

Naquela noite, passei pelos panfletos de Nisha colocados pela vizinhança. Ninguém telefonara para Petra. Vi as pessoas passando e o rosto sorridente de Nisha observando-as. Elas não a viam.

Encontrei Seraphim sentado em uma mesinha redonda perto do bar. Havia uma moça sentada com ele, *mignon*, com olhos grandes e castanhos, como os de uma criança, cabelos pretos como carvão, encostando-se nele, cheirando seu pescoço.

– Caia fora – ele disse para ela, quando cheguei. Ela obedeceu.

Olhei-a indo para outra mesa, onde dois velhos fumavam. Um deles tirou comida do dente com o dedo. O outro apagou o cigarro. Qual bafo amarelo de cigarro ela estaria inalando naquela noite? Eu odiava aqueles homens.

Não era um deles, tinha certeza disso. Teria Nisha se envolvido com prostituição? Teria caído numa armadilha? Talvez estivesse desesperada para ganhar um dinheiro extra, desesperada para cair fora dali, voltar para Kumari. Havia desespero por toda parte naquele lugar; pingava das janelas em condensação, deixava as mesas úmidas.

Seraphim estalou os dedos. Um som tão brusco, que me virei para encará-lo. Uma garçonete deslizou até nós com uma bandeja prateada vazia.

– Dois uísques, minha boneca – ele disse.

– Não, não quero beber.

Ele me ignorou.

– Estive com ela ontem à noite – ele disse, indicando com os olhos a mulher sentada com os velhos. – Ela é um encanto.

Desviei os olhos. O rosto dele estava me deixando nauseado.

– Você tem andado nervoso ultimamente – ele disse. – Espero que esteja bem.

Ele não esperava que eu estivesse bem. Esperava que não estivesse caindo fora. Eu o tinha ouvido dizer exatamente a mesma coisa ao Louis, antes de queimarem o carro dele, com o filho dentro.

A garçonete voltou com dois copos de uísque. Colocou-os na mesa, um para mim, outro para Seraphim.

– Vamos lá – ele disse. – Você parece estar precisando disto.

Bebi o copo todo sem piscar, só para tirar a maldita coisa do caminho.

– Seraphim – eu disse. – Sinto falta da Nisha e preciso saber o que aconteceu com ela. Duas pessoas confirmaram que, na noite em que ela sumiu, estava vindo aqui encontrar você. Por favor, me diga o que aconteceu naquela noite.

Não sabia como colocar a coisa de outro jeito. Conseguia ouvir o desespero na minha voz, ver minha figura patética em seus olhos.

Ele me olhou fixo. Sorriu. Linhas profundas em volta da boca.

– Este é o problema de estar *apaixonado* – disse. – Sempre dá confusão, e eu gosto das coisas em ordem, se é que você me entende.

– Então, ela veio encontrar você? – insisti.

Ele olhou em volta, por cima do ombro. – Vou te dizer uma coisa. Não gosto de falar dessas coisas em público – ele disse. – Que tal irmos para a minha casa tomar um drinque?

Ele bebeu o uísque e se levantou antes que eu respondesse. Deixou algumas notas no bar, piscou para a garçonete, e saí atrás dele, seguindo-o pela rua até seu carro.

Entramos em seu Jaguar, as portas abrindo-se como asas. O interior de couro macio. Ele tinha um sistema de som top de linha, e o motor ronronava como um tigre. Virei o rosto para a janela, enquanto ele calcava no acelerador e voávamos noite adentro.

Eu nunca havia entrado na casa de Seraphim. Era uma monstruosidade branca, murada, com pilares e janelas pintadas de azul que pareciam o céu. Ficava em uma colina, e de lá se avistava o Portal de Famagusta[*]. Ela parecia se projetar da terra em um ângulo estranho; lembrou-me um imenso navio de cruzeiro em um mar agitado.

---

[*] Principal portal das muralhas de Nicósia, Chipre, construído em 1567, dando para o porto mais importante da ilha. Atualmente funciona como centro cultural da cidade. [N.T.]

Quando entramos na sala de visitas, uma empregada estava de pé em uma cadeira, no meio da sala. Parecia estar na faixa dos 50, uma mulher baixa, com seios imensos que ela parecia carregar como um peso extra. Algumas lâmpadas estavam acesas, e ela limpava o lustre, uma enorme feiura de cristal. Ao nos ver, desceu e acendeu a luz principal. Os cristais cintilaram, a luz mandando milhares de esferas pela sala.

– Terminei, senhor – ela disse, olhando para Seraphim.

– Boa menina. Você fez todas as outras coisas da lista? Ela confirmou com um gesto de cabeça.

– Não deixou nada por fazer, como da outra vez?

– Não senhor.

– Tudo bem, vá e traga um pouco de nozes e dois uísques pra gente. Coloque na sala dos fundos. – Ele se virou para mim e disse: – É preciso sempre deixar as luzes limpas.

A empregada juntou seu material de limpeza e saiu da sala arrastando os pés.

– Amanhã temos um jantar. Minha sobrinha vai batizar seu primeiro filho, e toda a família virá para cá. Provavelmente, minha esposa está na cama. Vamos para a garagem. Lá, podemos conversar em particular – Seraphim disse.

Passamos por um corredor de mármore branco – estava por toda parte, no chão, nas paredes. Pinturas vigorosas cobriam as paredes, tão extraordinárias que quase pareciam vivas. Imagens de Troodos, pomares, corredeiras, fazendas. Uma em especial chamou minha atenção: um velho com um cavanhaque branco, mãos grandes e calça preta, um vinco profundo na testa, carregando por um campo o que parecia ser um saco de lá.

– Aquele é...?

– É – Seraphim disse às minhas costas.

– Por quê?

– Estas são as minhas lembranças.

Olhei o rosto do homem mais de perto, lembrando-me do meu avô. Quase podia sentir o fedor de carneiro saindo dele. Depois, notei o fundo, a paisagem que se estendia atrás dele, uma vegetação verde e luxuriante, mas lá embaixo, no vale, um incêndio violento, ameaçando aumentar e se espalhar pelas colinas. Até onde eu me lembrava, nunca tinha havido um incêndio como aquele.

– Por que tem um incêndio? – perguntei.

– É a guerra – ele disse, naturalmente. – E outras coisas.

– Que outras coisas?

– As coisas que ameaçam tudo que é natural, bonito e correto com o mundo.

Foi então que, pela primeira vez, notei uma tristeza em sua expressão. Lembrou-me Seraphim quando menino, antes dos rifles, antes do corvo preto. Algo me voltou, um menino com olhos tristes, de pé em um tronco de uma árvore caída, fingindo que era uma montanha, dizendo: "Olhe lá embaixo, Yiannis!".

O passado ecoou ao longo do corredor. Seraphim pôs a mão no meu ombro. – Agora, olhe esta daqui – disse.

A pintura seguinte era simplesmente uma macieira cheia de frutos maduros, um céu azul atrás dela. Verdes, amarelos e azuis intensos contrastavam com sombras de um vermelho profundo e roxo.

– Essa é a árvore em frente à minha casa, naquela época, não é?

– É.

– Elas são fenomenais. – Eu podia me sentir sendo sugado, atraído para um período quase esquecido. Vi-me cercado pelo meu passado. – Foi você quem pintou?

– É claro – ele disse.

Então, lembrei-me do pai de Seraphim. Um proeminente cirurgião cardíaco e caçador. Sempre de terno e botas, mesmo quando tinha uma arma na mão. Tinha olhos duros, aquele homem, e um tom baixo mas severo, que deixava Seraphim e a mim tremendo.

Antes de eu poder dizer mais alguma coisa, Seraphim continuou pelo longo corredor. No final, havia uma porta de madeira que ele abriu com uma chave prateada. A porta dava para uma grande garagem, que mais parecia um showroom. Três belos carros reluziam como água sob luzes alógenas.

– Extraordinário – eu disse, espontaneamente. Não tinha ido lá para ver seus carros. Queria conversar sobre Nisha. Percebi que ele estava me distraindo. Tinha costume de fazer isto, deixando a pessoa desorientada.

– Este aqui é uma Lamborghini Miura. Um supercarro de motor central. – Ele acenou com a mão para o carro mais próximo, e sorriu. Decidi fazer a vontade de Seraphim em tudo isso, para deixá-lo em um bom estado de espírito.

– Verde metálico – eu disse – com assentos de couro bege. Muito estiloso.

– Agora, dê uma olhada neste – ele disse.

– Uau! O Porsche 911.

– Mágico! Edição especial Lava Orange.

Olhei o interior de couro preto, com costura laranja e cintos de segurança.

– Esta beleza tem uma transmissão PDK de sete velocidades.

– E um sistema de escapamento esportivo comutável?

– É claro.

– Impressionante.

Fomos até a Mercedes SL 300 Gullwing prateada. Era linda. Seraphim colocou a mão no bolso e pressionou um chaveiro. As luzes piscaram, e ele abriu a portas dos dois lados, pedindo-me para me afastar como se o carro estivesse prestes a explodir.

— Agora olhe para ela — ele disse. — Não te falei? Não parece que está prestes a voar?

— Mais alto que uma águia. Este é um carro de sonho.

Ele sorriu da maneira que sorria quando era menino, depois de matar Batman.

— Agora, o gelo vai derreter.

— O gelo?

— Nossos uísques. Quase esquecemos deles.

Ele fechou as portas do carro e clicou o chaveiro no bolso para trancá-lo.

— Quero falar sobre a Nisha.

— Claro. — Ele parou, esperando. Quando fiquei calado, disse: — Vá em frente.

— Ela foi procurar você na noite em que sumiu?

— Ela não apareceu.

Sua evasiva estava fazendo meu sangue ferver. Estava brincando comigo. — Mas ela combinou de te encontrar?

— Combinou. — Seus olhos continuaram fixos nos meus.

— Por que você não me disse isto, quando perguntei três dias atrás?

— Ela tem coragem, a sua garota, te digo. Ela me telefonou, disse que tinha conseguido o meu número com você. Disse que precisava falar comigo a seu respeito. Queria que eu te liberasse. Eu disse a ela, é claro, que isso não era possível, e lhe disse, delicadamente, para cuidar da própria vida. Que isso não era o tipo de coisa em que ela deveria se envolver, que ela iria se meter em confusão. Ela insistiu, ela não desiste, a sua garota, te digo. Disse que tinha uma coisa para me oferecer que eu não conseguiria recusar.

— O quê?

– Não faço ideia. Ela nunca chegou a fazer tal oferta. Era para ela me encontrar, tarde da noite no Maria's. Esperei. Ela não apareceu. Não contei isto pra você porque sua lealdade conosco é sólida, não é? Não queria começar uma conversa sem sentido, entende? Espero que sua garota apareça logo. – Antes que eu pudesse dizer qualquer coisa, ele abanou a mão e sorriu como se nada o perturbasse. – Agora, qual é seu carro preferido? – perguntou.

– Como é?

– Qual desses três carros você mais admira?

– Não tenho preferência – respondi.

– Escolha um, está bem?

– O Gullwing.

– É seu.

Fiquei calado.

– Espantado, há? Nunca pensou que fosse ser dono de um espécime tão lindo? Agora olhe, se você passar da meta no final da temporada, é seu.

– Não quero seu carro – eu disse.

– Considere que já seja seu. Você nunca me decepcionou.

– Seraphim – eu disse, olhando-o fixo nos olhos. – Estou te dizendo agora que não quero o seu carro, nem qualquer outra recompensa, por sinal.

– Entendo – ele disse, acenando com a cabeça, e vi uma leve contração sob seu olho direito.

Olhei para o meu relógio. – Tenho que ir – disse.

– Tem uísque e salgadinhos – ele disse, mas respondi que precisava ir embora. Precisava dar o fora dali.

Voltei para o bairro um pouco depois da meia-noite. Ia subir para o meu apartamento, mas algo me impediu.

Olhei para a rua quase como se pudesse ver as pegadas de Nisha, como se ela tivesse deixado marcas na areia para eu seguir, ou migalhas para um passarinho. Comecei a seguir pela rua. Era por ali que ela deveria ter passado, indo em direção ao Maria's.

Mariposas prateadas voavam sob as lâmpadas da rua. Theo estava encerrando as atividades daquela noite. Ergueu o braço para me cumprimentar; respondi com um gesto de cabeça. Observei a rua à frente, imaginei-a caminhando. O que estaria usando? Segurava uma bolsa? Cabelo preso ou solto? Por que eu não havia perguntado a Spyros? Fiz um retrato dela por mim mesmo. Nisha de jeans e um suéter laranja, aquele com o girassol na frente. Usava seus tênis novos pretos, os que Petra comprara para ela. Rabo de cavalo. Estava preocupada, séria, em missão para resolver a minha vida. Vi-a andando à minha frente, virando à direita onde eu havia visto Spyros, a rua ladeada por limoeiros onde chapas onduladas de metal dividiam a ilha em duas. Ali crescem ervas daninhas. Há uma macieira morta. Há uma sequência de lojas e oficinas, em sua maioria abandonadas, persianas sempre abaixadas, portas trancadas; algumas não têm portas, nem paredes da frente; já foram lojas de roupas e tapetes, algumas vendiam cobre, e agora estão vazias.

Então, o estúdio de Muyia, escuro, ninguém dentro, suas esculturas cobertas com pano branco. Fazia um tempo que eu não falava com Muyia. Ele poderia estar lá naquela noite?

E ali, no final da rua, Christos vivia em sua velha cabana. Poderia tê-la visto? Poderia estar do lado de fora? Ela teria acenado ou parado? Agora, as janelas estavam escuras. Bati. Nada. Tornei a bater. Ruídos de passos arrastando os pés. – Quem é?

– Yiannis!

Ele não escutou. – Perguntei quem é! – A porta abriu-se e lá estava ele, de cueca samba-canção, apontando um rifle para mim. Ao me ver, abaixou-o. – Que porra você está fazendo? Vá se foder! – Os poucos cabelos que ele tinha arrepiaram-se em sua cabeça bronzeada.

– Me desculpe, Christos. Sei que é tarde, muito tarde.

Ele estreitou os olhos para mim. – Entre – disse.

A sala de visitas e a cozinha eram um cômodo só. Havia toalhinhas por toda parte: sobre a mesinha de centro, a lareira, as costas do sofá. Pessoas em fotos branco e pretas olhavam para mim de todas as direções. Tínhamos conversado muitas vezes no quintal da frente, mas eu nunca havia entrado.

– Sente-se. – Ele indicou uma poltrona ao lado da lareira apagada. Estava frio lá dentro, mas ele não parecia notar.

– Sinto muito ter te acordado.

– Eu tinha acabado de ir para a cama. Sem problema. Aceita um drinque e uma bala?

– Apenas água – eu disse. Depois do uísque, estava morto de sede.

– Desde quando você fuma? – ele perguntou, enchendo um copo na torneira. – Você está fedendo cigarro.

– Fui ao Maria's.

– Ah, é? – Ele ergueu as sobrancelhas, colocando o copo sobre uma toalhinha na mesinha de centro.

Bebi tudo.

– Ainda está na caça clandestina?

Confirmei. Christos era um caçador, mas não de caça ilegal. Seguia as regras das estações de caça, respeitava os regulamentos e levava uma vida miserável.

– Preciso te perguntar uma coisa – eu disse.

– Vamos lá. Imagino que seja importante pra danar, pra você bater à porta depois da meia-noite.

– Dá pra você se lembrar de três domingos atrás? Você estava em casa?

– Bom, vamos ver. – Ele colocou seu copo de água em sua enorme barriga peluda. – No domingo passado, eu estava em Larnaca, sei disso. No domingo anterior estava limpando o carro. – Ele se inclinou para a frente, colocou o copo sobre a mesa e pegou seu celular. Deu uma conferida. – Então, o domingo antes daquele seria o do dia 13?

– É.

– Fiquei em casa nesse dia.

– Tem certeza?

– Tenho. Eu tenho aqui: *Visita de Loula com moleques lunáticos*. É. Minha irmã veio me visitar com seus netos malucos. Fiz um almoço pra todos nós. Ela saiu às oito da noite.

– Depois disso?

– Fiquei sentado do lado de fora com o Pavlo, que mora na rua. Lembro-me bem porque foi a noite em que ele soube que estava curado. Tinha câncer, o pobre coitado. Jogamos gamão por umas duas horas.

– Você viu a Nisha naquela noite?

– Quem? – Christos perguntou.

– Ah, a moça da Petra. O nome dela é Nisha.

– Bom, vamos ver... – Ele olhou para o teto. – Tenho certeza de que vi Spyros com aquele cachorro estúpido dele, porque ele parou para perguntar a Pavlo os resultados. Foi uma noite tranquila, não aconteceu muita coisa. Então apareceu a empregada. É, era a moça da Petra, eu acho. Ela passou apressada por aqui, como se tivesse perdido um encontro.

– Antes ou depois do Spyros?

– Na verdade, um pouco antes. Alguns minutos. Eu me lembro que Pavlo comentou, ele chamou "Venha cá, minha boneca! Você é um arraso! Eu te pego quando o meu pau voltar a funcionar". – Ele tinha bebido demais. Além da conta. – Ele riu, sua barriga balançando debaixo da camiseta.

Fiquei calado por um momento, tentando esvaziar a minha cabeça dessas palavras, mas elas já haviam me irritado, e dava para eu sentir minhas mãos suando.

– Ela disse alguma coisa?

– Nada.

– Você se lembra que roupa ela estava usando?

– Acho que era preto... É, um vestido preto. Depois que ela passou, Pavlo disse que queria entrar debaixo dele. Abrir aquele zíper como se abrisse a noite, ver a luz por debaixo. Foi exatamente isso que ele disse, bêbado.

Estremeci. Christos riu mais ainda então, esfregando a barriga; uma risada com catarro na garganta.

– O cabelo dela estava preso ou solto?

– Solto. Ahhh, aquele cabelo grosso e comprido. Quem não repararia naquilo? Imagine esfregar o rosto nele. Aposto que cheira a maçãs.

Novamente, senti raiva. Levantei-me, pedi desculpas por tirá-lo da cama e saí apressado.

A caminho de casa, refiz mais uma vez os passos de Nisha. Agora, podia vê-la com mais clareza. Vestido preto, cabelo solto, a maneira que ele teria brilhado sob a luz da rua, como ondas. Pude vê-la apressada, dobrando a esquina... Pavlo chamando: *Venha cá, minha boneca. Você é um arraso! Eu te pego quando o meu pau voltar a funcionar.* Então, risadas. Deve ter havido risadas. E os olhos de Nisha se estreitando, os lábios cerrados, cabeça erguida, pensando que gostaria de açoitá-lo. É assim que a imagino. E vamos acreditar na palavra de Seraphim, e deduzir que ela não chegou ao Maria's. Então, o quê? O que aconteceu com ela entre a casa de Christos e o Maria's? Poderia ter passado por cima da cerca? Entrado na zona neutra? Mas por quê? Não havia motivo para ela fazer isto.

Agora, podia ver seus dedos balançando ao seu lado, os músculos da panturrilha, esbeltos e fortes enquanto ela caminhava. Podia sentir seu cheiro, o leve aroma de jardins, temperos e alvejante.

Então, ela deve ter visto Spyros, cumprimentado-o, inclinado para agradar o poodle. Provavelmente riu por alguma roupa idiota que Spyros pôs no cachorro naquela noite. Talvez ele tenha cantarolado o tema de *Os caçadores da arca perdida*, talvez ela tenha cantarolado de volta. Talvez tenha ficado com isso na cabeça ao dobrar a esquina.

Pude ouvir seu coração batendo. Uma noite clara e fria, lua cheia. Por que estava apressada? Seraphim não era o tipo que iria embora, caso ela se atrasasse. A não ser que houvesse outro motivo.

Quando cheguei em casa, coloquei todos os pássaros em seus respectivos contêineres pela última vez. Trabalhei feito um alucinado. Nunca mais faria isso. Deveria ter parado no momento em que prometi a Nisha, e enfrentado as consequências. Ela tinha tentado me ajudar, tinha tentado me liberar e então sumira. Se eu tivesse parado como ela me pediu, ela ainda estaria aqui. Tinha certeza disso. Senti meu corpo pesado; senti como se houvesse pesos nos meus pulsos e tornozelos.

Levei algumas horas para terminar o serviço, trabalhando noite adentro. Durante todo o tempo, minha mente refez os passos de Nisha repetidamente. Via-a em seu vestido preto. Toda vez, no final da rua de Christos, ela desaparecia. Não conseguia situá-la depois disso. Não conseguia imaginar o que teria acontecido. Era como se o chão a tivesse engolido, e me lembrei de Nisha recontando a morte do marido: *A terra o engoliu a terra o engoliu ele foi totalmente engolido pela terra.*

Assim que o tablet tocou, pulei para atendê-lo. A visão de Kumari em seu uniforme, cabelo preso num rabo de cavalo como a mãe, mochila roxa nos ombros, provocou uma dor aguda na minha cabeça.

— A Amma está de novo cuidando das galinhas?

— Está.

Ela olhou para o céu. Pude ver que dessa vez ela estava ao ar livre. Deu um gole numa bebida com um canudo.

— As galinhas estão doentes?

— Parece que sim.

— Sr. Yiannis, o senhor está mentindo?

— Não, não estou.

— Está sim. Sei quando uma pessoa está mentindo.

— Como?

— Porque elas dizem coisas idiotas sem perceber que são idiotas.

— O que eu disse de idiota?

— Disse que Amma estava cuidando das galinhas.

— Porque você me perguntou se ela estava.

— Mas a minha pergunta era uma mentira, porque eu sabia que o senhor tinha uma mentira na manga. Aí onde o senhor está, são cinco horas da manhã. Sei que a Amma não cuidaria das galinhas no meio da noite!

Não pude deixar de rir. — Seu inglês é muito bom.

— Eu sei. A Amma me ensina pelo iPad, e eu também aprendo na escola. E tenho uma tia que é casada com um inglês lá nas montanhas geladas, e eles também me ensinam.

— Bom, isso é excelente — eu disse.

— Hoje eu tive minha matéria preferida na escola.

— Qual foi?

— História.

— Que bom! O que você gosta nela?

— Gosto porque vejo como as pessoas eram bobas no passado.

— Como a minha mentira com as galinhas?

— É. — Ela sorri novamente, aquele sorriso atrevido. Depois, seu rosto fica sério. — Então, cadê a minha Amma?

— Não sei, Kumari. — Eu não podia mentir mais para aquela menina. — Não tenho certeza. Em geral, ela fala com você pelo meu iPad, da minha casa, mas faz um tempo que ela não vem aqui.

— Isto não é normal. — Embora sua voz estivesse leve, os olhos subitamente ficaram pesados e escuros.

— Por quê?

— Bom, porque o senhor é o Sr. Yiannis, e a minha Amma disse que ela ama muito o Sr. Yiannis, porque ele é um homem bom e gentil. Por que ela não iria vê-lo se te ama muito?

Não consegui responder à sua pergunta. Apesar de sua confusão e ansiedade, seus olhos brilharam mais uma vez.

— Amanhã eu ligo de novo, e espero que ela esteja aí. Seja bom no trabalho agora, Sr. Yiannis — ela disse, e então se foi.

21
PETRA

— Ainda sem sinal de Nisha?

Keti estava apoiada no balcão, olhando para mim.

Coloquei-a a par do relacionamento de Nisha com Yiannis, sobre nossa descoberta de que Nisha estava indo visitar Seraphim, e que Yiannis iria confrontá-lo.

— Nossa! — ela disse. — É muita coisa para assimilar. Então, ela estava indo se encontrar com esse homem, Seraphim, sobre a caça ilegal de pássaros, e sumiu do nada?

— Exatamente.

— Não estou gostando disso.

Suas palavras me fizeram desmoronar numa cadeira próxima.

— E Yiannis... Você confia nele?

— Acho que sim.

— Você parece exausta — ela disse.

— Não consegui dormir ontem à noite.

Keti examinou o bracelete muito atentamente, como se estivesse determinada a encontrar uma resposta dentro dele. Depois, suspirou, parecendo perdida. Colocou o bracelete na minha mão, e apertou-a. — Vá para casa, descanse – ela disse. – Se você tiver um esgotamento, não vai ajudar ninguém.

Minha cabeça latejava com uma dor incômoda, meus olhos estavam embaçados. Precisava dormir. Aliki ainda estaria na escola por algumas horas, a Sra. Hadjikyriacou a havia levado pela manhã. Eu poderia dar uma boa dormida, antes de ter que ir buscá-la.

Mas depois de estacionar o carro, meus pés não me levaram para a minha porta de entrada. Em vez disto, me vi andando em direção à oficina de Muyia.

– Olá? – chamei, mas ninguém respondeu. Como eu esperava, Muyia não estava lá. Em Chipre, no passado, as pessoas costumavam deixar todas as portas abertas, e era como se Muyia estivesse parado naqueles dias lá atrás, mas isso era bom, porque eu não tinha ido vê-lo, e sim Nisha. Rapidamente, fui até as esculturas ao lado da bancada. Puxei o lençol branco e lá estava ela, a mãe e a criança. Pus a mão na mão dela e inclinei a cabeça na bancada. Nisha havia sacrificado muita coisa para vir aqui, e eu nunca tinha me permitido reconhecer isso. Agora, ela tinha desaparecido.

Imaginei a madeira sendo escavada, e ela presa dentro. Pensei que se encontrasse a junção da madeira, poderia levantá-la, abri-la como uma boneca russa, e encontrá-la ali.

– Petra – disse uma voz, bruscamente.

Abri os olhos para a luz fria, uma brisa e uma pessoa parada acima de mim.

– Petra, o que está fazendo aqui?

Endireitei o corpo. Muyia olhava para mim, perplexo.

– Há quanto tempo você está aqui?

Levantei-me e me afastei dele. Seus olhos estavam fixos em mim.

– Não muito – eu disse. Olhei para a estátua e ele acompanhou meu olhar. – Esta é a Nisha? – consegui dizer.

– É. E o bebê é a filha dela, Kumari.

– Por quê?

Ele franziu a testa e vi algo se movendo em sua lateral; ele estava coçando o braço.

– A Nisha me visita umas duas vezes por semana. Você sabe, quando ela vai à quitanda, esse tipo de coisa. Ela me traz frutas do seu pomar, o que houver na estação. Até recentemente me trouxe laranjas. Ainda um pouco amargas, mas estavam boas.

Olhei fixo para ele.

– Ela diz que sou um homem solitário, que precisa de uma mulher. – Ele riu. – Além disto, gosta de me contar histórias.

– Histórias?

– Você sabe, sobre Kumari e sua vida no Sri Lanka. Também sobre sua irmã e a coruja.

A coruja. Eu não fazia ideia do que ele queria dizer sobre a irmã e a coruja.

– Faço esculturas de pessoas e animais que me impressionam. Nisha me contou tantas histórias sobre a vida dela, me trouxe tantas laranjas, uvas e figos-da-índia, tomates... e, deixe-me ver... ah, ovos, e às vezes plantas silvestres comestíveis. Diz que estou esquelético, pareço um lagarto, que preciso manter a força se for para captar a beleza e a tristeza do mundo. Então, quis fazer algo para ela. – Ele fez uma pausa. – Mas o que você está fazendo aqui?

– Quando foi a última vez que você viu a Nisha? – perguntei.

– Ah, pensei que você estivesse mantendo ela ocupada. Diga pra ela que sinto falta das suas histórias e das laranjas, está bem? E não exija demais dela. Ela fará tudo pra te agradar, ela é esse tipo de pessoa. – Ele sorriu, e a luz fria da manhã destacou os vincos profundos do seu rosto.

– Faz quase três semanas que eu não a vejo – eu disse.

– Como? Ela foi embora?

– Não sei.

O sorriso dele sumiu.

– Ela saiu três domingos atrás e não voltou.

– E você não teve notícias dela?

– Não, não tive.

– Bom, isto não é normal.

Ele se sentou no banquinho e ficou quieto, puxando a barba. Parecia ansioso, até agitado.

– Pensei que ela estivesse ocupada – disse. – Não imaginei. Então existe uma chance de eu nunca mais tornar a vê-la?

Ele olhou para mim, esperando uma resposta que eu não podia dar. Havia algo de infantil nele, como se essa pergunta estivesse dentro dele desde sempre, e finalmente emergisse da sua alma.

– Ela é uma pessoa muito boa – disse. – Coisas ruins sempre acontecem a pessoas boas.

– Não sabemos se aconteceu alguma coisa ruim.

– Me desculpe, não me leve a sério. – Ele se levantou, como se acordasse de uma espécie de estupor. – Tenho a tendência a pensar no pior, sempre tive. Tenho certeza de que ela está bem. No final do dia, haverá uma explicação razoável.

Suas palavras seguiram-me como uma sombra, enquanto eu voltava para casa. Mantive os olhos na rua, para não ter que olhar para os panfletos de Nisha.

Ao chegar em casa, ela estava vazia e oca. Desmoronei na cama. Imaginei estar dentro de uma concha do mar. O passado ecoou em seu interior, um mar distante, muito tempo atrás, a voz do meu pai clara e carinhosa, acima das ondas azuis: *Olhe lá, Petra, olha aquela água-viva, veja como é luminosa, como é linda! Não, não tente tocá-la, querida. Vai machucar você. Às vezes, as coisas mais lindas podem nos machucar.*

E Stephanos, a risada dele. Era isso que eu ouvia, Stephanos rindo de um bolo que eu tinha feito, que estava achatado como um Frisbee. Passamos geleia nele, comemos, fizemos amor. Então, Nisha, chorando em seu quarto, noite após noite, assim que chegou. Eu, parando em frente à sua porta, escutando. "Dá pra você ouvir aquele bebê chorando?", Nisha havia dito uma noite, debruçando-se para fora da janela. "Eu ouço um bebê chorando, como se estivesse me chamando".

E Aliki.

Mamãe.

A palavra desaparecera. Ela a engolira dentro dela. Ela sabia, não é? Sabia que eu estava longe desde o dia em que nasceu. Escutava-a agora, aquela única e linda palavra; escutava-a dentro da concha oca acima dos sons do mar, da voz do meu pai, da risada de Stephanos e das lágrimas de Nisha.

Vi-a como uma água-viva flutuando para longe na água, e queria estender a mão e tocá-la.

Mamãe.

E foi então que entendi as lágrimas de Nisha. Foi então que finalmente soube da sua dor.

Mamãe.

Acordei com Aliki dando tapinhas no meu rosto.

– Mamãe, mamãe, mamãe, você está acordada? O que está fazendo em casa?

– Agora pare, shh, menina. Não acorde sua mãe. – A Sra. Hadjikyriacou apareceu à porta, fazendo sinal para Aliki sair do quarto.

– Tudo bem – eu disse. – Estou acordada.

Agradeci à Sra. Hadjikyriacou, deixando-a voltar para Ruba, e propus a Aliki cozinharmos juntas.

– E se fizermos *moussaka*?

Os olhos de Aliki acenderam-se e ela concordou. Aquele também era seu prato preferido, e ela sempre amara ajudar Nisha a fritar as berinjelas e fazer o molho béchamel.

Eu estava na cama, quase adormecendo, quando meu telefone tocou. Olhei o relógio e meu coração veio à boca. Eram onze da noite. Ninguém ligava tão tarde para dar boas notícias.

– É a Petra? – perguntou uma voz masculina.

– Ela mesma.

Seguiu-se um curto silêncio antes de ele dizer: – Petra, aqui é o Tony, do Blue Tiger.

Sentei-me na cama. – Sim, Tony, oi.

– Eu estava pensando se você poderia vir me ver. Tenho uma informação, mas não é um assunto que eu possa discutir por telefone. Preferiria vê-la frente a frente.

Passei a mão pelo cabelo, o melhor jeito de me acordar. – Vou amanhã – disse. – Tudo bem eu levar alguém comigo desta vez?

– Desde que você tenha certeza de que seja uma pessoa confiável.

– Ele é. Não se preocupe com isso.

Na manhã seguinte, levei Aliki para a escola e, mais uma vez, liguei para Keti e pedi que cancelasse meus compromissos do dia. De volta em casa, subi direto a escada de ferro e bati. Levou um tempinho para Yiannis vir até a porta. Estava com a barba por fazer e descabelado. Sua barba tinha pontos prateados.

— Acordei você?

— Não — ele disse. — Entre.

Na cozinha, a luz matinal entrava pelas persianas, incidindo sobre a mesa, e o passarinho pulava entre os raios. No meio dessa grande mesa havia uma vasilha de água e um punhado de sementes.

Dessa vez, Yiannis colocou o café no fogão sem perguntar, e eu me sentei na cadeira de plástico. O passarinho esvoaçou da mesa para a bancada da cozinha, perto de Yiannis. Ele estendeu a mão para proteger o passarinho do fogo, e deixou-a ali, como um anteparo.

— O passarinho está ainda melhor hoje — eu disse.

— É.

— Você vai soltá-lo logo?

— Claro.

Ele mexeu o café lentamente. Depois, abriu um vidro de *karydaki glyko*, e colocou duas nozes frescas inteiras, invólucro, casca e noz, lixiviadas e embebidas em mel, em pratinhos, acompanhados de garfinhos prateados. Fazia anos que eu não comia uma dessas, e até o perfume lembrou-me deste mesmo apartamento, muitos anos atrás, quando minha tia vivia aqui. Repentinamente, lembrei-me das cortinas verde-limão que pendiam da parede, com bordados de pavões e limoeiros. O que teria acontecido com elas?

— Então, você tem mais notícias? — Yiannis perguntou, colocando o café à minha frente e sentando-se.

– Recebi uma ligação do Tony, aquele sujeito de quem te falei.

Ele balançou a cabeça.

– Ontem à noite, ele me ligou dizendo que tem uma informação preocupante. – Engoli com dificuldade, tentando esconder meu pânico de Yiannis. Achei que fosse começar a chorar.

Yiannis endireitou o corpo, um grande vinco formando-se em sua testa.

– Ele não quis me contar por telefone. Vou vê-lo hoje à tarde. Pensei que você gostaria de vir comigo.

– Claro – ele disse baixinho, mas notei que seus punhos estavam fechados, e os nós dos dedos, brancos. Ele captou meu olhar. – Estou com medo – disse.

– Do quê?

Mas ele não respondeu. Comemos o *karydaki glyko* e bebemos nosso café em total silêncio, enquanto o passarinho pulava por ali, nos raios de luz entre nós.

– Tem mais uma coisa – eu disse.

– Sim?

– Kumari, a filha de Nisha. Tenho pensado nela. Você voltou a falar com ela?

Ele suspirou profundamente. – Falei. Mas simplesmente não sei o que contar a ela.

Um táxi entra na aldeia. Ele para em frente à casa da viúva.

Chegamos, o motorista diz, olhando pela janela com um bocejo.

A mulher no carro confere o endereço em seu celular.

É quase meia-noite, e a viúva andou esperando por eles. Ela sai para o pátio e ergue o polegar. Sim, ela diz, bem-vinda. Você chegou ao lugar certo.

O taxista abre o porta-malas e leva duas malas de tamanho médio, uma em cada mão, até a porta de entrada da casa da viúva.

Contorne lá para o fundo, ela diz. Isto é que é um rapaz bom.

A viúva conduz o casal pelo terreiro até a casa de hóspedes e mostra o lugar para eles. O homem pega no travesseiro uma amêndoa açucarada e chupa-a, dizendo que lhe lembra alguma coisa, embora não consiga de jeito nenhum lembrar o quê.

Amanhã visitaremos o Museu Bizantino, e o Museu da Barbárie, a mulher diz.

Ambos são igualmente elucidativos, a viúva diz, antes de deixá-los a sós.

Gosto da palavra barbárie, a mulher diz ao homem. Ela despe a violência de ideologias, deixa-a nua, você não acha?

A essa altura, as outras casas na aldeia estão escuras, e o mesmo acontece com a rua que sai da aldeia, depois que o táxi se vai com um ruído surdo.

Junto ao lago, a carne foi removida da cabeça da lebre, do seu abdômen e das patas traseiras. Agora, três camundongos se alimentam dela; um deles apressa-se pelo seu corpo como se estivesse correndo por uma pequena colina.

O céu está escuro. Nuvens juntaram-se pesadas e densas, no preparo de uma tempestade. ∎

22
YIANNIS

– Yiannis, meu caro. Quero que você vá em outra caçada neste final de semana. Recebemos várias encomendas gigantes. Estão chegando as festas de Natal, e todas aquelas besteiras. Vai estar agitado novamente, como no ano passado, se lembra? – Seraphim disse pelo celular.

Eu estava no quarto com as janelas fechadas, persianas abaixadas, mantendo o inverno e a luz do lado de fora, agitado a respeito da notícia que aquele sujeito Tony poderia ter sobre Nisha.

Do que exatamente Seraphim estava me pedindo para lembrar? De como eu fiz tudo sem questionar? Como matei dentro de mim o garoto que costumava ser? Como menti para Nisha?

Fiquei calado.

– Então – ele continuou –, desta vez vamos para a costa oeste de Larnaca. Você fez uma grande captura lá, no mês passado. Desta vez, vou com você, seremos ainda mais produtivos.

Fiquei calado.

– Vamos nesta sexta-feira – ele continuou. – Eu te pego como sempre às três da manhã, então fique do lado de fora, esperando, com todo o equipamento.

Fiquei calado.

– Acho que você perdeu a língua.

– Só estou olhando para a minha agenda. Ainda preciso fazer todas as entregas da última caçada.

Eu me vi no meu quarto da infância, sentado na escrivaninha de carvalho, meu pai pairando sobre mim. A essa altura, eu já não o chamava de "pai", era *Ele*. Meu pai morrera na guerra. Eu não conhecia aquele novo homem, cujos olhos não tinham foco. Ele vociferava. Queria que eu estudasse, que saísse da aldeia, me tornasse alguém. Aquilo era tão despropositado?

Bom, fiz isso. Olhe para mim. Ele não me disse para arrumar dinheiro a qualquer custo? Quando morreu, já não se lembrava do meu nome. Mas ele caminhava do mesmo jeito, na casa de repouso, ao longo daquele corredor verde, para cima e para baixo, hesitando sobre um linóleo verde, sem saber quem era, ou quem eu era. Acho que podemos morrer várias mortes.

Seraphim limpou a garganta. Tinha me permitido o silêncio, mas ele havia se prolongado demais.

– Tudo bem – eu disse. – Vejo você na sexta-feira.

Fiquei deitado no escuro pensando em Nisha, na maneira como ela tinha se agarrado a mim na noite, lamentando o bebê perdido. Existem muitas maneiras de perder uma pessoa, isso era algo que Nisha me ensinara. Foi então que ela me contou a terceira história de perda.

Depois que seu marido morreu nas minas de gemas de Rathnapura, Nisha resolveu voltar para Galle, para ficar com a mãe, na casa entre o mar e os arrozais, onde vivera quando criança. Àquela altura, seu pai havia falecido e a mãe se aposentara, podendo cuidar de Kumari enquanto Nisha trabalhava.

Ela encontrou um trabalho como vendedora ambulante em Galle Face Green, um parque urbano na caótica cidade junto à praia, fazendo *kottu*. Às vezes havia comícios e festas ali, e em tempos passados, corridas de cavalo a que ela ia com o pai. Agora, ao longo do gramado havia um arco-íris crepitante de comida de rua. Todos os dias ela fazia *kottu*, acrescentando *roti*, carne, legumes, ovos e um molho condimentado chamado *salna*, preparado em uma chapa, picado e misturado com lâminas prateadas.

O dono da barraca era gordo e moreno. Nas primeiras semanas, ficou em cima dela, especialmente durante a última etapa de preparação do prato, em que ela amassava e picava todos os ingredientes juntos, com as lâminas de metal sem corte. Queria ter certeza de que ela realizava o processo do jeito certo. Depois de ficar satisfeito – "Este é a porra do melhor *kottu* de Galle. Cresci com isto, e sei o que é bom" –, ele a deixou mais ou menos à vontade, e saiu para cuidar das suas outras barracas. Pagava-lhe quase nada, mas foi o único trabalho que ela conseguiu encontrar. Tinha caminhado de lá para cá pelas ruas, praticamente implorando trabalho. O dia todo e até tarde da noite, ela se impregnava de temperos aromáticos, e seu suor e suas lágrimas pingavam na comida porque, nem por um dia, ela deixou de chorar e ter saudades do marido.

Algumas barracas à frente havia um carrossel cuja música nunca parava, e, em frente, uma velha vendia sáris coloridos. A seu lado, um homem de meia-idade tinha um carrinho que vendia *isso vadai* de um laranja intenso (bolinhos condimentados de lentilhas com camarão), e ao lado dele uma moça que fazia doces com lascas de coco embrulhadas em folha de bétele.

O parque era circundado por carrinhos de vendedores de comida, iluminados, à noite, por pequenos círculos de luz elétrica. Havia cores, cheiros e sons por toda parte, e Nisha ficava exausta. A pensão de sua mãe era irrisória, e a sobrevivência de todos era mantida por ela. Quando seu marido era vivo, eles trabalhavam juntos para pagar as contas, e embora tivesse sido difícil, pelo menos ela estava nisso com mais alguém, com o salário de ambos ajudando-os a seguir em frente. Eles também tinham conseguido separar um pouco para a educação de Kumari. Era desejo de Mahesh que a filha estudasse, e fosse a primeira na família a frequentar a universidade.

Quando Nisha saía para trabalhar, Kumari chorava. Na verdade, ela chorava até ficar azul. Sua avó não conseguia fazer nada para consolá-la.

– Sua filha é um gênio maluco – a mãe de Nisha dizia para ela. – Sabe demais. Não consigo distraí-la como fazia com você. Ela é muito atenta. De onde ela tirou isso?

– De você, Amma – Nisha dizia, lembrando-se da obsessão da mãe com o coração de sua irmãzinha, tantos anos atrás. Lembrando-se do pendente que Kyoma atirara no rio para se libertar.

Kumari estava sempre acordada, quando Nisha voltava do trabalho para casa. Não havia nada que a mãe de Nisha pudesse fazer para levá-la a dormir. Tentava de tudo. Cantava para ela, caminhava com ela ao longo da beira-mar. Nada. Kumari olhava para as ondas e ria. A mãe de Nisha mudou de canções para rezas, entoando-as debaixo da quietude das árvores no jardim. A certa altura, pensou em organizar um *thovil*: "Nisha, estou perdendo o juízo. Esta

---

* Cerimônia consistindo numa dança para afastar espíritos que possam estar perturbando a vida de uma pessoa ou de uma comunidade. [N.T.]

sua filha está possuída". Logicamente, ela estava brincando; Kumari continuava sorrindo em meio àquilo tudo.

Sempre que Nisha chegava em casa, fosse nove, onze da noite, ou uma da manhã, Kumari começava a chorar. Para Nisha, após refletir, parecia que aquelas eram lágrimas de imenso alívio. Pegava a filha no colo, sentava-se na cama e fazia um pequeno ninho, cruzando as pernas. Kumari balbuciava e resmungava, enquanto Nisha punha seu bebê ao seio. Kumari sugava vigorosamente, pousando a mão esquerda sob os seios da mãe, a mão direita segurando seus dedos. Quando Kumari terminava, Nisha tirava suas roupas ensopadas de suor e se deitava de costas, no tapete, com o bebê sobre o peito. Gostava de se deitar no chão, sentindo o solo firme sob ela; fazia com que se sentisse mais segura, sustentada pela Terra. E então, finalmente, Kumari suspirava e caía num sono tranquilo.

Nesses momentos, Nisha sentia-se feliz. Era então que suas lágrimas paravam, quando tinha seu bebê nos braços. Nas noites quentes, deitava-se assim no jardim, por mais de uma hora, e pensava no mundo, do útero até as estrelas. Pensava no tempo, no espaço e na existência, e em como todos nós existimos em algum lugar entre o nascimento e o céu, e que em algum lugar lá longe estava a força energética de seu marido, à espera, ou renascendo.

No entanto, por mais que Nisha trabalhasse, o que ganhava nunca era suficiente. Elas já tinham começado a mexer no fundo de educação, o que a deixava mortificada. Em poucos meses, não restava nada. As três sobreviviam de salário em salário.

Um dia, a moça do outro lado da rua que fazia doces de coco com folha de bétele não apareceu. Foi substituí-da por uma mulher mais velha, de pele manchada, que sempre usava o mesmo sári. Por muitos meses, Nisha tinha observado Isuri, enquanto ela embrulhava os doces com delicadeza, os olhos escuros abaixados, levantando-os ocasionalmente para ver os passantes. Nisha e Isuri trocavam *kottu* por doces, banalidades por sorrisos, e por fim queixas por abraços. Isuri ainda não era casada, e procurava um par adequado, sentindo-se progressivamente farta da sua vida. Não conseguia ganhar o bastante para sustentar o pai doente e as duas irmãs muito mais novas.

Nisha e Isuri haviam se tornado próximas, e a partida súbita de Isuri teve um profundo efeito em Nisha. Isuri andara falando em deixar o Sri Lanka, esperando ir para a Europa, trabalhar como empregada. "Tem muitas mulheres fazendo isto!", contou a Nisha certa manhã, com olhos brilhantes. "Eu poderia ganhar o dobro do que ganho aqui em um mês! Poderia mandar dinheiro para casa e ainda ter o suficiente para mim. Receberia boas acomodações e comida. E imagine também toda aquela liberdade! Imagine poder sair, ser livre e não ter que dar satisfação a ninguém. Serei dona da minha própria vida." Estava muito animada, e Nisha jamais se esqueceria do semblante de Isuri naquela manhã, tão cheia de esperança em seu coração.

Em casa, à noite, com Kumari dormindo tranquilamente em seu peito nu, embebida de lágrimas que secavam, sentia seu corpo começar a doer e sua mente girar. Como poderia garantir a Kumari uma boa vida? Como poderia realizar o desejo do marido, e um dia mandar a filha para a universidade? Ficar em Galle era um beco sem saída. Tinha três bocas para alimentar, e tinha que fazer isto sozinha. A farinha estava acabando no armário, e o mesmo acontecia com o arroz. Sua mãe começara a racionar as porções. Kumari usava roupas herdadas dos vizinhos. Isto não seria um problema em si, caso Nisha conseguisse separar dinheiro para a educação da filha e garantir que ela estivesse bem alimentada, mas por mais que tomasse cuidado, por mais horas extras que fizesse, ou gorjetas que ganhasse, ainda não podia comprar toda a comida necessária para a semana, muito menos separar dinheiro para o futuro.

Nisha sentiu os dedinhos do bebê, macios e quentes enquanto dormia; apertou levemente suas coxas rechonchudas e colocou seus pezinhos nas palmas da mão, segurando-os. Kumari suspirou, mas não se mexeu, nem acordou. Nisha inalou seu hálito doce. Em seguida, exalou sua decisão. *Sim*, disse em voz alta. *Sim. Devo sacrificar estes belos momentos pelo futuro de Kumari*. E então, beijou as mãos da filha uma centena de vezes enquanto ela dormia, e decidiu dar-lhe tudo que pudesse, todas as chances na vida.

Levou mais de um ano para que seus planos começassem a se concretizar, mas por fim Nisha encontrou um agente, preencheu a papelada necessária e, quando tudo estava pronto, o que levou por si só alguns meses, esperou com paciência para ser alocada.

Algumas oportunidades fracassaram: uma com uma grande família em Singapura, outra com um velho em uma aldeia da Arábia Saudita, e outra com um jovem casal em uma cidade de Chipre. Então apareceu Petra, uma empresária grávida, que buscava ajuda para manter a casa e cuidar do bebê depois de nascido. Nisha sentiu que aquilo era perfeito para ela, não que realmente tivesse escolha. Teria que aceitar o que lhe era oferecido, ou esperar mais tempo. A ilha de Chipre parecia pequena e simples, e haviam lhe dito que havia muitas mulheres do Sri Lanka que já tinham ido para lá, que todos falavam inglês, e que o clima era bom.

A taxa do agente era astronômica para Nisha, o equivalente a dez mil euros. É claro que ela não podia arcar com o pagamento adiantado, então acertaria a dívida em parcelas, começando com o primeiro salário. Calculou que isso ainda a deixaria com dinheiro suficiente para mandar para casa, além de uma reserva para a educação de Kumari.

Enquanto isso, Kumari não mais se acomodava no peito de Nisha, quando ela voltava do trabalho. Ela se contorcia e resmungava, se agarrava a sua pele, depois chorava desconsoladamente, como se tivesse machucado a si mesma. Nisha estava convencida de que Kumari entendia, em algum nível instintivo, que a mente e o coração da mãe estavam em outra parte. Nisha não suportava aquilo. Sabia que Kumari sabia. Kumari crescia a cada dia, e se tornava uma força a ser confrontada. Os resmungos transformaram-se em palavras reais. "Não!", ela dizia para a avó quando não queria dormir, e "Não!", dizia para a mãe quando ela pedia um abraço e um beijo ao voltar do trabalho. Aos 2 anos, quando já conseguia juntar frases, não adiantava argumentar com ela. "Não, Amma! Volte para o trabalho agora!"

"Mas você esperou por mim todo este tempo, e agora não me quer?"

"Não. Esperar não. Kumari brincando com Ziya. Ziya fome." Ziya era a boneca preferida de Kumari, feita pela avó com trapos velhos.

Kumari observou Nisha fazendo a mala.

"Mala grande, Amma?"

"Estou pondo minhas roupas dentro, ba-baa."

"Por quê?"

"A Amma vai embora."

"A Kumari vai?"

"Não."

"A Ziya vai?"

"Não, ba-baa."

Nisha chegou em Chipre tarde da noite num sábado, com uma malinha, usando um vestido de linho preto que uma vizinha em Galle fizera para ela. A representante do agente buscou-a no aeroporto e levou-a para uma velha casa escura em uma velha cidade escura, onde uma grávida desamparada cumprimentou-a com um sorriso destroçado e olhos distantes.

Isuri estava certa quanto a uma coisa: ela ganhou um belo quarto com móveis antigos, que dava para um jardim nos fundos, cheio de plantas, galinhas, um cacto, uma figueira e uma laranjeira. Havia um barquinho de pesca nesse jardim, que lhe lembrou os pescadores no Sri Lanka, aqueles que Nisha via da janela do seu quarto, e ela soube que viera ao lugar certo.

Naquela noite, ela acordou ao som de um choro. Saiu da cama e pôs o ouvido na porta fechada. Era uma criança, muito nova, provavelmente de idade próxima a Kumari. Tão clara e presente quanto a escuridão. Nisha caminhou pelo corredor, seguindo o som, e ele a levou para o jardim, pela porta comum. Ali, o som era mais alto. Pensou que poderia ser uma criança do vizinho, mas parecia não tèr direção. Vinha de toda parte, ou foi o que lhe pareceu. Ela se sentou no barco sem uso no jardim e tentou entender de onde vinha o choro. Vinha da terra, das árvores e do céu. Ficou ali sentada até adormecer e acordou no raiar do dia, ao som de um galo cantando ao longe. O choro havia parado.

Tinha apenas uma hora antes de precisar começar a trabalhar, então decidiu começar imediatamente. Limpou e esfregou cada superfície até deixá-la brilhando, até que a lembrança da perturbação da noite começasse a se esvair.

Petra estava feliz com o trabalho de Nisha. Era a única coisa com a qual dava impressão de estar feliz. Parecia viver num constante estado de desespero, e carregava o ventre como se fosse um objeto, como se estivesse carregando a Terra.

Na noite seguinte, enfiada na cama depois de um longo dia, Nisha tornou a ouvir o choro. Mais uma vez, saiu da cama e seguiu o som até o jardim, pelas portas de vidro do seu quarto. Era uma noite clara e gelada. Acima dela, uma cúpula de estrelas. O ar estava parado, sem vento, e ela escutou, alerta como um gato, para poder localizar a origem do som. Mas mais uma vez ele vinha de toda parte, das folhas das árvores, dos galhos e da cortiça, até das raízes. Parecia correr como rios debaixo da terra, como a canção profunda das árvores. Vinha igualmente de cima, do tecido do céu, das ondas e das partículas que formam nossa existência; vinha carregado nas asas dos morcegos e corujas, e mais ainda, muito mais alto, vinha das estrelas.

Nesse ponto da história, Nisha parou. Parou de falar e olhou diretamente nos meus olhos, depois passou as mãos pelos meus braços, como que para explicitar minha existência, se fixar no presente.

– Você descobriu de onde ele vinha? – perguntei.

Mas em vez de responder, ela trouxe seu corpo para junto do meu, de modo a não haver espaço entre nós; amoldou-se ao meu corpo, enfiou a cabeça no meu pescoço e, pela primeira vez desde o aborto, começou a chorar.

23
PETRA

– Então, quando foi que tudo começou? – perguntei. – Você e a Nisha? Se não se incomoda de eu perguntar...

Yiannis e eu tínhamos partido para Limassol. O rádio estava em baixa frequência. Chovia forte, então fomos com o aquecedor ligado, as janelas fechadas. Estávamos passando por um laranjal e depois por uma fazenda. Abri uma fresta da janela e respirei o ar frio; o cheiro de terra e estrume adentrou.

– Dois anos atrás – Yiannis disse.

– Assim que você se mudou?

– Foi. Bom, foi aí que nós começamos a conversar. Depois disso, levou algum tempo para nos conhecermos.

Pensei que ele poderia se estender mais, mas ele olhava ao longe, para uma aldeia em uma encosta.

– Como vocês mantiveram isto em segredo por tanto tempo?

– Ela vinha me ver algumas noites por semana. Falava com a Kumari às cinco da manhã, sempre aos domingos e às terças-feiras, às vezes também em outras noites, e depois ia embora pouco antes das seis, para poder voltar ao quarto dela antes de você acordar.

Mantive os olhos na estrada, mas pude ver pela minha visão periférica que agora ele olhava para mim, talvez esperando a minha reação.

– Entendo – eu disse. – Gostaria que Nisha tivesse me contado.

Ele não respondeu. Ou seja, o que ele poderia dizer? Eu jamais teria aceitado isso, então. Era muito gananciosa, precisava de Nisha só para mim... e para Aliki.

Jamais teria considerado seu direito a sua própria vida.

Senti-me constrangida e envergonhada por ter estado tão autocentrada todos esses anos, sem ter notado. Fiquei em dúvida se eu teria sido diferente, caso Stephanos ainda estivesse vivo. Ele teria me mantido sob controle? Meu mundo tinha se tornado tão estreito que até mal chegava a conter nossa filha. Eu perdera grande parte da vida de Aliki, que estava logo a minha frente. O que ela estivera me mostrando que não consegui ver? O que ela andara dizendo todos aqueles anos, que não consegui escutar?

E então havia os pássaros. Yiannis trazendo milhares de aves canoras para seu apartamento, vendendo-as no mercado clandestino, envolvendo-se com o que eu sabia ser uma organização altamente criminosa.

À frente, o mar estava agitado pela chuva. Estávamos quase chegando.

Tony estava sentado em sua cabine de vidro. Hoje, o clima no Blue Tiger estava diferente, talvez por ser dia um de semana. Um cipriota atrás do balcão fazia sanduíches. Alguns fregueses espalhavam-se por várias mesas, e não havia música explodindo do saguão dos fundos, ninguém passando com bandeja de comida e bebidas. Era como se o outro Blue Tiger tivesse sido algo que eu vira em sonho. Mas então avistei Devna saindo da área da cozinha e vindo em nossa direção. Dessa vez, ela estava com um batom vermelho brilhante. Usava um jeans azul escuro diferente, com uma camisa xadrez de rosa e branco que mostrava um leve decote.

– Madame – ela disse. – E senhor. – Acenou com a cabeça para Yiannis. – Muito bom vê-la aqui novamente, madame. O Sr. Tony estará pronto em apenas cinco minutos. Posso lhes servir uma bebida?

Yiannis sacudiu a cabeça. Parecia amarelo. – Estou bem, obrigado.

Pedi um café puro, sem açúcar.

Devna saiu para buscar o café, enquanto eu e Yiannis ficamos por ali, em pé, sem jeito, até Tony erguer o braço e acenar para que entrássemos.

Yiannis cumprimentou-o com um aperto de mão e se apresentou apenas com seu primeiro nome. Parecia estar ali para fechar um negócio, com sua camisa branca engomada e calça cinza de sarja. Parecia ainda mais bonito agora, ao lado de Tony, cujos cabelos brancos estavam rebeldes e despenteados, enquanto grandes manchas de suor ensopavam o tecido sob suas axilas. Um cigarro queimava sozinho no cinzeiro.

Tony também apertou minha mão e nós todos nos sentamos. Tony olhou Yiannis e pegou seu cigarro, dando uma longa tragada no toco, um longo pedúnculo de brasa caindo no chão, a seus pés. Ele pisou nela, como se pudesse provocar um incêndio, e disse: – Então, Yiannis, certo? O que te traz aqui hoje?

– Eu e a Nisha somos muito amigos.

Tony ergueu as sobrancelhas. Nesse momento, Devna chegou com uma bandeja de café e biscoitos. Tinha feito um também para Yiannis, e ele o tomou por educação. Tony ligou o ventilador, e o ar enfumaçado circulou na cabine.

— Esse jeans é novo, Devna? — perguntou, e ela sorriu para ele com os lábios vermelhos brilhantes. Colocou o prato com biscoitos em cima de uma papelada na mesa, piscou para mim e saiu.

— Essas meninas nunca aprendem — ele nos disse, então. — O patrão dela é um viúvo de meia-idade, que a trata como uma princesa. Comprou-lhe um carro, toda semana compra roupas novas para ela. Agora lhe deu um cartão de crédito com fundos ilimitados. Então, me diga, o que vocês acham disto? — Ele sorriu, revelando dentes amarelos, mas seus olhos estavam atentos e perspicazes, e ele fixou o olhar em Yiannis, que se mexeu na cadeira e deu um gole no café. — Seja como for, acredito que vocês dois estejam aqui por se preocuparem com a Nisha. Tenho uma notícia bem preocupante.

Yiannis colocou o café sobre a mesa e endireitou o corpo. Vi que apertava os joelhos com as mãos.

— Desde que você me procurou, Petra, duas outras pessoas vieram. Uma foi uma empregada romena, que trabalha nos arredores de Nicósia. Veio aqui para me contar sobre uma amiga de infância, Cristina Maier, também romena, que desapareceu com a filha, Daria, que só tem 5 anos. A menina vivia aqui com a mãe. Como cidadã romena, ela podia fazer isso. Acontece que a mãe e a criança desapareceram dois meses atrás. A amiga tentou de tudo para acionar o alarme, mas seus patrões e a polícia não estão interessados. A segunda também é uma mulher da Romênia, Ana-Maria Lupei, com sua filha Andreea. Foram declaradas desaparecidas na última quarta-feira, exatamente há uma semana, dessa vez de outra cidade perto de Nicósia, e novamente a filha pequena estava com ela. Ontem, seu patrão, um velho veterano de guerra, veio aqui com o filho conversar comigo. Aparentemente, ela tinha saído uma noite para encontrar uma amiga. Levou a filha com ela, e as duas não voltaram. O velho estava alucinado de preocupação. Gosta muito das duas. Foi até a polícia e achou o encontro inútil. – Tony deu de ombros. – Nos dois casos, as mulheres desapareceram sem aviso; nos dois casos, a amiga e o patrão insistem que não era do feitio delas. Saíram sem pertences, nem passaportes, e nos dois casos a polícia não demonstrou interesse em prosseguir com a investigação. A única diferença aqui, no entanto, o que é ainda mais preocupante, é que essas duas mulheres desapareceram não sozinhas, mas com as filhas.

Tony ficou em silêncio, então, deixando suas palavras serem assimiladas. Segurou o cigarro com o cotovelo na mesa, olhando de mim para Yiannis e vice-versa.

Yiannis inspirou profundamente, e sua respiração saiu em fragmentos. Não me virei para olhar para ele. Não pude. Qualquer esperança que eu pudesse ter havia escoado de mim; agora, os desaparecimentos se entrelaçavam em uma rede complicada. A coisa tinha se tornado muito maior, algo sombrio e condenável arranhando nas beiradas da cabine.

Tony jogou o toco do cigarro no cinzeiro, e acendeu outro. O estalido do isqueiro foi alto, a chama ganhou existência, a fumaça propagou-se a nossa volta.

Subitamente, Yiannis levantou-se, levou a mão ao rosto, cobriu os olhos e a boca.

– Você está bem, Yiannis? – perguntei.

– Sinto muito; eu simplesmente não entendo – ele disse.

– Claramente, elas devem estar conectadas, é coincidência demais – Tony observou. – Tem que haver uma pessoa, ou um grupo de pessoas por trás disto. Vazou que uma das mulheres estava indo a um encontro amoroso. Não tenho informação sobre a pessoa que ela pretendia encontrar, estou tentando, mas ela contou a uma das amigas, antes de sair de casa. Isto confirma mais ainda que a polícia está enganada. Essas mulheres não decidiram simplesmente fugir para o território ocupado ao norte. Amanhã, vou voltar à delegacia com todos os fatos que tenho aqui à minha frente. – ele colocou a mão no caderno. – E não vou sair até eles concordarem em levar isto a sério.

Yiannis continuava em pé, cabeça baixa, como se estivesse rezando. Sem dizer nada, voltou a se sentar e colocou as mãos nos joelhos, como antes, só que, dessa vez, a angústia era evidente em seu rosto.

– Tenho sua permissão para compartilhar a informação que você me deu sobre Nisha? – Tony perguntou, então.

– Claro – eu disse.

– Existe alguma coisa que você poderia acrescentar?

Houve uma pausa. Então, Yiannis falou, sua voz ganhando força ao fazê-lo: – Agora sabemos que Nisha estava indo ao encontro de um colega meu. Seu nome é Seraphim Ioannou. Ele e eu estamos envolvidos numa rede criminosa que pratica caça ilegal. Especificamente, aves canoras. Nisha descobriu e tinha combinado de encontrá-lo. Aparentemente, ela não compareceu ao encontro.

Os olhos de Tony viraram fendas. Ele abriu o caderno e pediu que Yiannis repetisse o nome. – Você tem prova de que ela estava indo se encontrar com ele?

– Tenho, Seraphim me confirmou isto.

Tony assentiu com a cabeça e fez mais algumas anotações. Depois, fechou o bloco, inclinou-se para trás na cadeira, olhando agora, pela primeira vez, através do vidro, para seu restaurante, que começava a encher consideravelmente.

Voltamos em total silêncio. O sol sumiu no mar, enquanto a tarde se estendia. A essa altura, Aliki teria voltado da escola para casa. A Sra. Hadjikyriacou iria buscá-la e, provavelmente, lhe faria companhia com suas histórias, enquanto Ruba preparava para elas algo quente e aromático para jantar.

Yiannis contemplava a chuva à frente, batendo no para-brisa, e só falou quando entrei em Nicósia.

– Você se incomoda se eu desligar o aquecedor? – perguntou.

– Não, claro que não.

Dei uma olhada nele e notei que seu pescoço e o rosto estavam vermelhos. Quis perguntar o que ele estava pensando, mas nenhuma palavra escapou dos meus lábios.

Tem chovido tanto que o lago transbordou. O túnel da entrada da mina começou a se encher de água.

A chuva levou as formigas e as larvas da lebre, e os camundongos correram em busca de abrigo. Ao longo de suas patas traseiras, há tufos de pelo ensopado pela chuva, mas a maior parte da pele foi arrancada. A chuva cai em suas feridas abertas, cai no espaço aberto onde antes estivera seu olho, no espaço aberto onde antes estivera seu coração. Uma parte da caixa torácica está visível, como uma lua nova.

A chuva continua a cair na água vermelha do lago, bate na pedra amarela, escorre pelo esqueleto enferrujado da estrutura de extração, e entra no túnel profundo da mina. Ali, na superfície da água escura, está o cintilar branco de tecido – linho ensopado – que envolve algo desconhecido. Apenas um pedacinho é visível, como uma pequena montanha branca erguendo-se das trevas, como a ponta de um reluzente iceberg.

Na casa de hóspedes, o homem e a mulher estão deitados lado a lado na cama de casal; ela está de lado, virada para a janela onde a chuva desce; ele lê as notícias em seu celular. A luz do aparelho ilumina seu rosto. Ele ainda é jovem.

A mulher pega um livro ao lado da cama e folheia-o.

Vamos ao lago vermelho amanhã, ela diz.

O lago vermelho? ele pergunta, distraído.

É, eu te contei sobre ele. Antes, havia uma mina de cobre ali. Agora há um lago vermelho, tão vermelho quanto Marte, e as pessoas dizem que é muito estranho, belo e sobrenatural. Também dá para ver a estrutura de apoio de maquinário. O que você acha?

Sim, o homem diz. Parece ótimo. ■

24
YIANNIS

Seraphim pegou-me na madrugada de sexta-feira, enquanto lá fora ainda estava um negrume. As ruas cintilavam por causa dos últimos dias de chuva. Eu estava com todo o equipamento pronto, e esperava por ele lá fora, em frente à casa, como sempre.

Sem um oi: – Você terminou as entregas?

– Terminei – respondi, subindo no banco do carona, e prendendo meu cinto, depois de pôr toda a tralha no bagageiro da van.

– Quando?

– A última, ontem à tarde.

– Ótimo.

A estrada à frente estava escura, iluminada apenas pela lua. Havia uma fina camada de gelo nos campos, luminoso à noite. Lembrou-me a manhã anormalmente fria de final de outubro, não muito tempo atrás, quando vi o muflão na mata e corri para casa para contar a Nisha.

Finalmente viramos em uma estrada de terra, e o caminho ficou mais escuro, sombreado pelas árvores. Estava tão escuro que senti como se pudéssemos estar nos dirigindo para cair de um despenhadeiro dentro do mar, mas o mar estava a quilômetros de distância. A van continuou em frente até chegarmos a uma parada abrupta, em uma clareira debaixo de um enorme carvalho.

Seraphim saiu sem dizer uma palavra e abriu as portas da traseira da van. Segui-o e ele me passou as bolsas a tiracolo que continham os gravetos com visgo, os dispositivos de chamado, três gaiolas cobertas com pássaros adormecidos, uma grande rede de neblina, e por fim um rifle.

– Um rifle?

– É estação de caça. Pensei que poderíamos caçar algum animal. É permitido às quartas e sextas, em novembro.

Peguei o rifle da mão dele, e ele se virou para mim e sorriu aquele sorriso rasgado. Desde quando Seraphim se preocupava com regulamentos de caça? Eu sabia que novembro era uma boa época para caçar lebre, perdiz chukar, francolin preto, pomba torcaz e galinhola, mas existe um limite nas cotas que os caçadores podem levar, algo como duas lebres e duas perdizes por caçador, por dia de caça. Mas me senti um hipócrita, pensando nas cotas, quando no chão, a meus pés, estava a rede de neblina enrolada, de cotas não seletivas e indiscriminadas.

Levamos o equipamento para dentro da mata. Conforme desenrolamos a rede e prendemos as estacas entre dois juníperos, lembrei-me de quando andava pela floresta com o meu avô, e como ele havia me explicado que em tempos idos a ilha era quase que completamente coberta por florestas impenetráveis. "Imagine como teria sido naquela época!", ele disse. "A vida selvagem não ser incomodada por mãos humanas, que pegam muito mais do que precisam."

– Cadê você? – Seraphim gritou, abruptamente.

– Estou aqui.

Ele sacudiu a cabeça, enfiando a estaca mais fundo na terra.

– Você está a quilômetros de distância. Concentre-se, homem. Imagine que tenha quatorze pares de olhos. Fique atento.

Concordei com a cabeça, e ele me fez sinal para tirar as cobertas das gaiolas. Fiz o que ele mandou. Os pássaros mantiveram-se fiéis à escuridão, guardando suas canções para si, por enquanto.

– Oksana está grávida – ele disse.

Forcei-me a parecer feliz. – Uau, que grande notícia! Parabéns, meu amigo.

– Fizemos o primeiro ultrassom noutro dia. Você devia ter escutado as batidas do coração. Sabe, é a coisa mais fantástica do mundo, que este pequeno ser humano esteja crescendo dentro dela. Vou ser pai.

Seus olhos brilharam, mas seu sorriso manteve uma insinuação de medo, ou apreensão, e vi nisso o menino que conheci um dia.

– Você vai ser ótimo – eu disse.

– Comecei a fazer o quarto do bebê. Estou pintando murais nas paredes.

– Do que são? – perguntei.

– Ah, coisas de criança, você sabe, cascatas, montanhas, balões de ar quente, esse tipo de coisa.

– Parece legal.

Passamos a colocar nos arbustos e nas árvores os gravetos com visgo, ainda no escuro. Não usamos lanternas, para o caso de a área estar sendo patrulhada. Trabalhamos em silêncio, ouvindo atentamente qualquer som ou movimento incomum.

Então, Seraphim ia ser pai. Seraphim. Isso fez minhas tripas revirarem. Um lampejo de sangue no vaso sanitário. Nisha com as mãos cruzadas sobre o ventre. Observei os movimentos de Seraphim no escuro, eram fluidos e discretos, como uma sombra. Quis perguntar-lhe novamente sobre aquele domingo. Nisha não tinha mesmo aparecido? Ele teria algo a ver com o seu desaparecimento? Ele não podia. Falando sério, ele não podia. Seraphim era um cretino, o mais desclassificado dos desclassificados em se tratando de certas coisas, mas não era possível que estivesse envolvido em algo tão sinistro quanto uma pessoa desaparecida, ou mesmo cinco mulheres desaparecidas e duas crianças, caso tivessem ligação. Pude ver o contorno impreciso da sua boca e dos olhos. Parecia estar sorrindo. Estava satisfeito consigo mesmo.

Seraphim, dentre todas as pessoas, ia ser pai. O sacana.

Quando terminamos de armar, acendemos uma pequena fogueira e esperamos o amanhecer, que os pássaros descessem para as árvores. Os dispositivos de chamado cantavam no escuro, como preparação, e a música mecânica, mas linda, chegava até nós como se fosse um sonho. Os pássaros engaiolados não cantariam até o nascer do sol. Tostamos azeitonas e haloumi em espetos sobre o fogo. Serafim tinha o rifle próximo a ele.

– O que você espera matar? – perguntei.

– Talvez alguma lebre, esse tipo de coisa, depois de recolhermos os pássaros. Espere o despertar da vida selvagem.

Concordei em silêncio e tirei com os dentes uma azeitona quente do espeto. Uma azeitona preta, amarga e granulosa. Não houve muita conversa entre nós. O tempo todo, Seraphim mantinha-se atento, movimentando a cabeça a cada som que ouvia. Mantive os olhos no rifle. Aquilo me incomodava, a maneira como Seraphim mexia no gatilho, a maneira como o mantinha tão perto.

Foi no momento em que a luz do amanhecer cortou a escuridão, e os pássaros nas gaiolas e todas as aves livres começaram a cantar, que ouvi o esmagar de folhas. É claro que Seraphim também ouviu, e se levantou imediatamente, perscrutando na luz da aurora. Pensei que era chegada a hora, finalmente seríamos pegos, e, mais do que tudo, só senti alívio.

Mas o que apareceu na clareira segundos depois, sob as árvores, não foi um homem em uniforme de guarda-florestal, mas o muflão.

Também me levantei, e ele me olhou como fizera naquele dia, com olhos âmbar, cansados. Mais uma vez, ficou ereto e forte, e sua pelagem e os chifres tinham um brilho dourado.

– Olhe pra isto – Seraphim cochichou. – Extraordinário!

Ele se abaixou devagar, posicionando o rifle, sem desviar os olhos do animal.

O muflão, acompanhando seus movimentos com os olhos, deu um passo atrás, de modo a ficar, então, diretamente sob um facho de luz no sol nascente. E exatamente aí, vieram milhares de pássaros, cruzando o céu.

– Seraphim – eu disse, com urgência. – Não atire!

– Não seja estúpido! Isto é um prêmio! – Seu sussurro rouco estava tomado pela excitação.

Ele encaixou a arma com mais firmeza no ombro, preparando-se, observando o animal.

– Ele é protegido – eu disse.

Ele riu, um som baixo e suave, mas vindo do fundo do peito. O animal recuou mais um passo, agora para dentro das sombras, debaixo das árvores, e parecia estar olhando além de Seraphim, diretamente para mim.

Aproximei-me e agarrei o cotovelo de Seraphim. Ele me empurrou com tanta força que tropecei de lado.

– Que diabos você está fazendo, cara? – Sua voz de volta ao normal. O muflão recuou mais, para um espaço escuro, encoberto, mas seu pelo e os chifres captavam a luz.

Endireitei-me e me coloquei rapidamente entre o animal e Seraphim, enquanto ele reposicionava a arma.

Segurou o rifle firme no ombro, o olho esquerdo bem apertado, o direito mirando o focinho.

– Agora vamos, saia do meu caminho – ele disse.

Seraphim tentou um ponto de vista à esquerda, à direita, para pegar o muflão por um ângulo diferente.

E então vi seu dedo começar a apertar o gatilho.

No segundo seguinte, sem pensar, corri para sua linha de tiro, e, antes que eu pudesse ter outro pensamento, ele disparou.

Senti uma dor lancinante no braço, como se ele tivesse sido queimado com fogo.

Mesmo com dor, ouvi o animal atrás de mim cair. Escutei seu colapso, encontrando a terra em meio às folhas mortas. Embora estivesse de costas para ele, pude ver seu rápido declínio no olho da minha mente, e ainda o vejo, vezes sem conta.

Seraphim abaixou a arma. – Merda – disse.

Eu tinha agarrado meu braço e podia sentir o sangue escorrendo por um enorme rasgo na minha jaqueta. A bala tinha cortado a minha pele, a caminho do muflão atrás de mim.

Virei-me para olhar. Ele estava deitado de lado com um buraco no peito, uma poça de sangue aumentando gradativamente no chão. Seus olhos estavam abertos. Ainda estava vivo. Agachei-me ao lado dele e coloquei minha mão ensanguentada em suas costas, acariciando seu pelo. – Está tudo bem – murmurei. Coisa estúpida de se dizer.

Ele me olhou de lado, seus olhos âmbar agora poças de ouro líquido. Acariciei sua cabeça. Era só o que eu podia fazer. Sua respiração estava superficial e difícil. Por fim, ele deu um último suspiro, e seus olhos perderam o foco.

Agachado no chão ao lado do animal, comecei a chorar de um jeito que não chorava desde quando era menino. Chorei por amar Nisha, por sentir falta dela, por sentir medo por ela. Chorei por aquela bela criatura cuja vida tinha sido interrompida com tanta insensatez. Chorei pela maneira como ele tinha olhado para mim enquanto morria, e chorei pelas mortes desnecessárias de tantos animais.

Seraphim moveu-se atrás de mim, e, lembrando-me de que ele estava ali, virei-me. Agora, ele tinha abaixado a arma e segurava-a frouxamente aó lado.

Levantei-me. Não tenho certeza de qual era a expressão do meu rosto, mas fosse qual fosse, ele deu um passo atrás, apesar do fato de ser ele quem segurava a arma.

— Você está bem? — Parecia abalado e menor.

— Me diga o que você fez com a Nisha.

Ele me encarou sem falar. Dei outro passo à frente. Ele deu outro para trás e segurou a arma com mais força.

— Onde ela está?

— Não sei.

— Seraphim!

— Estou falando a verdade! Ela não veio me encontrar. Juro sobre o túmulo da minha mãe. — Ele se persignou e sustentou meu olhar. — Sinto muito, me desculpe, você está sangrando. Vou te levar para o hospital.

Talvez fosse o meu rosto, meus olhos, ou talvez algo tenha acontecido com ele ao me ouvir chorar, porque seus olhos estavam arregalados e alarmados, e agora, à minha frente, havia um homem inseguro, arrependido e confuso até o fundo de sua alma podre.

Vi que sua mão tremia, e ele jogou a arma, enquanto erguia as mãos.

— Juro pra você — repetiu. — Se ainda não acredita em mim, vou te mostrar uma coisa.

Ele olhou para mim, hesitante, esperando que eu respondesse, e acenei com a cabeça. Ele enfiou a mão no bolso traseiro e pegou o celular, depois deslizou o dedo pela tela e estendeu-o para que eu o pegasse.

Tinha aberto uma série de mensagens entre ele e Nisha.

31/10 22h16
Caro Sr. seraphim, estou um pouco atrasada pq foi difícil sair, mas estarei no Maria's em meia hora.

31/10 22h19
OK. Por favor, não se atrase muito tenho q sair + cedo esta noite.

31/10 22h21
Caro Sr. seraphim farei o possível para chegar o mais cedo q puder Obrigada pelo encontro é mto importante

31/10 23h15
Continuo esperando. Está vindo?

31/10 23h43
Oi Nisha?

1/11 00h01
Acho q agora tenho q ir.

Depois, ele pegou o telefone de volta e rolou a tela de novo. Dessa vez, quis que eu olhasse uma série de mensagens de texto entre ele e a esposa.

31/10 22h10
Por favor chegue cedo hoje à noite. Dia difícil. Preciso de um abraço.

31/10 22h18
Chegarei. Não se preocupe. Te amo

31/10 22h22
Não vou demorar mto. Esperando alguém, tenho um encontro, não deve demorar. Abraço a caminho! Te amo

– O que isto prova? Outra pessoa poderia estar envolvida – eu disse.

Seraphim soltou um suspiro de frustração. – O que você acha que aconteceu? O que está imaginando? Pode olhar todo o meu celular. Vá em frente! Não tenho nada a esconder de você.

Ainda segurando o celular, voltei-me para o muflão. Estava deitado tranquilamente, imóvel, seu chifre direito enfiado na terra num ângulo estranho. Seus olhos continuavam abertos, um olhando direto para o céu matinal, que ainda estava meio escuro, por entre as folhas das árvores. Olhei para ele com os olhos marejados.

Tornei a me sentar a seu lado. Pus a mão em seu peito, e, à medida que o sol subiu mais, a manhã pareceu extrair o ouro do corpo e dos olhos do muflão.

Então vi. Vi o ouro evaporar, mesclar-se com o ar e subir para o céu. Vi o ouro se erguer do seu corpo como luz, como se poderia imaginar uma alma deixando um corpo. O ouro tornou-se parte do nascer do sol a minha frente. Agora, a pele do seu baixo ventre era puro branco, seu corpo e a cara, um leve cinza acastanhado. Seus belos chifres retorcidos eram de um esbranquiçado que me lembrou pedra.

Minha mão tremeu em seu peito. Minha respiração sacudiu-se com mais lágrimas, uma tristeza intensa que se arrancava para cima, vinda das minhas profundezas.

Seraphim permaneceu calado atrás de mim.

– Você viu aquilo? – perguntei.

– Vi o quê?

– O ouro, a maneira como deixou o corpo dele, a maneira como se dissipou no céu.

Ele não respondeu de pronto, e, depois de respirar profundamente algumas vezes, disse: – Você não anda bem desde que a Nisha foi embora.

– Ela não foi embora. Você é um cretino, sabia?

Encarei-o de novo e me lembrei de tudo que Nisha havia querido de mim, as coisas que tinha dito, a maneira como havia chorado ao ver a minha foto de menino. *Você era tão lindo e tão meigo.* Teriam sido estas as suas palavras?

– Seraphim, estou fora – eu disse. – De agora em diante, me deixe em paz. Não precisa me pagar esta caçada, nem a última, por sinal. Não quero ter mais nada a ver com isto. Pode pôr fogo em tudo que eu tenho, tanto faz, mas se alguém se machucar, juro que te mato.

Os pássaros engaiolados ainda cantavam a plenos pulmões. O sol subiu ainda mais. O tempo parecia estar passando mais rápido. Por quanto tempo ficamos ali parados, encarando um ao outro?

– Como você vai ganhar dinheiro? – foi só o que ele disse.

Não me dei ao trabalho de responder.

O iPad tocou às cinco da manhã. Eu estava bem acordado. Meu braço tinha sido costurado e enfaixado, e eu não tinha dito nada do que acontecera aos médicos.

Quando atendi o telefone, tanto Kumari quanto a mãe de Nisha me encaravam.

– O que houve com o seu braço, Sr. Yiannis?

– Eu caí, Kumari. Não se preocupe, não é nada.

Ela apertou os olhos para mim. Não estava convencida.

A velha começou a falar comigo em cingalês. Seu rosto era liso como uma pedra, e seus grandes olhos estavam fixos em mim. Seus dedos abriam-se e fechavam-se, enquanto ela falava. – Me diga! – ela disse, finalmente, em inglês. Depois, cutucou Kumari.

– Minha avó está muito preocupada – Kumari disse. – Ela quer saber onde a Amma está. Diz que ela nunca deixou de ligar para sua amada filha e amada mãe. Está perguntando o que o senhor fez com ela?

Percebi que minhas mãos tremiam, enquanto eu segurava o tablet.

Fiquei em silêncio por um tempo, e as duas esperaram. A velha com seu rosto liso tinha a mão no ombro de Kumari. Apertava-o com força.

A menina me olhava por debaixo de uma franja recém-cortada.

– Kumari – Respirei fundo. – Kumari, sinto muito. Por favor, diga a sua avó que não sei onde sua mãe está. Ela saiu uma noite, quase três semanas atrás, e não voltou.

A menina ficou em silêncio por um momento, abriu a boca para me dizer alguma coisa, mas depois mudou de ideia e se virou para a avó para traduzir.

A velha ficou alucinada. Começou a chorar e falar tão rápido, que a menina abanou as mãos na frente da avó para interrompê-la, para fazê-la ver a neta, talvez. A velha continuou a falar, agora sem fôlego, e Kumari, encobrindo a voz da avó, começou a traduzir:

– Ela está perguntando onde ela está? Por que ela saiu? Por que não voltou? Aconteceu alguma coisa?

– Não sei, Kumari – respondi. – Mas estamos fazendo o possível para encontrá-la. Vocês precisam saber e entender isto. Todo o possível. – Minha voz falhou na última palavra.

– Ela quer mais informação, Sr. Yiannis. Diz que o que o senhor nos contou não basta. Precisa saber mais.

– Só sei e só posso dizer a vocês que outras quatro mulheres, todas elas empregadas estrangeiras, e suas duas crianças, também sumiram.

Kumari traduziu para a avó, e a velha começou a falar mais rápido. Percebi que havia perguntas, muitas perguntas, mas a menina virou-se para mim, então, com uma solenidade e uma súbita seriedade que me lembrou sua mãe.

– Sr. Yiannis – ela disse, baixinho –, por que o senhor não me contou isto? Faz muito tempo que o senhor sabe, não é?

– É – respondi.

– Por que não me contou?

– Eu estava com medo.

– Medo do quê, Sr. Yiannis?

– De partir seu coração.

Assim que disse isto, a tela ficou preta, e ela se foi.

Fiquei ali, olhando para o tablet, imaginando como Nisha havia conseguido ter toda uma relação com a filha através daquela tela minúscula. Quis atravessar o vidro, chegar até Kumari, puxá-la para um abraço e dizer que não se preocupasse. Queria tranquilizar aquela menina que tanto me lembrava sua mãe, mas não consegui. Não apenas a distância era enorme entre nós, mas também porque eu realmente não sabia o que dizer para confortá-la.

Dois abutres estão planando e navegando sob as nuvens, com as asas dispostas em V. Bem abaixo, a cavidade ocular da lebre olha fixo para a parte inferior de suas asas, de duas tonalidades, preto e prateado.

Que bela manhã! Azul como safira, com nuvens invernais vagando. Anos atrás, os abutres se juntavam nesta área como rebanhos de carneiros ou cabras; agora, esses dois são uma visão rara. Eles mergulham em direção à lebre, as sombras de suas asas alongando-se pelo lago enquanto descem. Vão limpar a morta. Aterrissam nas rochas amarelas da cratera, suas peladas cabeças minúsculas e vermelhas penduradas em seus pescoços compridos. Examinam a lebre juntos.

Começam a se banquetear na carne que restou, macia e liquefeita pela chuva. O lago brilha sob o sol do meio-dia.

Na entrada da mina, o linho branco desfez-se em faixas, e a água da chuva transbordante move-se lentamente sobre a carne azul e roxa de um seio.

Na casa de hóspedes, o homem e a mulher amarram os cadarços de suas botas de caminhar.

Vai ser um dia lindo, ela diz, quando o sol brilha no quarto, através das frestas das persianas.

Andei lendo sobre as velhas minas, ele diz. Conto pra você no caminho.

Ele fala sobre a história antiga do cobre e do bronze, enquanto eles passam caminhando pelos campos de cevada e trigo. Ao passarem pelos girassóis, ele conta a ela tudo que leu sobre as velhas minas, e como os homens morriam de silicose. Por fim, chegam ao plano árido, onde a terra estende-se solitária para o horizonte. O sol está forte, e ela põe a mão acima dos olhos, como um marinheiro partindo para o mar.

Ao ver o casal, os abutres abandonam o cadáver da lebre e saem batendo as asas lentamente. ■

25
PETRA

O telefone tocou enquanto eu estava pegando folhas da videira do jardim. Queria cozinhar algo gostoso para Aliki. Tínhamos passado o sábado jogando jogos de tabuleiro, fingindo ler, mas, na verdade, preocupadas com Nisha.

Eu planejava fazer folhas de uva recheadas, para um piquenique no domingo, embrulhando-as em papel de alumínio para podermos comê-las com as mãos, debaixo do Portal Famagusta.

A voz do lado de lá do celular mudou tudo: – Petra, eu ia te dizer pra vir, mas isto não pode esperar. Foi encontrado um corpo na entrada da mina junto ao lago vermelho de Mitsero.

Comecei a tremer. Consegui desligar o celular, depois peguei Aliki rapidamente e fui até a Sra. Hadjikyriacou. Assim que viu o meu rosto, ela pegou minha filha sem qualquer pergunta.

Quando me virei para ir embora, Aliki gritou: – O que foi? Aonde você vai? Tem a ver com a Nisha?

Não consegui achar as palavras para responder, mas encarei seus olhos e acenei com a cabeça, confirmando. Depois, saí às pressas.

Subindo dois degraus por vez, corri até o apartamento de Yiannis, esmurrando sua porta.

Ele a abriu com os olhos vermelhos, e vi que tinha o braço em uma tipoia. Pareceu que tinha passado a noite chorando.

– O que aconteceu? – perguntei.

– Nada com que se preocupar.

Ficou horrorizado quando lhe contei o telefonema de Tony. Agarrou suas chaves e enfiou os tênis sem dizer uma palavra.

De onde eu moro, leva vinte minutos para chegar em Mitsero. O tempo todo, pensei na água, com as estruturas enferrujadas das minas abandonadas, protegendo-as como fantasmas.

Fomos até o fim da estrada pavimentada que passa pela aldeia de Agrokipia. Deixei o carro ao lado de um asfalto rachado, porque tínhamos que caminhar dali até o lago por um caminho de terra.

Um amontoado de pessoas tinha se juntado, ansiosas por ver.

Essas coisas não acontecem aqui!

Este tipo de coisa – nunca.

Quem será que eles encontraram?

Tentei bloquear as vozes do pessoal.

A área que cerca o lago e a estrutura de apoio de maquinário tinha sido cercada por cordas. Helicópteros circulavam no alto. Estávamos na descida de uma colina acidentada de rochas amarelas que ia até a água. Eu sentia Yiannis parado ao meu lado, mas não ousava olhar para o seu rosto. Se visse medo ali, ficaria destroçada. Mal conseguia me controlar. Mas podia ouvi-lo respirando, podia ouvir sua respiração entrecortada.

O corpo estava enrolado num pano branco.

Turistas, eles estavam caminhando.

O túnel da mina encheu-se de água depois da chuva.

É, também ouvi isso!

E ela trouxe o corpo à tona.

É. O corpo subiu.

Pude ver Nisha como se ela estivesse parada a minha frente, com sandália de dedo e shorts; um polvilhado macio de pelos pretos nas coxas; a trança que chegava à base da sua coluna; contas nos pulsos – pulseiras feitas pela filha e enviadas em um envelope precário. Meus pensamentos se expandiram: Nisha tirando luvas amarelas de borracha, passando geleia de laranja na torrada para mim, mexendo café no fogão com uma colher comprida, questionando-me com olhos sempre curiosos, sempre sombrios, tristes pelo passado.

Ao longe, atravessando o terreno, sinos de igreja começaram a tocar. Tocaram sem parar, mas eu ainda podia ouvir as vozes das pessoas.

O corpo está decomposto.

Terão que fazer testes de DNA.

Não ousei dizer o que estava na minha cabeça, mas sabia que Yiannis pensava a mesma coisa, porque quando finalmente me virei para olhar para ele, estava pálido e tremia.

No momento seguinte, ele saiu do meu lado. Vi-o se enfiar pela multidão, dirigindo-se para a estrutura de apoio de maquinário. Perdi-o por um tempo, depois escutei um tumulto. Cheguei mais perto, e vi Yiannis discutindo com um policial. Tinha conseguido passar por cima ou por baixo da corda, entrando na área de investigação.

O policial estendia os braços, criando uma barreira; outro se aproximava pela direita. Esse segundo policial pôs a mão no ombro de Yiannis e fez um gesto para ele se acalmar.

– Ei! – gritei. – Deixem-no em paz. Tudo bem. Ele a conhece. Tudo bem, ele a conhece.

Foi só quando todos eles se viraram para olhar para mim – a polícia, as pessoas na multidão – que entendi o que havia dito.

Deixamos o lago sem saber. A polícia nos disse para ir para casa. Teriam que fazer testes, algo a ver com DNA, testando os ossos. Mal pude distinguir as palavras.

Agora estávamos no carro, e olhei para Yiannis. Ele parecia a casca de um homem. Tinha os olhos fundos, os lábios apertados. Era um pássaro encolhido, algo depenado e velho.

Eu estava prestes a virar para Nicósia, quando ele falou, com a voz seca e rouca, como se não a usasse havia séculos.

– Petra – disse.

– O quê?

– Você iria a um lugar comigo?

– Aonde?

– Não posso voltar ainda.

– Mas aonde?

– À mata.

– Por quê?

– Preciso dar uma olhada em uma coisa. Você vem? Me leva até lá?

– Claro – eu disse.

Seguindo as instruções de Yiannis, guiei até a costa oeste de Larnaca, perto da aldeia de Zygi. Fui atingida pelo cheiro de tomilho selvagem e alecrim. À distância, vi as plantações cítricas com seus belos laranja e amarelos. Ele me levou a um lugar protegido, ao lado da estrada, e estacionei o carro. Saiu e seguiu por uma trilha estreita em meio às árvores, acenando para que eu o seguisse. Estávamos andando por uma floresta densa e escura de eucaliptos e acácias. Andamos por alguns minutos, abrindo caminho por entre espinheiros, até chegarmos a uma clareira.

Ali, infestado de moscas, havia um muflão. Dei um passo à frente, mas Yiannis agarrou meu braço com a mão boa.

– Não – ele disse. – Não é isto.

Segui-o mais para dentro da mata e comecei a escutar uma cacofonia de aves canoras. Nunca tinha ouvido nada igual, tantas músicas se sobrepondo. Havia milhares delas, acima de nossas cabeças, cercando-nos, milhares e milhares de pássaros contorcendo-se em redes que se estendiam na extensão da clareira.

– O que é isto? – perguntei, horrorizada.

– As redes de neblina – ele disse, numa voz oca. – Ontem, estávamos caçando...

Dirigi-lhe um olhar penetrante.

– É – ele disse, abaixando os olhos. – Estávamos caçando, eu e o Seraphim. Saímos com muita pressa, depois que machuquei o braço. Eu não sabia se o Seraphim tinha voltado. Parece que não.

Olhei novamente para cima. Era uma cacofonia. A música de milhares de pássaros presos em um só lugar. Quis vomitar. Milhares de pássaros presos na rede, tentando sair voando.

– Você me ajuda a soltar os pássaros? – Yiannis perguntou.

Com uma mão, ele começou a puxar a rede, até que cada lado caiu suavemente no chão. Ajoelhou-se e cuidou de cada pássaro, um por vez. Estava se esforçando, trabalhando apenas com um braço, estão fui ajudá-lo.

— Deus do céu! Deus do céu! — eu disse.

Algumas aves estavam mortas, mas aninhei nas mãos as ainda vivas, acariciando com os dedos suas penas, colocando-as no chão, esperando para ver se iriam se mexer. Algumas se foram saltitando, outras voaram para as folhas das árvores, ou para o céu. Uma a uma. Uma a uma. Yiannis trabalhou a meu lado, embora desajeitado e, na maior parte do tempo, sem eficiência. Vi sua frustração nas tentativas fracassadas, mas não seria tola de lhe dizer para deixar comigo.

Trabalhamos por quase uma hora, soltando juntos os pássaros. Uma quantidade enorme deles era de aves migratórias, e também residentes da ilha. Entre as toutinegras havia garças reais europeias e melros azuis, além de lindas e minúsculas trepa-fragas com suas penas das asas carmesins.

A essa altura, eu chorava, meus soluços mesclando-se ao canto dos pássaros.

— Há cruza-bicos e chapins-carvoeiros, gaios-azuis e trepadeiras-do-bosque — Yiannis disse, como se estivesse vendo-os direito pela primeira vez. — E milhafres pretos — continuou — e minhotos, e tartaranhão-apívoro. E veja... centenas de fringilídeos.

— Não é triste eles ainda estarem cantando? — eu disse.

— Eles cantariam até morrer — Yiannis respondeu.

— Escute só a música deles — eu disse. — Ah, veja aquilo!

No meio da rede de neblina, emaranhado com as penas pulsantes, estava um peneireiro-vulgar.

— Ainda está vivo — eu disse. Sua asa estava presa na rede, mas puxei os filamentos com os dedos, arrebentei-os com as unhas, tomando cuidado para não assustar a ave, não machucá-la mais.

– Ele morreria lentamente – Yiannis disse.

Segurei o peneireiro no colo, enquanto o desembaraçava da rede. Ele ficou quieto, olhando para mim com seus olhos grandes, de contas. Acima de nós e a nossa volta voavam os pássaros que haviam sido salvos. No chão, ao nosso lado, estavam os que haviam morrido.

Finalmente, soltei o peneireiro da rede, e Yiannis e eu paramos para vê-lo abrir suas asas pintalgadas e se lançar ao céu. Eu disse: – A Nisha estava sempre sorrindo, sabe, apesar de tudo. Criava a minha filha, limpava a minha casa e sempre sorria com todo o coração. Você via isso?

– Uma vez ela me contou que queria proteger Aliki da dor – respondeu Yiannis, acompanhando com os olhos o caminho do peneireiro no céu. – Ela carregava muita dor. Não sei se você sabia disso. Mas ela queria que Aliki a visse como se fosse feliz, para que a criança pudesse sentir que o mundo estava cheio de alegria. Nisha dizia: "As crianças buscam nossos olhos para descobrir o mundo. Quando veem felicidade, alegria ou amor ali, então sabem que essas coisas existem".

Instantaneamente, eu soube que era esse o presente que Nisha dera a minha filha, que Aliki tinha aprendido a entender o mundo pelos olhos de Nisha.

Duas noites depois, eu estava pondo Aliki na cama. – Você se lembra que me contou sobre os pássaros roubados do céu? – perguntei a ela, enquanto puxava as cobertas até seu queixo, depois as dobrava para baixo e as enfiava ao redor dos seus braços, puxando bem o tecido, como ela gostava.

Ela assentiu com a cabeça.

– Eu os salvei. Eu e Yiannis fomos salvá-los. Soltamos todos das redes, para que eles pudessem voltar a voar.

– Então, agora eles podem continuar a viagem?

– Podem.

Ela balançou a cabeça novamente, com os olhos enormes e lacrimosos à luz do abajur de cabeceira.

– Alguns dos pássaros morreram?

Fiz uma pausa. – Morreram.

– A Nisha vai ficar triste.

Na quinta-feira, Tony ligou e perguntou se poderia fazer uma visita naquela noite. Não parecia bem.

– Tem algo de errado? – perguntei. Tinha me acostumado com seu tom de voz, mas naquele dia ele soou apreensivo, hesitante. Ligava quase todos os dias para conferir, contar alguma novidade, ver se Yiannis ou eu tínhamos alguma notícia.

– É melhor a gente conversar quando eu estiver com você – ele respondeu.

Subi para contar a Yiannis que Tony viria às sete da noite, mas não entrei em detalhes sobre a nossa conversa.

Levei Aliki até a Sra. Hadjikyriacou.

– Vem alguém te contar alguma coisa sobre a Nisha, não é? – Aliki disse, enquanto eu batia à porta da Sra. Hadjikyriacou.

– Acho que sim.

– Huum – foi sua resposta. Um som baixinho, como um camundongo.

Yiannis chegou primeiro, antes das sete. Segurava o tablet na mão, para o caso de Kumari ligar; estava preocupado com ela. O cabelo dele tinha crescido, a barba estava por fazer, ele tinha olheiras e parecia que estava com a mesma roupa havia dias. Seu braço continuava na tipoia, e não me dei ao trabalho de voltar a indagar a respeito. Ele se sentou no sofá junto ao fogo. Nenhum de nós mencionou a tarde das aves canoras, nem tocou no nome de Nisha.

– Como está a Aliki?

– Está bem, obrigada. Está com a Sra. Hadjikyriacou. Ele assentiu.

– Quer beber alguma coisa?

– Só água.

Saí para ir até a cozinha e escutei o toque do tablet.

– Como vai você, Kumari? – Yiannis perguntou.

– Sr. Yiannis, estou preocupada. Invento histórias sobre o que aconteceu com a Amma. Talvez ela esteja presa num subterrâneo, como aconteceu com o meu Baba. De agora em diante o senhor vai me contar a verdade, Sr. Yiannis? Porque senão o meu cérebro inventa outras coisas.

– Claro – ele disse.

– Minha avó quer mais informações. Ela está no outro quarto, na cama. Tem andado chorando.

– Tudo bem, Kumari – ele disse. – Escute com atenção e lembre-se de que estou aqui a qualquer hora que você ou a sua avó precisarem falar comigo. – Yiannis hesitou, enquanto eu voltava com uma jarra e três copos numa bandeja, colocando-a na mesinha de centro. – Acharam uma mulher em um lago aqui da ilha – ele disse.

Fiquei atrás dele, fora do brilho da tela. No início, Kumari ficou em silêncio, depois, com um tremor na voz, perguntou: – A senhora no lago está viva?

– Não.

– A senhora do lago poderia ser a minha Amma?

– Não sei. Acho que não. Tenho certeza que não.

Mais uma vez, não houve reação por um tempo.

– O senhor acha que poderia ser a Amma. Sei que acha – ela disse. – Porque se pensasse que não era a Amma de jeito nenhum, não me contaria isto. Está me contando pra... pra me preparar. Não é isto, Sr. Yiannis?

– É, Kumari.

E então ela se foi.

Yiannis ficou imóvel, olhando seu próprio reflexo na tela escura. Dei um passo à frente e pus a mão em seu ombro.

A campainha tocou.

Deixei Yiannis ali sentado e fui abrir a porta para Tony. Foi estranho vê-lo fora da cabine. Ele era muito mais alto e largo do que tinha percebido, e andava lenta e pesadamente, como um urso.

Sentou-se na poltrona em frente a Yiannis, e servi-lhe um copo de água.

– Posso lhe servir alguma outra coisa? – perguntei. – Café ou chá? É uma longa viagem de Limassol.

– Não, obrigado, Petra – ele disse. – E agradeço a sua gentil hospitalidade.

Sorri levemente e me sentei. Nós dois ficamos olhando para ele, que hesitou antes de falar.

– Quis vir e contar a vocês antes que saia no noticiário.

– Eles identificaram o corpo? – perguntou Yiannis. Estava sentado na beirada do sofá e notei um tremor em suas mãos, pousadas nos joelhos.

– Identificaram.

– É a Nisha?

– Não – Tony disse, e ouvi Yiannis soltar a respiração. – Deixe-me terminar – disse Tony. – A mulher foi identificada como Rosamie Cotabu. Petra, é possível que você reconheça o nome. Era uma das mulheres sobre as quais te contei em sua primeira visita.

Assenti com a cabeça e olhei rapidamente para Yiannis, que parecia mais agitado do que nunca, esfregando a têmpora direita ritmadamente.

– Rosamie Cotabu – Tony repetiu lentamente. – Incomoda se eu fumar?

– Nem um pouco – eu disse, e me levantei para pegar um pires que ele pudesse usar como cinzeiro. Quando voltei da cozinha, ele tinha acendido o cigarro, e a fumaça rodopiava em meio à luz da lareira. Pude ver que a mão de Tony também tremia enquanto ele levava o cigarro aos lábios, dando três longas e fortes tragadas, de modo que a cinza inclinou-se. Ele levou a mão cuidadosamente até o pires e deixou que a cinza caísse ali.

– Tenho um amigo na polícia – ele disse, olhando para mim. – Ele é um subalterno, então não tem poder para instaurar uma investigação, mas tem sido útil em obter informação.

Acenei com a cabeça e me sentei.

– Rosamie Cotabu – ele disse. – Te contei sobre ela, não contei? Aquela que trabalhava para um homem que abusava dela fisicamente?

– É, eu me lembro – eu disse.

– Ela foi procurar ajuda na polícia, mas eles disseram para ela ir embora de Chipre, caso não estivesse feliz. Ninguém a ajudou. – Ele fez uma pausa e, com olhos pesados, deu outra tragada, antes de apagar o cigarro. – Eu sabia que Rosamie não fugiria. Sabia que tinha alguma coisa errada. Por que não fiz mais? – Ele ergueu um braço e deixou-o cair sobre o braço da poltrona, como um peso morto. Pegou outro cigarro no maço e segurou-o entre os dedos, mas não o acendeu. – Ah – disse, agora sorrindo. – Que menina alegre ela era! Tinha muitas amigas. Dizia que salvei sua vida. – A essa altura, Tony começou a chorar como uma tempestade repentina; lágrimas jorraram, e ele se desculpou vezes sem conta, em meio a soluços sufocados.

– Sinto muito, Petra. Não vim aqui para ser um peso pra você – disse, se recompondo, acendendo um cigarro, engolindo a fumaça como se ela fosse salvar sua vida.

– Não se preocupe, Tony – eu disse.

Yiannis estava tão quieto que quase esqueci que ele estava ali, mas quando me virei para ele, estava alerta e presente, tremendo por dentro. Dava para perceber. Lembrou-me a maneira como os talos de trigo balançam à brisa nos campos abertos.

– A polícia examinou seu celular, recuperado lá perto – Tony continuou. –Descobriu que ela tinha se comunicado por mensagem de texto com um homem que conhecera num site de encontros. Naquela noite específica, na noite em que sumiu, ela tinha saído para se encontrar com ele pela primeira vez. Ele foi a última pessoa para quem ela mandou mensagem. A polícia descobriu que o perfil dele no site de encontros tinha um nome falso, mas conseguiu rastrear os dados até um soldado grego-cipriota de 35 anos, que serve na guarda nacional. Levaram-no para interrogatório. A autópsia mostrou que ela tinha machucados no corpo e marcas em volta do pescoço. – Ele sacudiu a cabeça. – Te digo, não está cheirando bem.

– Não – Yiannis disse, e sua voz saiu rouca e estranha, como se ele não tivesse falado com viva alma em muitos anos. – Mas tenho certeza de que Nisha não sairia num encontro com ninguém. Tenho certeza disso. Ela me amava.

Tony acenou a cabeça com empatia. – A coisa vai ficar mais clara com o tempo, mas por enquanto precisamos esperar – ele disse.

Depois que os homens saíram, senti medo e frio. Um vento forte chacoalhou as janelas e dobrou a oliveira que ficava na frente. Fui até o quarto de Aliki. Dormia pesadamente. Entrei na cama com ela, e me aconcheguei junto a ela, cheirando seu cabelo, beijando-a de leve enquanto ela dormia.

26
YIANNIS

O assassinato de Rosamie Cotabu tinha sido noticiado. As pessoas estavam inquietas. As empregadas vietnamitas, com seus chapéus de arroz, mantinham os olhos fixos nos transeuntes. Lá embaixo, na casa da Sra. Hadjikyriacou, Ruba destacava-se na frente, segurando uma vassoura, parecendo amedrontada.

Dessa vez liguei para Kumari. Mais uma vez, ela estava sozinha.

– Bom dia, Sr. Yiannis, o senhor tem mais informação? Minha avó está preparando o meu café da manhã e chora o tempo todo. Enxuga todas as lágrimas na manga e no cardigan.

– Você tem chorado, Kumari?

– Não, não choro até saber todos os fatos. Tem fatos novos, agora?

– Eles sabem quem é a mulher no lago, e não é a sua mãe.

Kumari soltou um enorme suspiro, como se estivesse prendendo a respiração, e suas palavras saíram trêmulas e entrecortadas: – Obrigada. Ai, nossa, Sr. Yiannis! Não é a minha Amma.

Ela deixou o tablet sobre a mesa, eu olhando para o teto, e pude ouvi-la dizendo coisas para a avó, que mais uma vez parecia estar fazendo muitas perguntas por entre lágrimas.

Kumari tornou a pegar o tablet.

– Qual é o nome da senhora encontrada dentro do lago?

– Ela se chama Rosamie Cotabu.

– Ela era uma das senhoras desaparecidas sobre as quais o senhor me contou?

– Era.

– Uma das cinco senhoras desaparecidas.

– É.

– Era uma empregada como a minha Amma é?

– Era.

Kumari ficou calada, então. Pude ouvir a velha senhora no outro cômodo, ainda falando.

– O senhor acha que eles vão encontrar a Amma como aconteceu com essa outra senhora, não acha, Sr. Yiannis?

– Não, não acho isso – eu disse.

– Mas ela também estava desaparecida, como a Amma. Não é, Sr. Yiannis?

Rosamie Cotabu era cristã, e os sinos da igreja tocaram por sua partida para o próximo mundo. Enquanto isso, a raiva fermentava. As empregadas não estavam apenas amedrontadas, estavam enfurecidas. Afinal de contas, o sumiço de Rosamie Cotabu fora informado, e a polícia ignorara os pedidos e preocupações de seu patrão. Depois, foi encontrada em um túnel de mina, embrulhada em um pano branco.

Agora, as mulheres passavam pela rua abaixo sempre aos pares, cabeças juntas numa conversa abafada, mas seus olhos estavam sempre vagando, à espreita de uma nova ameaça. Pareciam as horas e os dias após um terremoto violento, em que as pessoas andam esperando que a qualquer momento aconteça de novo, em que as paredes e o chão debaixo dos pés já não parecem sólidos, e não há certeza de segurança em lugar nenhum.

Um homem estava em custódia, mas seu nome não tinha sido divulgado, e Tony também não tinha ideia de quem fosse.

Durante aquela semana, a certa altura da noite, Seraphim bateu à minha porta. Era a primeira vez que ele vinha à minha casa, e a primeira vez que chegava sem avisar.

Abri a porta para ele e, sem dizer nada, dei passagem para que entrasse.

– Como está seu braço? – ele perguntou, olhando o curativo. Agora, eu estava sem a tipoia.

– Melhor.

– Eu soube da mulher encontrada nas minas Mitsero – ele disse.

Assenti com a cabeça e lhe ofereci uma cadeira.

– Teve notícias da Nisha?

– Não – respondi.

Ele olhou para fora pelas portas do terraço, mas não disse nada.

Então, abriu o zíper de uma mochila que tinha colocado a seus pés e tirou um maço de dinheiro. Pela aparência da coisa, era muito mais do que ele me devia da caçada anterior.

– Isto parece ser por volta de dez mil euros – eu disse.

– Acertou em cheio. – Ele o colocou na mesinha de centro entre nós. – É seu – disse.

– Um suborno?

– Por que eu precisaria te subornar?

– Para que eu fique de boca fechada.

O passarinho pulou para a mesa e inspecionou o maço de notas em cima dela. Seraphim franziu o cenho e olhou direto para mim.

– Agora você tem um passarinho de estimação?

– Não é de estimação – eu disse. Não tive energia para dizer mais nada.

– O dinheiro é para te ajudar a tocar em frente, até descobrir o que vai fazer.

Apenas olhei para ele sem expressão.

– A gente se conhece há muito tempo, não é? – ele disse.

Concordei, apreensivo, imaginando que plano sujo ele tinha na manga dessa vez.

– Eu me lembro de quando eu costumava visitar a sua fazenda com o meu pai, você se lembra?

Só dei de ombros, mas ele continuou.

– Eu adorava estar lá, sair da cidade. Via o tipo de vida que você levava e sentia inveja. Sempre tive muita inveja de você e de toda aquela liberdade que você tinha. As únicas vezes que eu conseguia ficar ao ar livre era quando tinha um rifle na mão.

Seus olhos tinham vagado para longe por um tempo, e então se voltaram para mim.

– Noutro dia, quando vi como você reagiu à morte do muflão, aquilo... aquilo me lembrou...

Esperei, mas a frase não foi completada.

– Vou dizer aos chefes que você se machucou feio em um acidente, e não vai mais poder trabalhar.

– Obrigado – eu disse.

– Vou garantir a eles que não precisamos te manter calado.

Balancei a cabeça.

– Sabe, eu nem sempre fui tão nojento. Você se lembra?

Do que eu me lembrava era de Seraphim descendo aquela montanha correndo, segurando pelos pés o corvo que havia matado.

Ele deve ter visto a dúvida no meu rosto, porque disse:
– Tenha dó, Yiannis! Você não se lembra? Foi assim que eles puseram aquela arma nas minhas mãos, foi aí que eu mudei. Antes disso, a gente brincava na mata. Você me mostrou todos aqueles animais que rastejavam entre as folhas. Me mostrou como capturar uma cobra e soltá-la. A gente jogava dominó no pomar de oliveiras. Fizemos um iglu com gravetos e exploramos o Polo Norte! Lutamos com tubarões no Oceano Pacífico!

Ele tinha razão, é claro. Eu me lembrava de tudo isso. Essas lembranças eram exatamente o que me havia impedido de desprezá-lo completamente. Então tive uma súbita imagem dele, parado no tronco caído da árvore, me encorajando a atravessar um rio traiçoeiro de capim.

– A gente fez uma catapulta para derrubar as maçãs maduras das árvores – ele disse –, assim, a gente podia comer e sobreviver na Amazônia.

– É – eu disse.

– Você sabe sim.

Concordei com a cabeça, lentamente.

– Aceite o dinheiro – ele disse. – Por favor.

– Está bem.

Não agradeci e não lhe ofereci uma bebida.

– Tenho um novo aprendiz – ele disse, ao se encaminhar para a porta. – Um moleque novo, muito esperto. Exatamente o que eu preciso. Mas, você sabe, a Oksana quer que eu pare com tudo isso. Ela não entende que existe um preço alto a pagar. Estamos esperando um filho. Não posso correr riscos.

Seus olhos estavam muito tristes, muito cheios de angústia.

– Como vai a Oksana? – perguntei.

– Muito bem. Finalmente acabei de pintar o quarto do bebê e mostrei pra ela, grande inauguração, esse tipo de coisa. Ela ficou maluca.

– Fico feliz – eu disse, e por um breve momento, eu de fato estava.

– Se eu tivesse te machucado de verdade, jamais conseguiria me encarar – ele disse.

– Eu sei.

Então, ele se foi.

Olhei para o dinheiro e soube o que queria fazer com ele. Mandaria para Kumari, junto com todo o resto que havia economizado.

Quanto a mim, recomeçaria. Arrumaria um trabalho em um restaurante em alguma parte, talvez até mesmo no Theo's, caso ele precisasse de garçom. Faria isto e começaria de novo, e, quando Nisha voltasse, veria que eu tinha largado minha antiga vida, que eu tinha entendido.

Não haveria outro terremoto. Um bastava. Mas podia ouvir a voz do meu avô na minha cabeça: "A verdade está na terra, na canção dos pássaros, nos ritmos e sussurros dos animais. Se você quiser vê-la e ouvi-la – apenas se você quiser – ela está lá".

Fazia quase uma semana da última visita de Tony, quando tivemos notícias dele novamente. Petra bateu à minha porta uma noite, para dizer que ele tinha ligado e ia chegar tarde naquela noite. Perguntou se eu poderia descer às dez, depois de Aliki dormir.

Cheguei cedo e Petra ofereceu-me um lugar junto ao fogo. Peguei o mesmo lugar no sofá que tinha ocupado antes, e coloquei as mãos nos joelhos. Petra ficava me dando umas olhadas, como se eu fosse um estranho, e sorri comigo mesmo. Meu cabelo e minha barba tinham crescido ainda mais, e tinha certeza de que parecia um urso. Um urso amigável, eu esperava.

— Parei com a caça clandestina. Eu deveria ter escutado a Nisha desde o começo — eu disse a ela, e esperei sua reação.

— Você deveria — ela disse e depois pareceu lamentar suas palavras, a intensidade delas. Mas eram verdadeiras. Justas e verdadeiras. Abaixei os olhos para o chão.

— Me desculpe — Petra disse. — Tenho certeza de que Nisha ficará muito aliviada e feliz, quando voltar.

Olhei para ela bruscamente, e estava prestes a falar, mas a campainha interrompeu-nos.

Um momento depois, Petra trazia Tony. Ele permaneceu em pé por um momento, assimilando-nos, antes de se sentar.

— Aceita alguma coisa? — Petra ofereceu.

— Não, nada — ele respondeu, sem rodeios. — Então, vou direto ao assunto. O homem que eles têm em custódia, o soldado, confessou ter assassinado Rosamie Cotabu.

— Por quê? — deixei escapar. Eu não tinha bem certeza do que estava perguntando. Talvez eu precisasse saber o motivo desse assassinato rapidamente, para que ninguém pudesse, nem por um segundo, associá-lo ao desaparecimento de Nisha.

– Porque é maluco! – Os olhos de Tony reluziram com fúria. Parecia que ele iria se levantar, agarrar alguma coisa e atirá-la na parede, mas em vez disso ele desmoronou de volta na poltrona, e, por um momento, pareceu esvaziado, até derrotado. Depois, respirou fundo, inclinou-se à frente, apertando as mãos entrelaçadas sobre as coxas. – Aparentemente, esse monstro está devastado pelo que fez, como se tudo não passasse de ter roubado alguma coisa. Decidiu ajudar a polícia. Disse que é o mínimo que pode fazer. – A voz de Tony estava dura, tremia de raiva, soltou a última frase com virulência.

Olhou para Petra, depois para mim e sustentou meu olhar. – Em seguida, ele confessou ter matado mais quatro mulheres e duas filhas delas. As mulheres eram todas empregadas estrangeiras. Ele conheceu duas dessas mulheres num site de encontros; dessas duas, ele sabia os nomes, embora a polícia não vá divulgar a outra, por enquanto, não até recuperarem os corpos. As restantes ele capturou enquanto caminhavam; disse que para essas ele nunca perguntou o nome. É um lunático. Precisava matar. Matou empregadas estrangeiras por ser mais fácil, sabia que ninguém iria procurá-las, pensou que conseguiria se safar. O que isso te diz, hein? Me diga, o que isso te diz sobre o mundo de merda em que vivemos.

Nem Petra, nem eu, parecíamos capazes de falar.

– Dois dos corpos ele jogou no túnel da mina – Tony disse. – As outras duas mulheres e as crianças estão em malas, no lago vermelho. Ele colocou elas em malas, jogou elas fora, como se não fossem humanas.

Tony parou de falar. Pressionou os dedos com força nas têmporas, apertando os olhos.

Senti uma sensação de ardência no peito, fogo queimando. Não conseguia me mexer. Petra começou a recitar baixinho os nomes, eliminando-os nos dedos.

– Rosamie Cotabu

"Reyna Gatan,

"Cristina Maier

"e sua filha, Daria,

"Ana-Maria Lupei

"e sua filha, Andreea.

"E Nisha Jayakody".

Petra olhou para sua mão, todos os cinco dedos bem esticados. Olhou para mim, como que tentando compreender, juntar as peças de tudo o que tinha acabado de ouvir.

– A busca começa hoje à noite – Tony disse. – Logo, tudo vai ser uma certeza.

27
PETRA

Quando acordei, pensei que tinha sangue nas mãos. Estavam grudentas e quentes. No entanto, quando abri as persianas e levei as mãos frente aos olhos, estavam limpas e brancas ao sol da manhã.

Lembrei-me do sangue dos pássaros. Da sensação e do cheiro dele, da maneira como grudou nas minhas unhas.

Era um sábado frio de inverno, e a casa estava em silêncio. Havia juntado pó. Sentei-me ao lado de uma lareira apagada.

– Mamãe, a Nisha não vai voltar, vai? – Aliki estava parada à porta, olhando para mim com olhos tristes.

– Você acordou, querida. Esperava que fosse dormir mais.

– Ela se foi – minha filha disse, simplesmente.

– Acho que sim – eu disse. – Acho que é possível que ela tenha ido.

– Ela fez meu coração ficar cheio de estrelas, agora só está escuro dentro de mim.

Estendi o braço, e Aliki veio até mim. Puxei-a para o meu colo, suas pernas desengonçadas mal cabendo nos meus joelhos, o ranço de sono ainda grudado na sua calça de agasalho e na camiseta. Agradei seu cabelo, tirando-o do rosto, e ela fechou os olhos.

Então, nós duas ouvimos. Gritos. Chamamentos. Um murmúrio que crescia, começando a se avolumar. Aliki pulou do meu colo e correu para a porta. Fui atrás. Ficamos as duas paradas na entrada, vendo as pessoas passarem.

Primeiro, vimos as duas empregadas filipinas que sempre andavam com a garotinha entre elas, a linda garotinha de maria-chiquinha, segurando a mão de cada uma delas. Mas dessa vez elas estavam sem a criança, seguindo pela rua com uma determinação solene. Então vimos Nilmini saindo da loja de Yiakoumi, desamarrando seu avental e deixando-o ao lado da porta de entrada, enquanto seguia pela mesma direção.

Quando olhei para Aliki, ela chorava. Coloquei os braços ao redor dela, e ela chorou no meu peito; senti o peso dela em mim, e abracei-a, mais apertado. Depois ela se empertigou e assistiu à passagem das empregadas. Agora, havia inúmeras, todas indo na mesma direção. Segurei a mão de Aliki com força. Suas lágrimas desciam pelo rosto e caíam no calçamento da rua. Imaginei um riacho, fluindo, uma corrente de lágrimas fluindo na direção em que as empregadas iam.

As duas empregadas do Theo's abandonaram suas tarefas e seguiram a multidão. Por fim, Ruba, da casa vizinha, da Sra. Hadjikyriacou, saiu, fechando a porta.

Parei-a. – Aonde elas estão indo? O que está acontecendo?

– Venha ver – ela disse.

Aliki enfiou os pés nos Converse mais próximos, e seguimos as empregadas.

Mulheres que eu nunca havia visto no bairro estavam aderindo. Observavam das janelas e saíam, à medida que as mulheres passavam, juntando-se ao resto sem pensar duas vezes. A maioria eram trabalhadoras imigrantes, e também havia crianças, algumas da idade de Aliki, algumas ainda menores, que seguravam as mãos de suas babás, enquanto acompanhavam a multidão. Caminhamos ao longo das ruas de trás do Portal Famagusta, até chegarmos ao Museu de Chipre, depois pegamos a rua principal, até o palácio presidencial. Ali, uma multidão de milhares, a maioria vestindo preto, espalhou-se pela rua abaixo do palácio, segurando velas acesas com as cabeças baixas, em oração. Outras seguravam faixas dizendo "A misoginia e o racismo têm que acabar", ou "Abaixo a discriminação contra mulheres e estrangeiros" e "Sacrificamos nossas vidas".

Vi Soneeya e Binsa na multidão, juntas, com velas nas mãos, dirigindo seus gritos para o palácio branco. Em sua mão, Binsa tinha uma faixa que dizia simplesmente: "Onde elas estão?".

Ficamos ali por horas, e o sol começou a se pôr, com o avanço da tarde. Alguém deu uma vela a Aliki, e ela a segurou no alto, acima da cabeça, juntando-se aos gritos e exigências. Ainda chorava, mas manteve a vela no alto. Conforme a escuridão baixou, as velas brilharam, faróis por toda parte. Havia inúmeras mulheres, inúmeras vozes, inúmeros rostos erguidos em coro e esperança.

Esta era a história de Nisha Jayakody, conforme compreendi:

Nisha era mãe de duas crianças, que viviam em mundo diferentes.

A filha de Nisha no Sri Lanka tem cabelo liso, tão macio que cai como a penugem de uma coruja.

A outra filha de Nisha é a minha filha.

Nisha perdera seu primeiro amor.

Nisha sabia amar.

Nisha encheu o coração da minha filha de estrelas.

Devo a Nisha mais do que poderia lhe pagar.

Naquela noite, quando fui dar um beijo de boa-noite em Aliki, ela estava sentada na cama, olhando pela janela. Segui seu olhar até Macaco, que estava do lado de fora, batendo na vidraça, tentando entrar.

– Olhe, mamãe, é o nosso gato! – Aliki disse. Começou a rir e então, bem repentinamente, exalou e cedeu a uma enorme exaustão, começando a chorar. Contraiu o rosto, e suas lágrimas jorraram. Jorraram como se dessa vez nunca mais fossem parar, e entre soluços, ela disse: – Estou muito cansada – e – Sinto muita falta da Nisha. – Sentei-me ao seu lado e segurei-a nos braços. Segurei-a de um jeito que nunca havia feito, como deveria ter feito em todos aqueles anos anteriores, como Nisha sempre quisera que eu fizesse. Senti minha filha chorando em mim, senti suas lágrimas ensopando a pele do meu pescoço, entrando nas minhas veias, indo direto ao meu coração.

Esfreguei suas costas e embalei-a. – Me conte o que se passa no seu coração – eu disse.

– Eu quero a Nisha, mamãe – ela disse no meu pescoço, com uma respiração entrecortada e lágrimas. – Quero que ela volte. Quero me sentar no nosso barco. Quero que ela me conte histórias e me arrume para ir à escola, e... e...

– E?

– E faça as estúpidas tabuadas comigo e... e... e...

– E?

– E eu acordo à noite e fico muito assustada porque a Nisha não está lá. Às vezes, acordo e bato na porta dela, esperando que ela abra, mas ela não abre. Ela nunca mais abre.

Meu peito ardeu, e meus olhos arderam até que eu também estava chorando, chorando e embalando Aliki.

– Quero muito que a Nisha volte.

– Eu sei, meu bem, eu também.

Aos poucos, ela parou de chorar. De vez em quando gemia, e então sua respiração ficava mais lenta. Ficamos ali, em silêncio. Agradei seu cabelo, e vi o gato pular para baixo, olhando para nós uma última vez, antes de ir se esconder no escuro.

28
YIANNIS

Era madrugada quando finalmente adormeci, assombrado pelas imagens do lago vermelho, e pelas lembranças de Nisha. Quando finalmente acordei, a tarde avançava, e havia uma cacofonia na rua abaixo. Saí para o terraço quando centenas de manifestantes enchiam cada centímetro da rua, e fluíam como um rio. As pessoas caminhavam com faixas, passando pelas árvores onde pendiam os panfletos de Nisha, longe da divisa e para dentro da cidade, para descobrir a raiz do problema e se posicionar perante ele, desafiadoras e fortes.

Aqui estamos nós, diziam. *Não surgimos simplesmente do nada, num táxi, com uma mala, e desaparecemos mais uma vez para o nada.*

Somos humanas.

Amamos.

Odiamos.

Temos passados.

Temos futuros.

Somos cidadãos de países, por direito próprio.

Temos vozes.

Temos famílias.

Aqui estamos nós.

O passarinho estava na mesa a meu lado, e esvoaçou até a árvore mais próxima, observando com os olhos negros a multidão abaixo. Então, virou a cabeça para mim. Algo me aconteceu. Senti uma imensa tristeza. Um doloroso desespero.

– Vá – disse para ele, embora quisesse manter o passarinho para sempre, e tudo o que ele significava. – Vá. Vá voar. Vá.

Naquele momento, como se entendesse, ele abriu as asas e partiu para o céu.

Ver o passarinho ir embora, saber que, provavelmente, ele jamais voltaria, me acordou subitamente. Vesti-me com determinação e saí para a rua. Tive um vislumbre da Sra. Hadjikyriacou à porta da frente, olhando com aqueles olhos observadores, mas enevoados.

Deixei-me ser levado pela corrente. Mal podia ver pelas lágrimas. Deixei-me ser levado até chegarmos ao palácio presidencial e me sentei em um banco, incapaz de continuar em pé. Não tinha força nas pernas.

Fiquei ali sentado, observando as mulheres, seus rostos iluminados pelas velas que tinham nas mãos. Havia sofrimento naqueles rostos e um medo real, e, sob a luz, uma raiva que permitia que se mantivessem aprumadas, dizendo *Aqui estamos.*

Ao meu lado, havia um repórter e um cinegrafista. Entrevistavam uma das mulheres. Provavelmente, ela estava na faixa dos 20 anos, tinha um rosto redondo e leitoso, e uma trança francesa que caía sobre seu ombro direito. Ficou ali, olhando diretamente para a câmera, e, por estar muito perto, ouvi sua voz acima da multidão:

– Sou uma das que tiveram sorte – disse. – Tenho uma ótima patroa, uma boa mulher, ela me trata bem.

Minha irmã foi sexualmente abusada pelo patrão. Ela foi até a polícia, e eles nada fizeram para ajudar, então ela deixou o emprego. Agora, só restam três meses para ela arrumar trabalho, ou terá que voltar para o Nepal. Precisamos mandar dinheiro para meus pais, eles estão muito doentes, mas quando penso nas mulheres no lago, e nas crianças... – Ela parou e respirou fundo.

– Onde isto vai parar? – Uma mulher mais alta, mais morena, em pé ao lado dela disse. – Somos as sortudas por não termos sido *mortas*?

Um vento forte soprou e algumas velas se apagaram. Vi Ruba em meio à multidão, e as duas empregadas do Theo's, sem seus chapéus de arroz, os cabelos longos e escuros. Ruba voltou a acender sua vela com a chama de uma mulher parada a seu lado. Depois, passou sua chama para uma criança. O sol mergulhou mais na terra.

Onde estava Nisha para contar sua história? O que eu faria sem ela? O que Kumari faria sem sua mãe? E Aliki?

Mal conseguia respirar. Senti-me como se estivesse no meio de um mundo em chamas. Mas, nesse momento, imaginei que ele queimava com ouro.

Era certeza. Nisha havia sumido e se transformado em ouro.

Ela havia se transformado em ouro no crepúsculo desse sol de inverno. Agora, por um breve momento, tive um vislumbre dela e acho que a ouvi, nos rostos em chamas, e nas vozes das mulheres que me rodeavam.

É ali que Nisha existe.

Aqui.

E naquele momento, ela me beijou, no alto das montanhas, quando estava em parte comigo, em parte no mundo de onde veio.

O lago vermelho em Mitsero reflete um crepúsculo, captura-o, segura-o, mesmo quando o sol se pôs. Lago vermelho, lago tóxico, lago de cobre. Mães e pais contam aos filhos histórias sobre ele, histórias de passagens profundas subterrâneas, onde homens rastejavam como animais e morriam na escuridão.

Nunca chegue perto do lago vermelho de Mitsero!

O pôr do sol contém a expectativa do silêncio e da escuridão da noite, aquela hora em que fechamos os olhos e encontramos nossas verdadeiras identidades. O lago fica à beira dessa escuridão, sempre.

Ele contém todos os crepúsculos desde o começo das eras.

Um helicóptero paira sobre ele como uma libélula. Quatro embarcações laranja de resgate deslizam na água. Mergulhadores entram. Há três, presos aos botes com cordas bem amarelas.

Eles não vão se perder lá embaixo; têm seus colegas a postos para puxá-los para fora.

Eles entram, e mais uma vez o lago fica imóvel.

Na aldeia, a viúva fica em seu jardim da frente, segurando uma vela acesa. Para proteger a chama da brisa, ela usa a palma da mão como anteparo.

Os campos de cevada e trigo são ouro, sob o sol que se põe. As matas estão iluminadas. Uma lebre sai correndo de um arbusto e se aproxima hesitante da cratera, mantendo distância.

Depois de um tempo, um mergulhador emerge da água. Sinaliza para o pessoal no barco, e eles jogam algumas cordas com ganchos na ponta. Ele torna a descer e, quando volta, ergue um polegar e o pessoal no barco puxa, até uma mala ser trazida à superfície.

29
PETRA

Aliki quis que eu a ajudasse a se aprontar. No começo, ela passou um tempo escolhendo o que deveria usar, depois ficou parada, enquanto eu enfiava o pulôver pela sua cabeça, o pulôver laranja de Nisha, com o girassol. Enfiei seus pés no jeans, puxando-o para cima. Ela olhou pelas portas de vidro o barco no jardim, a laranjeira, as galinhas que vagavam fora do galinheiro. Então, tirei o bracelete do meu bolso.

– Veja isto – eu disse.

Ela se virou para mim então, captou meu olhar por um segundo, e vi ali uma tristeza profunda, vasta como o mar.

– Isso foi um presente meu – Ela sorriu com tristeza.

– É. Você sabe que ela nunca tirava ele. Usava todos os dias.

Prendi o bracelete em seu pulso, e ela girou a mão, fazendo o bracelete brilhar no sol de final de tarde, que entrava pelas portas de vidro.

Fomos para fora para sentar no barco, e esperar os outros. Primeiro chegou a Sra. Hadjikyriacou com Ruba, depois Soneeya e Binsa, em seguida Nilmini, e depois Muyia, que chegou quando o sol estava se pondo.

Além de breves cumprimentos, ninguém falou. Todos nós sabíamos por que estávamos ali, para nos despedir de Nisha. Eu me perguntava onde estaria Yiannis. A janela de sua cozinha estava fechada e escura. Ajudei Aliki a distribuir as velas, e, quando olhei novamente, ele estava parado ao pé da escada, com as mãos vazias, ao lado. O rosto pálido, as pálpebras pesadas, a camisa abotoada até o pescoço.

Ficou ali parado, e nos viu acender as velas, segurá-las à nossa frente para iluminar a escuridão dos nossos rostos. Um silêncio nos envolveu; o barco estava vazio, e imaginei Nisha sentada nele.

– Nisha está indo embora – Aliki disse repentinamente, e, por um momento todos os olhos ergueram-se do chão e pousaram em seu rosto. – Está flutuando para longe nas ondas macias do longínquo Mar Acima do Céu.

Pus a mão no ombro de Aliki e senti seu corpo tremer. A noite não estava fria, mas ela tremia como se um vento gelado estivesse soprando.

Então, o vento realmente veio, e fomos para a proteção da casa, Aliki conduzindo todas para o calor.

– Me dê um segundo – eu disse a ela.

Fui até a escada onde Yiannis continuava parado. – Você vai entrar?

Ele assentiu. – Reservei um voo para o Sri Lanka. Parto amanhã.

Captei seu olhar, respirando fundo, não sabendo o que dizer.

– Vou ver Kumari.

Apertei sua mão, e ele começou a chorar. Com o queixo abaixado, os olhos apertados, o peito tremendo, ele chorou, e segurei sua mão, enquanto Nisha flutuava para longe, no Mar Acima do Céu.

Mais tarde, sentei-me no jardim com Aliki e Nilmini. Ela abriu o diário da amiga, e começou a ler. Ficamos ali sentadas durante horas, ouvindo as palavras de Nisha. No dia seguinte, eu daria o diário para Yiannis levar para Kumari, sua dona por direito.

A verdadeira história de Nisha começou a se revelar. Escutei a história da morte de Kiyoma e da coruja. Escutei como ela tinha viajado para Rathnapura, como conhecera o marido, e o dia em que ele morreu nas minas. Escutei como ela trabalhara dia e noite no mercado em Galle, como tinha tomado a difícil decisão de partir, e como tinha se sentido naquele primeiro ano longe de casa, incapaz de segurar sua linda filha, Kumari.

Havia muito mais que eu gostaria de saber. Aquelas cartas eram apenas um punhado de estrelas no universo inteiro de seu coração. Mas era tarde demais. Se pelo menos eu pudesse ter entendido antes de ser tarde demais!

Querida Kumari,

Quando segurei você ainda bebê, perto da minha pele, e olhei dentro dos seus olhos, vi tudo que eu amava e tudo que eu temia. Dentro deles, vi o pôr do sol sobre o Sri Pada (existe uma história sobre isto. Continue lendo e você descobrirá!). Vi rios e cachoeiras ao crepúsculo (isto também!). Vi os olhos da minha própria mãe, e eu mesma, andando ao lado dela pelos arrozais no fim do dia. Vi pimentas estendidas em fileiras para secar ao sol, e refeições fumegantes com capim-limão, cardamomo e canela. Vi os olhos da minha irmã, todos aqueles anos atrás, quando ela ria com tanta satisfação (você me lembra ela, Kumari). Vi o vestido que usei no dia do meu casamento, o sorriso de seu pai, e os braços dele a minha volta, enquanto dançávamos.

Também vi seu futuro. Isso me deu medo.

Na casa onde vivo agora, existe um jardim, e naquele jardim há um barquinho de madeira. O barco vem de longe, porque não existe mar por perto. Estamos na cidade, uma cidade muito antiga, com quatro portais antigos que são tão grandes que parecem ter sido feitos para gigantes.

Cuido de um bebê, uma menina chamada Aliki, que é dois anos mais nova do que você.

Kumari, o jardim é um lugar muito especial. Um lugar que me lembra quem sou. Tem uma laranjeira (como essa aí de casa, só que mais doce), um cacto com figo-da-índia, muitas flores e um galinheiro. Queria que você estivesse aqui para ver. Fiz desenhos para você neste diário! Você adoraria as galinhas. Elas são muito engraçadas. Uma delas sempre consegue escapar do galinheiro. Ela entra na sala de visitas, quando esquecemos de fechar a porta. Ela se senta debaixo da mesinha de centro e assiste à TV conosco. Presto atenção para minha patroa não vê-la, assim ela não a põe para fora. Às vezes, a galinha vem para a cama comigo, entra debaixo do acolchoado como se fosse um saco de papel, e fala consigo mesma. Ela tem penas que crescem sobre os olhos, então não consegue ver muito, mas não parece se incomodar.

Quando você tiver idade suficiente para ler isto, provavelmente já saberá tudo isto, mas preciso anotar para me sentir perto de você quando estou só.

Quando cheguei aqui, podia ouvir você chorando. Pode ser que você ache difícil acreditar, mas agora sei que era você que eu ouvia. Pensava que fosse uma criança pequena em outra casa, mas aí percebi que o som vinha da terra, das árvores e do céu, que você o mandava para mim como um presente. Kumari, de algum modo você encontrou um jeito de me mandar suas lágrimas. Então, me sentava no barquinho do jardim, e mandava histórias e amor para você pelo céu noturno.

Você não conheceu seu pai. Tenho certeza de que você o teria amado tanto quanto eu. Vou lhe contar sobre ele, embora tenha certeza de que sua acci vá lhe contar muitas coisas quando você crescer.

Sua acci não tocará neste assunto porque ela não gosta de falar nisto, mas a vida pode mudar em um segundo. Da luz do sol para uma chuva súbita, exatamente como o clima durante a monção, quando a chuva cai como o mar. Mas uma coisa que o seu pai sempre dizia era que a chuva não dura para sempre, e, quando o sol voltar a sair, tudo brilhará. Ele era um otimista.

Seu pai deveria ter sido ator. Fazia imitações de pessoas e animais, agitava a mão quando falava, tinha um brilho nos olhos. Na vida real, ele trabalhava em minas de pedras preciosas; foi onde nos conhecemos. Ele descia para o escuro, enquanto eu limpava o cascalho no reservatório, para encontrar as pedras.

Tenho muita coisa para te contar, mas tenha paciência. A realidade e a verdade precisam de tempo para se revelar.

Caro leitor,
 Cerca de dez anos atrás, fiquei amiga de uma empregada doméstica em Chipre, que trabalhava para um membro próximo da família. Menaka era do Sri Lanka, e não via as duas filhas havia oito anos. Costumava falar com elas pelo seu tablet; era uma mãe para elas por meio de uma tela. Apresentou-me às filhas, mostrou-me sua casa e as ruas da sua cidade, através do iPad. Na tela, mostrou-me as árvores, as flores, o céu, a comida. Queria que eu soubesse o significado de lar para ela, seu cheiro, seu gosto e sua sensação. Juntas, fizemos passeios virtuais pela cidade, com suas filhas e sua sogra. Às vezes, como qualquer mãe ou pai, repreendia as filhas, ou lembrava para fazerem sua lição de casa; dizia, com frequência, que as amava; sempre através de uma tela. Contou-me a história de como ficou viúva, quando seu marido, o amor da sua vida, morreu em um acidente agrícola. Em seguida, ela teve que tomar a difícil decisão de trabalhar no exterior, como empregada doméstica, para sustentar as crianças. Desde então, não tem conseguido estar presente junto às filhas, enquanto

elas crescem. Manda roupas e dinheiro para elas, mas não pode estar lá com elas, que vão se tornando jovens adultas.

Pude ver a força, a resiliência e o amor imenso que Menaka tinha dentro dela, mas também vi o imenso sofrimento de seu sacrifício. Enquanto isto, observei como as outras mulheres, em todas as casas ao longo daquela rua, cuidavam de seus afazeres, em geral despercebidas e mal compreendidas. "Ah", uma das vizinhas disse-me uma vez, "essas mulheres não ligam para suas famílias, elas vagam pelo mundo".

Enquanto eu estava numa turnê de divulgação de *O homem que escutava as abelhas*, com frequência me perguntavam: "Como podemos fazer as pessoas entenderem que os refugiados não são como migrantes, que vieram por não ter escolha?". Essa pergunta me entristecia. Em geral, os migrantes são forçados a deixar suas casas por motivos menos óbvios do que a guerra, mas ainda assim eles deixam porque sentem que não têm escolha.

O roubo dos pássaros foi inspirado tanto por esta pergunta quanto por uma tragédia recente em Chipre, quando cinco empregadas domésticas migrantes e duas de suas filhas desapareceram. Informadas sobre esse desaparecimento, as autoridades não investigaram, nem partiram em sua busca por elas serem estrangeiras. Deduziu-se que elas simplesmente tinham ido embora. No entanto, mais tarde, descobriu-se que as mulheres e as crianças tinham sido assassinadas. Na verdade, passaram-se quase dois anos até que um casal de turistas descobrisse a primeira vítima no poço de uma mina abandonada, após uma chuva pesada. Era uma mulher cujo desaparecimento fora informado, sem que se fizesse nada a respeito.

Acompanhei o desenrolar dos acontecimentos. De coração partido, li os jornais e assisti ao noticiário cipriota, falei com amigos. Mas não fiquei nem um pouco surpresa de que ninguém tivesse procurado aquelas mulheres e suas filhas. Não fiquei surpresa que não tivesse sido aberta uma investigação, que a polícia as tivesse descartado como fugitivas. Senti raiva, muita raiva, porque ao longo dos anos testemunhei a realidade do que havia levado a uma negligência tão brutal.

A maior parte da minha família mora em Chipre. Nasci no Reino Unido porque meus pais vieram como refugiados depois da guerra de 1974. A maioria das famílias classe-média de Chipre – assim como fazem por todo o mundo – contrata empregadas domésticas. Em Chipre, não é preciso ser rico para ter uma empregada doméstica, apenas estar numa condição razoavelmente confortável. Sendo assim, a presença dessas mulheres, que cuidam da casa, das crianças, saem com os cachorros, limpam os restaurantes, as lojas, ou quaisquer outros negócios ou propriedades que seus empregadores possuam, é comum. Empregadas domésticas migrantes são parte do tecido da vida cipriota.

Esta história não é uma tentativa de representar as vozes das trabalhadoras migrantes, ou de falar por elas, é uma análise das ideologias, dos preconceitos, das circunstâncias e dos sistemas de crença subjacentes que possam levar a acontecimentos muito tristes e, com frequência, catastróficos. É uma análise da maneira como um sistema falho pode aprisionar pessoas. É também uma história sobre todos os tipos de armadilhas, da maneira como todos nós podemos nos reter em certas maneiras de ver e ser.

E assim, a ideia de *O roubo dos pássaros* começou a crescer.

Decidi visitar Chipre para conversar com tantas mulheres quanto possível, de modo a poder entender as coisas com mais profundidade. Visitei um homem que coordena uma organização de direitos humanos voltada para o atendimento de empregadas domésticas; ele também tinha um café, onde homens e mulheres se encontravam aos domingos. Foi para ele que familiares e empregadores se voltaram, quando a polícia não se predispôs a investigar o desaparecimento daquelas mulheres e crianças. A certa altura, ele admitiu que era a única pessoa em Chipre procurando o que ele acreditava ser um assassino. Acabou tendo razão.

Fiquei muito comovida com as histórias que ouvi. Ele providenciou para que eu conversasse com muitas das empregadas domésticas que vinham a seu café aos domingos. As histórias que ouvi abriram meus olhos para as dificuldades e os sofrimentos que as empregadas domésticas migrantes passam. Quando voltei para o Reino Unido, entrei em contato com o Justice for Domestic Workers (Justiça para Empregados Domésticos) e ajudei a editar algumas histórias escritas pelas mulheres que visitam o centro. Queria aprender mais sobre os problemas e as dificuldades enfrentados pelas empregadas domésticas ao redor do mundo, porque senti que a falha das autoridades nessa situação específica não era um incidente isolado, mas sim resultado de nossa sociedade e civilização profundamente imperfeitas.

Para mim, ficou claro que, embora algumas mulheres estivessem deixando seus países para poder ganhar mais e sustentar seus familiares, outras estavam em busca de sua liberdade. Muitas dessas mulheres acabaram se vendo mais presas do que eram antes, sem possibilidade de voltar para casa.

Aprendi muito apenas escutando e abrindo os olhos; entendi muito mais do que tinha entendido antes. Foi por isto que quis escrever uma história sob a perspectiva das próprias pessoas que precisaram aprender sobre Nisha – sua patroa e seu namorado. Foi difícil escrever o final.

A grande dificuldade foi porque eu sabia que Nisha teria que morrer. Ela teria que morrer porque, na vida real, as mulheres tinham perdido a vida, tão cruelmente arrancada. Embora meu romance não se baseie na história verdadeira, ele foi inspirado por sua essência, pela maneira como as ideologias existem como tendências poderosas. Ouvimos a história de Nisha pela boca de outros; temos que juntar as peças de sua existência, através das lembranças de outros. Foi isto que vi e senti com frequência nas ruas de Chipre. Mas quando escutamos e olhamos com atenção, vemos que cada pessoa tem tanta beleza, profundidade, esperança, história, aspiração, coragem e tanto medo quanto nós mesmos. O leitor precisa descobrir isto. Até o fim, quando Nisha finalmente fala. Espero que haja um eco depois da última página, que sua voz continue pelo silêncio do final.

O roubo dos pássaros é uma história sobre migração e travessia de fronteiras; é sobre a busca da liberdade, de uma vida melhor, para acabar se vendo numa armadilha. É uma história sobre a maneira como o racismo estrutural existe frequentemente inquestionado, apoiando-se em preconceitos e ideais nacionalistas para sobreviver. É uma história sobre aprender a ver cada ser humano da mesma maneira como nos vemos.

Christy Lefteri. ■

AGRADECIMENTOS

Preciso agradecer a muitas pessoas por me ajudarem a entender com mais profundidade os assuntos sensíveis que estava pesquisando para criar este romance.

Em primeiro lugar, e especialmente, agradeço a você Menaka Nishante Ramanayaka, por todo o trabalho que fez ao longo dos anos, por toda a sua força, por se tornar uma amiga, por me fazer um delicioso chá do Sri Lanka, por compartilhar comigo seus sentimentos e lembranças, por me escutar, e por ser uma pessoa tão linda e carinhosa. Antes de tudo, foi por sua causa que quis escrever este romance.

Agradeço imensamente a Marissa Begonia, por ser uma grande inspiração com todo o seu insight e determinação, e por me convidar para uma visita ao Voice of Domestic Workers, em Holborn. Você é extraordinária, e o trabalho que fez, o que conquistou, é sinceramente fenomenal. Gostaria de agradecer a todas as mulheres do centro, que me acolheram com muito amor, por compartilhar comigo sua deliciosa comida e permitir que eu ouvisse suas histórias. Também gostaria de agradecer a Loucas Koutroukides, em Limassol, Chipre, por todo o maravilhoso trabalho humanitário que você realizou para ajudar as empregadas domésticas na ilha, por conversar comigo por tantas horas, e por me apresentar tantas pessoas maravilhosas. Agradeço também por todos os artigos interessantes, informativos e corajosos que você escreveu e dividiu comigo, por ser suficientemente corajoso para buscar a verdade e falar a verdade, quando tantos outros fecharam os olhos ou permaneceram em silêncio. Agradeço a todas as mulheres no Blue Elephant, que conversaram comigo, confiaram-me suas histórias, compartilharam comigo suas emoções e seus medos. Muito obrigada, aprendi muito.

Agradeço a George Konstantinou, da ONG Protection of the Natural Heritage and Biodiversity of Cyprus; muito obrigada por responder a todas as minhas perguntas, por toda a sua ajuda e conselhos, e pelas fotografias maravilhosas que tirou e me enviou. Gostaria de poder ter participado de um de seus tours pela vida selvagem, caso não estivéssemos em *lockdown*, mas, mesmo assim, conversar com você foi muito instrutivo. Agradeço também pelo trabalho maravilhoso e importante que tem feito, para proteger as florestas e os animais da ilha.

Agradeço a Eva Spanou, por me ajudar a avançar na minha pesquisa. Muitíssimo obrigada a Nicolas e Sotiroulla Simou, por compartilharem comigo informações sobre caça clandestina.

Agradeço a Peter Louizou e Tassos Louizou, por terem conversado comigo por tanto tempo, no último Natal, sobre caça; por compartilhar todo o seu conhecimento sobre caça clandestina de aves canoras e sobre a técnica tão específica de fazer gravetos com visgo. Agradeço a meu irmão adorável, Mario Lefteri, pelos inúmeros conselhos e informações sobre Chipre, e sobre locais de caça clandestina; por ser um dos ~rimeiros a ler meu romance, como sempre é, e por toda a ~odas as suas sugestões. Agradeço a Angela Stella Mo- juda e por me apresentar a seus pais. Agradeço Panayiotis e Andriana Michael, por passarem tanto tempo comigo falando sobre caça clandestina e por toda informação útil compartilhada.

Agradeço a Nishan Weeratunge e Sajeewa Dissanayake por toda a informação que me deram sobre a comida, a história e a cultura do Sri Lanka. Foi imensamente útil e incrível que, com isso, eu tenha feito novos amigos maravilhosos. Agradeço a vocês, Maryvonne e Anthony, por me inspirarem com todas as suas histórias, e por me apresentarem Nishan.

Agradeço a minha linda amiga, Anna Petsas, a quem deveria ter agradecido na última vez, por me incentivar a ser voluntária, assumir riscos criteriosos e, antes de mais nada, por me mandar o artigo sobre empregadas domésticas e me alertar sobre o que estava acontecendo. Você é muito inspiradora. Frequentemente, me vi dando largos passos na minha vida depois de conversar com você!

Gostaria de agradecer a meu amigo Paul Lewis por todos os bate-papos por escrito. Também gostaria de agradecer ao Conway Writing Groups; para mim, pertencer a esse grupo é tudo. Agradeço a todos vocês por serem pessoas tão incríveis, solidárias, talentosas e fascinantes!

Agradeço a Mehr, do Salt and Sage Books, por sua leitura cuidadosa e perspicaz; foi um verdadeiro privilégio receber seu proveitoso feedback no manuscrito.

Agradeço a minha agente, Marianne Gunn O'Connor, você é minha estrela-guia. Obrigada por seu amor, cuidado, apoio, incentivo, visão, por ser uma pessoa linda e inspiradora, por se preocupar tanto com o mundo, e por também ser uma amiga. Jamais conseguiria fazer isto sem você.

Agradeço a minha agente de direitos estrangeiros na MGOC, Vicki Satlow, por ser tão incrível, e por tudo o que fez por mim ao longo dos anos.

Agradeço muitíssimo a meus editores na Manilla Press. Obrigada, Kate Parkin, por seu apoio constante e incondicional, e por tudo que fez, por ser tão cuidadosa, perspicaz e apaixonada. Margaret Stead, você tem sido realmente incrível

– todas aquelas conversas que tivemos por telefone durante o *lockdown*, seu *insight*, suas sugestões, sua imaginação e criatividade, e absolutamente tudo o que você fez para me ajudar a que este romance se concretizasse.

Agradeço a Perminder Mann por todo o seu apoio. Agradeço a Clare Kelly, Felice McKeown e Katie Lumsden. É uma maravilha trabalhar com vocês. Agradeço todo o esforço que fizeram para que este romance fosse publicado.

Agradeço a todos os meus amigos e à minha família, pelo amor e apoio ao longo dos anos. Agradeço a meu irmão, Kyri, e sua esposa, por sempre me incentivarem e por sua presença amiga. Agradeço a Maria e Anthony, por serem os melhores amigos que alguém possa querer. Agradeço a Stellios Arseniyadis, por escutar todas as minhas ideias durante o processo de edição, e por ser tão prestativo e solidário. Agradeço a Claire e Sam Afhim, por sua amizade e apoio. Agradeço a Louis Evangelou, por seu conselho, por ser tão prestativo, atencioso e de uma paciência sem fim. Agradeço a toda a família Evangelou, Katerina, Tina e Chris, por todo seu apoio e ajuda, pela deliciosa comida e pelo amor, sempre.

Um agradecimento especial a meu pai e Yiota, por estarem sempre a meu lado, incentivando-me a jamais desistir, e por todo o seu amor e ajuda. Agradeço a minha mãe, embora já não esteja conosco; obrigada pelo amor que você me deu, pela fé que tinha em mim e por ter sido tão divertida e criativa. Tenho essas coisas comigo, aonde quer que eu vá.

Sempre que escrevo um romance, aprendo muito, e realmente gostaria de agradecer a todos que me ajudaram a conhecer, entender e ver as coisas de uma nova maneira.

oi composto com tipografia Adobe Garamond Pro
m papel Off-White 70 g/m² na Formato Artes Gráficas.